ISABELLE WOLF
Einzelsocke

Buch

Eigentlich dachte Askia, sie wäre Teil eines mehr oder weniger glücklichen Pärchens, bis ihr Freund Mark sie ganz unvermittelt sitzenlässt. Also begibt sie sich auf die Partnersuche, doch es ist gar nicht so einfach, das richtige »Gegenstück« zu finden.
Ist es vielleicht der Unfallchirurg Simon, den Askia übers Internet kennenlernt und der so perfekt erscheint? Doch bei seinen todlangweiligen Gesprächen über Golf und medizinische Fachkongresse wollen bei Askia einfach keine romantischen Gefühle aufkommen. Von Ratschlägen ihrer esoterisch angehauchten Schwester über das schamanische Kartenlegen ihrer Großtante bis zur Mitgliedschaft bei einer Partnerschaftsvermittlung: Askia lässt nichts unversucht, um ihren Traummann zu finden. Erfolglos, wie es scheint, bis ihr ein Mann buchstäblich vor die Füße fällt...

Autorin

Isabelle Wolf, geboren 1979, studierte Publizistik, Germanistik, Filmwissenschaften und Kunstgeschichte. Sie arbeitete als Verlagslektorin im Sachbuchbereich und schrieb Kolumnen für ein Internetmagazin. Isabelle Wolf lebt in Zweibrücken, »Einzelsocke« ist ihr erster Roman.

Besuchen Sie uns auch auf www.facebook.com/blanvalet und www.twitter.com/BlanvaletVerlag

Isabelle Wolf

Einzelsocke

Roman

blanvalet

Verlagsgruppe Random House FSC® N001967
Das FSC®-zertifizierte Papier *Holmen Book Cream*
für dieses Buch liefert Holmen Paper, Hallstavik, Schweden.

1. Auflage
Taschenbuchausgabe Mai 2014 Blanvalet Verlag, München,
in der Verlagsgruppe Random House GmbH, München
Copyright © 2012 Langen*Müller*
in der F.A. Herbig Verlagsbuchhandlung GmbH,
München, www.herbig.net
Umschlaggestaltung: © Johannes Wiebel | punchdesign
unter Verwendung eines Motivs von shutterstock.com
wr · Herstellung: sam
Satz: Uhl + Massopust, Aalen
Druck und Einband: GGP Media GmbH, Pößneck
Printed in Germany
ISBN: 978-3-442-38249-1

www.blanvalet.de

1

Wenn man die Frau von nebenan beneidet, die gerade eine verkorkste Hüft-OP hinter sich und ein Leben auf zwei ungleich langen Beinen vor sich hat, geht es einem in der Regel nicht sehr gut. Weiß man. Ich stand jetzt seit einer halben Stunde etwas verloren in meiner Diele rum und starrte in den großen Flurspiegel. Als Sirene würde ich eher nicht durchgehen in dem Aufzug. Strickjacke und Schlafanzughose wären von wohlwollenden Leuten vielleicht noch als Loungewear betrachtet worden, aber selbst die nettesten unter ihnen hätten in den wirren Haaren keine Frisur erkennen können. Weniger Farbe auf der bunten Jacke und dafür mehr im Gesicht wäre auch nicht schlecht gewesen. Aber immerhin hielt die Nase die Fahne hoch und leuchtete intensiv rot. In meinen Augenringen hätte man eine halbe Tube Make-up versenken können, und mit dem Gesichtsausdruck wäre ich die Idealbesetzung für ein Plakat der Katastrophenhilfe gewesen.

Ich sah furchtbar aus.

Selbst mein kleiner Colliemix Whisky sah nur kurz zu mir hoch und ließ dann winselnd Kopf und Ohren hängen.

»Bei dir sieht man wirklich, dass das Äußere das Innere widerspiegelt.«

Mein Vater lief mit seinem Werkzeugkoffer an mir vorbei und betrachtete mich kritisch.

»Danke, Papa.«

»Willst du lieber angelogen werden?«

»Nein, Papa.«

»Siehst du.«

Meine Eltern hatten sich gerade diesen Moment ausgesucht, um auf einen Sprung vorbeizusehen. Ich hatte ihnen am Abend zuvor leichtsinnigerweise von meiner verstopften Spüle erzählt, was die Stimmung meines Vaters, der zu Hause schon lange nichts mehr reparieren durfte, schlagartig gehoben hatte.

»Wie lange willst du ihm denn noch hinterhertrauern? Es ist jetzt mehr als ein Jahr her, dass er gegangen ist. Er ist es nun wirklich nicht wert.«

Meine Mutter hatte es also auch in die Diele geschafft. Sie zupfte unbehaglich an ihrem makellosen Hosenanzug herum, während sie meinen Aufzug musterte.

Er, das war der, dessen Name nicht mehr laut genannt wurde. Er war Mark. Der Ex. Der Mann, von dem ich angetrunken oft behauptet hatte, er sei mein fleischgewordener Traum, und dem ich im nüchternen Zustand immerhin noch dschinnähnliche Qualitäten bescheinigt hatte. Mark ist aber leider auch der Mann, der bei seinem letzten Männerausflug in die Alpen nicht nur auf die Berge geklettert ist. Als Souvenir aus seinem Urlaub hatte er sich Miriam mitgebracht, die mit einer üppigen Oberweite gesegnet und jetzt mit Mark liiert ist.

»Du musst wieder raus an die Front!«

Vor mir tauchte das enthusiastische Gesicht meiner Mutter auf, die mir aufmunternd zunickte.

»Mach dich chic, ruf deine Freundin an und dann ab auf die Piste!«

Noch eine Floskel, und es wäre wenigstens ein schöner Dreierpack.

»Andere Mütter haben auch schöne Söhne.«

Na also, da hatten wir sie doch schon.

»Ich konnte den Kerl ja sowieso noch nie so besonders gut leiden, weißt du ja«, Ma fuchtelte unbestimmt in der Luft herum. »Der kam mir immer ein bisschen... Alexander!« Aus der Küche hörte man ein lautes Knirschen, gefolgt von sanftem Plätschern.

Da konnte man mal sehen, wie durch den Wind ich war. Normalerweise schrillen bei mir sämtliche Alarmglocken, wenn ich meinen Vater mit einem Werkzeugkoffer sehe. Sowohl sein Hang zu handwerklichen Tätigkeiten als auch seine völlige Talentlosigkeit, wenn es nur darum geht, eine Glühbirne zu wechseln, ohne dass die halbe Straße im Dunkeln liegt, sind legendär. Er ist der stolze Besitzer einer Komplettausgabe von *Selbst ist der Mann*, die normalerweise ruhig und harmlos auf dem obersten Regalbrett zustaubt. Aber in regelmäßigen Abständen bricht das Heimwerkerfieber durch, weswegen er Stammkunde ist im Baumarkt, dort Rabattmarken bekommt und wahrscheinlich auch bald die Auszeichnung »Unser bester Kunde«. Mein Vater lebt treu nach dem Motto: Was der Mann selbst erschaffen hat, ist gut. Eine unumstößliche Tatsache und, laut Pa, der Professor für Steinzeitforschung ist, schon seit Urzeiten im Genprogramm eines jeden Mannes verankert.

Schon der Frühmensch zog schließlich morgens los, um einem mehr oder weniger netten pelzigen Vieh mit der Keule eins überzuziehen und es dann mit stolzgeschwellter Brust in die Höhle zu schleifen. Dann ist Wilma hinter dem Fellparavent vorgekommen, hat den Fang bewundert, die Keule für den nächsten Tag abgestaubt – und die Welt des Urmenschen war in Ordnung. Heute findet der Beutezug beim Schraubensortiment in Gang 14 im Heimwerkermarkt statt, meine Mutter verdreht beim Anblick einer Baumarkttasche die Augen und notiert sich schon mal den nächsten Sperrmülltermin im Kalender.

Ich schlich mit hängenden Schultern hinter Ma in die Küche. Dort hielt sich mein Vater nicht lange mit einer Entschuldigung dafür auf, dass er gerade alles unter Wasser gesetzt hatte, sondern teilte mir direkt mit: »Ich habe mindestens einen halben Eimer Sand gefunden.«

»Aha.«

»In deiner Spüle.«

»Sicher nicht«, sagte ich bestimmt. »Ich hole schnell was zum Aufwischen. Wir könnten übrigens mal wieder zu unserem Italiener gehen, da waren wir ewig nicht mehr, habt ihr Lust?«

»Themenwechsel gehören wirklich nicht zu deinen Stärken, Kia«, hörte ich hinter mir.

Heute war definitiv mein Glückstag. Meine Eltern hatten offensichtlich auch noch Brüderchen mitgebracht, und Oliver lehnte sich lässig an den Türrahmen, wobei er peinlich darauf achtete, dass seine Designerschlappen nicht nass wurden. Pa nickte ihm nur kurz zu und kam dann direkt wieder auf sein Anliegen zurück: »Es waren Dreckklumpen in der Spüle.«

Mir dämmerte, was er da entdeckt hatte, und ich war nicht stolz darauf, gleich zugeben zu müssen, 40 Euro für eine Dose natürliches Mineralpulver aus Vulkangestein mit zermahlenem Löss... also mehr oder weniger für Sand ausgegeben zu haben. In der Spüle lag das Ganze, weil mir mein Mineralhaushalt in dem Moment vollkommen egal geworden war, als ich den Mund voller Sandwasser hatte und es noch eine Viertelstunde danach verdächtig geknirscht hatte beim Kauen. Ich fasste das alles so knapp wie möglich zusammen, um dann schnell Richtung Abstellkammer zu verschwinden.

»Aber warum in aller Welt sollte man so etwas Widerliches freiwillig trinken?«, wollte Olli wissen.

Erschießt den Mann.

»Mal ehrlich: feingemahlene Steine mit Gartenerde in Wasser?! Ist das wieder so ein Frauending, von dem ihr glaubt, dass es sämtliche Falten binnen Stunden wegbügelt und kommenden gleichzeitig vorbeugt?«

Teeren und Federn nicht vergessen.

»Oder verjüngt die tägliche Einnahme einer Handvoll Dreck gleich so, dass du dich bald in der Pubertät wiederfindest und auf *Clearasil* umsteigen musst?«

Ich hatte es mir spontan anders überlegt: zuerst teeren und federn, dann vierteilen, gefolgt von erhängen und danach erst erschießen. Ich knirschte leise mit den Zähnen (unterstützt vom Sand), arbeitete kurz an meinem Gesichtsausdruck und wandte mich meinem Bruder zu. Ich sah einen strahlenden Oliver, der hochzufrieden mit sich und seinem detektivischen Spürsinn an der Wand lehnte und mich mit fragend hochgezogenen Augenbrauen ansah.

»Hör zu, Clouseau, halt dich einfach zurück – und wenn's irgend möglich ist, halt gleich noch den Mund. Ich hacke schließlich auch nicht auf deinen Fehlern rum.«

Gerade heute musste natürlich der Stiel vom Wischmopp feststecken. Ich zerrte und zog, das blöde Teil bewegte sich aber keinen Deut.

»Welche Fehler?«

Ich zerrte noch etwas fester und stolperte mitsamt Besen zurück in den Flur, wo mein Bruder ein ehrlich fragendes Gesicht zur Schau trug.

»Deine 47 und 11 Frauengeschichten? Diese Fehler?«, half ich ihm auf die Sprünge.

»Würde ich nicht als Fehler sehen. Man hat ja bei dir gesehen, wohin es führt, wenn man sich auf einen Partner festlegt.«

»Oliver!«

Meine Mutter stand sofort alarmiert neben mir und musterte mich besorgt.

»Ja, ja, schon gut«, ruderte Olli zurück. »Wir erwähnen Mark ja nicht mehr...«

Bei dem Namen war nicht nur Ma zusammengezuckt. Beschützend legte sie mir den Arm um die Schultern.

»Das war völlig unnötig, Oliver.«

Während sie meinen Bruder nach nebenan scheuchte, meinte sie leise: »Kialein, so geht es nicht weiter.«

So weit war ich auch schon gewesen.

»In deinem Leben liegt so einiges in Scherben...«

Mein Vater unterstrich den Satz seinerseits mit einem satten Scheppern.

Nachdem wir den Siphon wieder notdürftig geflickt, den Werkzeugkoffer versteckt und das Wasser auf dem Boden aufgewischt hatten, nahm ich die Einladung meiner Eltern zum Essen dankbar an. Ich verstaute alle sicher im Wohnzimmer auf der Couch, setzte Whisky als Wache davor und verschwand kurz im Bad. Nach einer schnellen Dusche legte ich ein leichtes Make-up auf, zog meine Lieblingsjeans, ein schwarzes Top und einen schwarzen Samtblazer über und war gerade dabei, meine dunklen Locken in eine halbwegs gesellschaftsfähige Form zu zwingen, als die gesamte Combo an mir vorbei zur Tür zog und mich dabei unverhohlen musterte. Whiskys Blick war dabei mit Abstand der netteste.

»Die Trauer trägt Schwarz oder wie?«

Oliver. Feinfühlig wie immer.

»Schwarz macht dich wirklich ein bisschen sehr blass, Kialein.«

Meine Mutter. Sie selbst war wie immer stilsicher von Kopf bis Fuß in cremefarbene Schurwolle gehüllt zu ihrem schwarzen Pagenkopf und dezent klimperndem Goldschmuck. Ma war eine geborene Francesca Di Lauro, was meiner Ansicht nach um Längen besser geklungen hatte als Francesca Fuchs. Gegen Askia Di Lauro hätte ich auch nichts gehabt, denn dann wäre mein seltsamer Vorname nicht ganz so sehr ins Gewicht gefallen, und ich hätte behaupten können, es sei der Name einer vergessenen italienischen Gottheit. So musste ich aber seit meiner Schulzeit meinen Vornamen nicht nur regelmäßig buchstabieren, sondern meistens auch erklären, woher er kam. Mit der Zeit hatte ich mir ein paar glaubwürdige Lügen zurechtgelegt, in denen selbstverständlich nicht erwähnt wurde, dass die Askja ein aktiver Vulkan auf Island ist und meine Eltern es originell fanden, ihre Tochter danach zu benennen, weil sie schon als Neugeborene beim Essen eine frappierende Ähnlichkeit mit dem Ding hatte. Aber ich musste fast dankbar sein für den Namensursprung, denn die Alternativen waren Désirée, ein Name, den mein Vater als Sortenbezeichnung auf einem Kartoffelsack entdeckt hatte, und Nadine gewesen. Nach einer Todesanzeige in der Regionalzeitung.

Abgesehen von dem Ausrutscher mit meinem Namen, war meine Mutter aber nicht nur Italienerin, sondern auch Romantikerin und hatte daher bei der Heirat ohne mit der Wimper zu zucken und entgegen der Tradition ihren melodischen Nachnamen aufgegeben. Ihr typisch italienisches

Faible für alles, was mit Mode zu tun hat, hatte sie allerdings behalten.

»Wie wäre es denn mal mit einer Kette oder hübschen Ohrringen? Ein schöner Schal? Hm? So ein bisschen Farbe macht das Gesicht doch gleich viel frischer! Ich glaube, wir gehen nächste Woche mal zusammen einkaufen.«

Also wenn das Schicksal einen auf dem Kieker hat, dann aber richtig. Mein Vater störte sich als Einziger nicht weiter an meiner Kleiderwahl, was vielleicht auch daran lag, dass er selbst noch eher erfolglos an dem großen Ölfleck auf seiner Weste herumwischte.

2

Als ich am Abend das Essen mit meiner Familie noch einmal Revue passieren ließ, ärgerten mich genau drei Dinge. Erstens: Warum hatte nur mein moralisch verkommener Bruder das gute Aussehen unserer Eltern geerbt? Groß gewachsen, mit einem markanten Gesicht und jungenhaftem Charme hatte ihm natürlich auch die Bedienung im Restaurant wieder Blicke glühender Bewunderung zugeworfen. Er hätte statt über das Tagesmenü auch über die Überlegenheit von grünen gegenüber roten Gummibärchen sprechen können, sie hätte genauso gebannt an seinen Lippen gehangen. Aber er war schon immer ein Frauenmagnet gewesen.

Selbst seine Kunstlehrerin in der Schule war Wachs in seinen völlig unbegabten Händen gewesen und einmal sogar auf die glorreiche Idee verfallen, ihn für ein Stipendium an der Kunstakademie vorzuschlagen – und das, obwohl unsere eigene Mutter bei seinem »Stillleben mit Äpfeln« zuerst vermutet hatte, es handele sich um ein Bild über den Bürgerkrieg. Auch seine Mathematiknoten sind erst dann sprunghaft in die Höhe geschnellt, als eine Frau den Kurs übernahm und praktisch jede Klassenarbeit treu an seiner Seite verbrachte, um ihn subtil auf etwaige Fehler aufmerksam zu machen, die der arme Junge in seiner Nervosität sicher nur übersehen hatte. Damals hatten wir ihm alle eine beispiellose Karriere als Schauspieler vorausgesagt.

Geworden ist Olli Gastronom, aber auch das ziemlich erfolgreich. Er hat nach dem Studium mit einem Freund zuerst eine Cocktailbar aufgezogen, sie mit innovativen Ideen richtig bekannt gemacht in der Stadt, und inzwischen führten die beiden sogar noch eine Lounge und einen kleinen Club. Früher habe ich meinen Bruder maßlos beneidet um seinen Job, von dem ich naiverweise dachte, er sehe abends mal in jedem Laden nach dem Rechten und hätte ansonsten eine schöne Zeit – bis er mich einmal mitgenommen hat. Heute weiß ich, dass sein BWL-Studium nicht für die Katz war.

Apropos Katzen... Zweitens lag mir noch etwas anderes schwer im Magen. Meine Mutter hatte angekündigt, dass ich mich bald mal wieder für ein paar Tage um ihren launischen Kater kümmern dürfte, weil Pa mit seinen Studenten im Allgäu bei einer Exkursion die Schippchen und Pinsel schwingen und sie selbst ihn begleiten würde. Ich dagegen sollte mit dem herrischen Kater zu Hause bleiben, der von Gott weiß wo angelaufen gekommen war, die vakante Stelle als Oberhaupt der Familie gesehen und auf ganzer Linie gesiegt hatte. Er hieß Schrödinger, und meine Mutter, die außer Armani nichts faszinierender fand als die Quantenphysik, hatte es unglaublich witzig gefunden, dem Kater in Anlehnung an seinen Namensvetter kein normales Körbchen, sondern eine Kiste als Schlafplatz auszupolstern.

Von seinen Launen abgesehen war er aber einigermaßen pflegeleicht und in der Regel mit einem beschaulichen Gang und eher trägen Schrittes unterwegs. Nur der Bauch, der auf dem Boden schleifte, wirbelte etwas Staub auf. Wenn der Kater allerdings die Witterung von Schnapspralinen aufnahm, machte er jedem preisgekrönten Pointer Konkurrenz: Das eine Vorderbein gekrümmt in der Luft, den Körper leicht nach vorne geschoben, stand er dann waagerecht da mit einer Körperspannung bis in die Schwanzspitze. Das hieß für mich, mich nicht nur an meiner Couch als Christo zu versuchen und sie krallensicher zu verpacken, sondern auch sämtliche alkoholhaltigen Lebensmittel in Sicherheit zu bringen, wenn ich den Nachbarn nicht wieder erklären wollte, warum der Kater lief wie ein Matrose auf Landgang.

Drittens und am meisten ärgerte mich aber, vor mir selbst zugeben zu müssen, dass meine Familie nicht so ganz falschlag und ich schon gerne wieder einen Mann an meiner Seite gehabt hätte. Ob man will oder nicht, man kommt scheinbar nicht um das Thema herum ... und man muss sich nichts vormachen, wir suchen ihn alle, den besten Freund-Partner-Mann. Selbst wenn man auf jede Nachfrage im Bekanntenkreis, ob man das Singleleben denn nicht allmählich leid sei, im Brustton der Überzeugung verkündet, man brauche im Moment wirklich alles andere als einen neuen Mann an seiner Seite, weil man ja so schrecklich beschäftigt sei und mit den Nerven sowieso noch völlig am Ende vom letzten Exemplar der Gattung – genauso gerne würde man natürlich morgens aus der Haustür raus und direkt in seine Arme reinfallen.

Außerdem hatte ich erst vor Kurzem erfahren, dass nun auch meine Nachbarin Anja mit ihrem Freund zusammenziehen wollte, und alle anderen bauten wohl ebenfalls eifrig an ihren Nestern. Mit meinen 31 Jahren bin ich auch nicht mehr die Allerjüngste, woran mich in letzter Zeit scheinbar jede Frauenzeitschrift erinnern möchte. Und leider nicht nur die. Erst letzte Woche habe ich meine persönliche Lieblings-Ex-Schulbekannte wiedergetroffen, wie sie ihren Kinderwagen durch die Fußgängerzone schob. Imke war ausgerüstet wie zu einer nepalesischen Gebirgswanderung, aber auf dem langen Marsch von ihrer Wohnung bis zum Drogeriemarkt könnte es natürlich durchaus vorkommen, dass den Kleinen ein schier übermächtiges Hungergefühl überkommt. Und Gnade dem Seelenheil der hauptberuflichen Mutter, wenn dann nicht binnen Sekunden das Gläschen griffbereit ist mit den handgerupften und penibel durchpürierten Bio-Karotten, die Mama noch mal schnell vorgekostet hat. Dabei war Imke eigentlich eine ganz Nette, auch wenn sie gern redete. Viel. Und laut. Kaum hatte sie mich gesehen, rief sie aufgeregt: »Die Biene ist auch schwanger, stell dir das mal vor!« Nein! Hatte schon jemand die *Tagesthemen* informiert? »Jahaa! Voll super, dass sie jetzt auch ein Kind kriegt, oder?«

Imke fand es offensichtlich schon mal sehr gut.

»Sie hat ja auch lange genug gewartet, ne...« Ein ungläubiges Kopfschütteln. »Dabei weiß man doch, dass die Gene mit dem Alter immer schlechter werden, und man will seinen Kindern doch nur das Beste mitgeben, oder? Ich meine, wir sind jetzt auch schon 31. Ein-und-dreißig!«

Vielen Dank, Imke. Aber man musste ihr zugutehalten, dass sie es sicher nicht böse gemeint hatte. Sie redete eben erst und dachte dann. Obwohl – eigentlich redete sie einfach nur, den Umweg übers Hirn sparte sie sich. Auch neulich schnatterte sie munter weiter: »Aber ich habe der Biene-Miene schon ganz viele Tipps gegeben, wir sind ja in derselben Krabbelgruppe.«

Ich muss dumm geguckt haben.

»Na, das Bienchen muss die anderen Mütter vorab doch schon mal kennenlernen und sich bei uns einfinden, damit sie auch bereit ist und so, wenn das Baby da ist.« Aha.

»Wir machen da ganz tolle Sachen! Wir basteln und singen zusammen, und neulich erst haben wir uns Delphingekicher angehört – das ist voll gut für die Entwicklung der Kleinen im Mutterleib, weißt du?«

Nein, das hatte ich nicht gewusst. Außerdem: Delphin- und Walgesänge – schön und gut, aber weiß man, was sich die lieben Wale da erzählen, während man andächtig lauscht? Vielleicht beschwert sich der eine gerade lauthals und in nicht gerade kindgerechter Sprache darüber, dass in dem völlig verdreckten Meer schon wieder eine Windel an ihm vorbeischwimmt...

»Ich hab der Bieneline und dem Jensi auch schon das ExcelSheet unserer Stilltabelle gemailt, das der Heiko und ich damals für Nilsiboy angelegt haben.«

Jetzt hatte ich sicher einen Gesichtsausdruck, als könnte ich nicht einmal die Triangel spielen.

»Stilltabelle in Excel?«, fragte ich ungläubig. Nicht dass es außer Nils noch andere Kinder im Baby- oder auch irgendeinem anderen Alter gegeben hätte, die rastlos auf ihren Eintrag gewartet hätten. Nein, aber Ordnung musste sein.

»Jahaa! Voll super, sag ich dir! Da haben wir beide immer eingetragen, wenn der Nilsi getrunken hatte, wie lange, wann genau und so weiter.«

Wahrscheinlich stand da drin auch noch, wie der Nilsi dabei geguckt und wie viele Sekunden das Bäuerchen gedauert hatte.

»Natürlich immer in einer anderen Farbe.«

Natürlich. Aber so war sie schon immer gewesen. Ich hatte damals öfter fasziniert auf Imkes mit zwölf verschiedenen Farben markierte Schulhefte gestarrt, die innen wie außen so fein säuberlich in Schreibschrift de luxe beschriftet waren, wie ich es noch nicht ein Mal im Jahr mit der

Weihnachtskarte für Tante Emilia hinbekommen hatte. Und ich hatte mir weiß Gott Mühe gegeben.

»Der Heikoschatzi und ich, wir kriegen ja in drei Monaten schon unser zweites Baby!«, plapperte Imke weiter und streichelte dabei liebevoll über ihren Bauch.

Mensch, dann machte die Exceltabelle doch endlich mal Sinn, wenn jetzt schon die Anzahl und Tageszeit der Bäuerchen von zwei Kindern eingetragen werden mussten, das war doch schön.

»Ich war mit dem Bienemäuschen auch schon ihren ersten Still-BH kaufen. Das war total aufregend!« Still-BH? Mein Gott! Die Schwangerschaft wird das erste Mal in meinem Leben sein, dass ich tatsächlich einen BH brauche! Da werde ich doch kein langweiliges Stillmodell nehmen, sondern gehe endlich mal in der Erwachsenenabteilung bei *Chantal Thomass* einkaufen, statt mich durch die Blümchenmuster in der Kinderabteilung zu wühlen.

»Hast du eigentlich schon das Neueste von der Kathrin gehört?«, fragte Imke und drückte Nils nach einem skeptischen Blick auf ein Wolkenloch einen schreiend orangefarbenen Sonnenhut auf den Kopf. Dann lehnte sie sich beruhigt gegen den Schieber des Kinderwagens. »Nein, ich habe keinen Kontakt mehr zu Kathrin«, sagte ich.

Den hatte ich schon in der Schule nicht gesucht. Imke und sie waren dagegen immer blendend miteinander ausgekommen, und sie verkündete voller Stolz: »Eine richtige Karrierefrau ist das geworden! Aber das war sie ja schon immer.«

Sie hat immer sämtliche Zusatzhausaufgaben gemacht, ja.

»Wie sie das nur schafft!«, rief Imke anerkennend, während sie begann, den armen Nils in seinem Wagen heftig durchzuruckeln. »Voll die Aufsteigerin!«

›*Streberin* ist das Wort, das du gesucht hast‹, dachte ich bei mir.

»Und der Kathrinmaus ihr Mann ist so ein supererfolgreicher Wirtschaftsanwalt. Sieht auch voll gut aus!«

Nils war schon leicht grünlich um die Nase von dem Geschunkel, und ich musste sagen, dass mir auch gleich schlecht werden würde von all den Supermüttern und Karrierefrauen samt Karrieremännern. Ich wollte nur noch weg und überlegte mir schon mal ein passendes Sätzchen, aber Imke kam mir zuvor: »Du, es hat mich total gefreut, dass wir uns mal wiedergesehen haben, aber ich muss los, der Nilsemann bekommt immer Punkt halb 12 sein erstes Mittagessen. Bussi-Bussi!« Und ich sah beim Wegrollen nur noch das Fähnchen am Kinderwagen wippen, auf dem stand »Hier fährt der Nils«.

Ich hatte gerade damit begonnen, den Abend auf dem Sofa mit dem altbewährten Heilritual einer Tafel Milka linker und einer rechter Hand ausklingen zu lassen. Von beiden biss ich sehr diszipliniert immer abwechselnd ab, als es an der Tür klingelte. Ich öffnete und hatte sofort einen Briefumschlag vor meinem Gesicht, mit dem meine Schwester Natascha herumwedelte, die direkt nebenan wohnte.

»Melanie und Michael heiraten auch.«

Damit ließ sie mich an der Tür stehen und sich mit ihrer Balitasche im Wohnzimmer aufs Sofa fallen. Tascha hatte direkt im Anschluss an ihre Hippie-Ära konsequenterweise mit den Gewändern der Esoterikszene weitergemacht und war wieder mal in eine Art indischen Sari gewickelt. Mit Szenen aus dem Kamasutra, wenn ich richtig sah.

»Das sind die Vierten. Die Vierten, Kia!«

Ihre Stimme wurde jetzt ein bisschen schriller, und die Fußglöckchen bimmelten aufgeregt.

»Du wirst jetzt aber keine Torschlusspanik kriegen, oder?«, fragte ich, als ich ihr ins Wohnzimmer folgte. »Außerdem ist das Letzte, was ich heute brauchen kann, noch jemand, der mir klarmacht, dass ich bald eine nette kleine Katzenpension aufmachen kann, weil ich wahrscheinlich sowieso keinen mehr abbekommen werde.«

Tascha riss die Augen auf. Gut. Das war das Falscheste gewesen, was ich hatte sagen können.

»Das denke ich auch oft bei mir…«, hauchte sie. »Du weißt ja, dass ich bisher nicht so viel Glück hatte mit den Männern.«

Kein Glück? Das war der Euphemismus des Tages. Natascha hatte schon in der Schule angefangen, ihr Radar für ausgesuchte Vollpfosten zu installieren, und bis heute hatte sie scheinbar immer schön weiter an der Technik gefeilt. Die Highlights ihres Beziehungslebens waren für mich Heiner, der chronisch unter Gedächtnisverlust litt und erst wieder an seine Frau und dann an seine beiden Kinder erinnert werden musste, und Klaus, das Kaninchen. Den hatte Tascha bei einem ihrer geliebten Eso-Workshops kennengelernt, wo sie sich bei einem schamanischen Räucherritual nähergekommen waren.

Natascha hatte wohl die Kräuterdämpfe zu tief eingeatmet und fand es absolut faszinierend, als Klausi ihr erzählte, sein Krafttier sei das Angorakaninchen und er folglich ein ganz Sanfter. Oder eben eine Lusche, wie sich später herausstellte, als er bei Tascha zum romantischen Abendessen eingeladen war. Seine Mama musste nur einmal scharf hupen, und Klausi hoppelte sofort und ohne

Haken zu schlagen in den Volkswagen, mit dem die Hasenmami vorm Haus wartete.

»Ich hoffe jeden Abend, dass ich meine karmischen Partner jetzt alle getroffen und meine Schuld mit ihnen abgearbeitet habe, damit der Nächste der Eine sein kann.«

Tascha seufzte schwer.

»Beziehungen sind immer Arbeit, da musst du dir nichts vormachen. Es wird garantiert kein Prinz auf weißem Rosse bei dir klingeln, der fragt, ob du mal einen Eimer Hafer für das Pferd hast, bevor ihr euch zum Schloss aufmacht.«

»Ach, du bist so desillusioniert... Arme, arme Kia.« Tascha war aufgestanden und hatte mich in ihre Arme gezogen. Obwohl sie nur zwei Jahre älter war als ich, nahm sie ihre Rolle als große Schwester sehr ernst. Den Kopf an ihrer Schulter hätte ich mich auch wohlgefühlt, wenn ich nicht die Nase in ihrer roten Wallemähne und das Gefühl gehabt hätte, gleich ohnmächtig zu werden bei dem intensiven Patchouli-Geruch, der mir entgegenschlug. Ich machte mich vorsichtig von ihr los und lächelte sie trotzdem dankbar an. Ich stand kaum jemandem näher als Tascha, weswegen ich auch mit einem Blick wusste, dass sie trotz ihres Lächelns immer noch an der Hochzeitseinladung und ihrer eigenen Männerlosigkeit knabberte.

»Eigentlich haben wir es gar nicht so schlecht«, versuchte ich sie aufzumuntern. »Für mich gibt es kaum etwas Komplizierteres als Beziehungen. Schon die Anbahnerei ist für mich der reinste Horror, und du weißt, dass ich absolut nutzlos bin, wenn es darum geht, einen Mann kennenzulernen.«

»Ja.« Tascha grinste. »Es ist ein sehr guter Tag, wenn du es fertigbringst, einen Typen, der dir gefällt, mal länger als eine Zehntelsekunde anzusehen. Und du machst wahrscheinlich drei große Kreuze an den Kalender, wenn du dabei auch noch lächelst...«

»Mach dich nicht lustig, das ist es nämlich ganz und gar nicht. Und wir beide wissen, wie viele männliche Wesen ich im Laufe der Zeit kennengelernt habe.«

»Dabei siehst du gar nicht so schlecht aus.«

»Übertreib es bloß nicht mit den Komplimenten.«

»Komm, du weißt selbst, dass es einige Männer gibt, die auf deinen Typ stehen. Ich habe dich immer ein bisschen beneidet um deine schwarzen Locken und diese riesigen himmelblauen Augen. Oma hat immer gesagt, du würdest aussehen wie ein Elf.«

»Sie hat gesagt ›schäbiger Gnom‹«, erinnerte ich sie. »Als wüsste ich nicht selbst, dass ich mit meinen knapp 1,60 nicht gerade Gardemaß habe.«

»Du machst aber auch nichts aus dir. Und du rennst immer rum wie ein Junge – Jeans, T-Shirts, Turnschuhe.«

»Auf hohen Hacken hab ich einen Gang wie ein angeschossener Eber!«

Ich fand hohe Schuhe und besonders hohe Stiefel zwar endchic, nur leider konnte ich damit nicht nur kaum laufen, sondern ich sah auch noch aus wie der gestiefelte Kater. Und als ich einmal in trendigen Leggins aufmarschiert war, dachten alle, ich komme direkt vom Bodenturnen. Mode und ich waren keine Verbündeten, so viel stand fest.

»Na ja, immerhin schaffst du es, trotz deiner Fastfoodlastigen Ernährung relativ schlank zu bleiben, davon kann ich nur träumen, wie man sieht.«

Tascha tätschelte ihre Rundungen, auf die sie insgeheim aber doch ganz stolz war, seit ihr Kursleiter aus dem Runen-Seminar sie mit Freya, der Fruchtbarkeitsgöttin, verglichen hatte.

»Schlank trotz Pommes, ja. Das hat Ma allerdings auf die fixe Idee von Bulimie und unseren lieben Bruder auf die von einem Fuchsbandwurm gebracht.«

Wenigstens Natascha konnte darüber lachen. Ich fragte mich aber schon manchmal, ob ich nicht im Krankenhaus vertauscht worden bin. Dann lebte jetzt so ein armes, stilsicheres Kind mit ausgeprägten Modegenen vielleicht bei einer Familie, die sich ausschließlich in naturbelassene Jute wickelte und Valentino womöglich für einen Geigenbauer hielt. Aber meine dunklen Haare und die Kurzgrößen meiner Hosen verrieten dann doch meine italienischen Gene, und mit meinem Vater verband mich darüber hinaus einiges. Zwar etwas weltfremd, aber darum bemüht, mir wirklich zu helfen, war er meine erste Adresse, wenn ich etwas auf dem Herzen hatte. Er war ja nur leider auch Archäologe mit dem Fachgebiet »Paläolithikum«, vulgo: Fred Feuerstein und seine Freunde. Pas Ratschläge konnten daher schon mal so ausfallen, dass er mich damit tröstete, dass die Frauen der Steinzeit sich schließlich auch immer wieder neu orientieren mussten, weil der Säbelzahntiger schlechte Laune gehabt hatte und ihr Mann nicht mehr von der Jagd zurückkam. Oder er riet mir, mich für eine Weile in meine Höhle zurückzuziehen, um meine Wunden zu lecken und mich am Feuer zu wärmen.

Meine Wunden hatte ich nun wirklich lange genug behandelt, und es ging mir wieder gut – selbst wenn ich einen kleinen Rückfall gehabt und vorm Spiegel getestet hatte, wie ich in farbloser Schlafanzughose und bunter Strickjacke aussah. Das echte Problem war viel eher, überhaupt den Passenden zu finden. Das hielt ich mittlerweile für nahezu unmöglich... auch wenn einem Frau Pilcher und Konsorten gerne weismachen möchten, dass der Richtige gleich hinter dem nächsten Landrover lauert, um einen auf sein Familiengut zu entführen.

Da es aber eher unwahrscheinlich war, dass ich heute Abend noch in einen Geländewagen gezerrt wurde, lud ich Tascha ein, zum Essen zu bleiben, und machte mich auf die Suche nach dem Prospekt des neuen Lieferdienstes. Als ich zurückkam, sah ich meine Schwester konzentriert über die Tageszeitung gebeugt.

»Ich dachte, das verdirbt nur die Schwingung, wenn man die Negativschlagzeilen liest? Ich nehme die Pizza ›Russia Rustica‹ mit Rucola. Vielleicht ist noch Wodka drauf, hätte ich heute nichts dagegen.«

Ich ließ den Flyer in ihren Schoß segeln, aber sie beachtete weder ihn noch mich.

»Was liest du da so Spannendes?«, wollte ich wissen, als ich mich ihr gegenüber auf die Couch fallen ließ und die Füße hochlegte.

»Hm? Die Kontaktanzeigen.« Mehr kam nicht.

»Die Kontaktanzeigen?!«

Ich saß wieder gerade.

»Ja.«

»Im Ernst? Wie kommst du denn da drauf? So schlimm ist es nun auch nicht!«

»Ich habe sie durch Zufall entdeckt... wobei – Zufälle gibt es selbstverständlich nicht. Es war wohl Bestimmung, dass ich die Annoncen entdecke. Ja, das war es.« Ganz bestimmt.

»Und, hast du Mr. Right schon entdeckt?«, fragte ich spöttisch.

»Ich muss erst in die Texte hineinspüren...«

Ich spürte nur meinen Magen, also sagte ich: »Kannst du dir bitte vorher noch etwas zu essen aussuchen, dann ruf ich schon mal beim Pizzaservice an.«

»Such du bitte etwas für mich aus, ich glaube, ich habe eine verwandte Schwingung hier gespürt bei ›Lebenskünstler, 47, eigener Wohnwagen‹.«

»Dafür hätte ich nicht mal bis ›Wohnwagen‹ lesen müssen, um zu wissen, dass du auf den abfahren würdest.«

Ich guckte sie eindringlich an, und sie verstand tatsächlich sofort.

»Gut, dann lies du dir mal ein paar Anzeigen durch.« Mehr aus Langeweile als aus echtem Interesse nahm ich die Zeitung, während Tascha sich in die Speisekarte vertiefte. Ich brauchte nicht lange, bis ich etwas zum Lästern fand.

»Hier ist etwas Schönes«, freute ich mich. »›Suche eifrigen Kirchgänger und Genießer‹ – na, da kann sie lange suchen. Wie soll das denn zusammengehen? Auf den Knien rutschend und den Rosenkranz betend, genießt er das Leben in vollen Zügen oder wie?«

»Vielleicht rutscht er zum Rotwein rüber«, vermutete Tascha. »Hast du welchen da?«

»Ja, hole ich gleich. Hier, pass auf!« So langsam machte mir die Sache Spaß. »›Rundliche Fee sucht männliche Blüte zum Beschnuppern‹ – klasse, darauf musst du erst mal kommen! Oh, das ist noch besser: ›Bezaubernde Damen aus Osteuropa suchen Partner von 30 bis 90.‹ Sehr seriös.«

»Es gibt immer ein paar schwarze Schafe, aber darunter ist vielleicht auch ein einsamer, netter Mann, der …«

»Ja, genau. So wie der hier«, unterbrach ich sie. »Der ist subtil unterwegs: ›Mann in fester Beziehung sucht hübsche Saunapartnerin‹. Und hier! Ein Klassiker, ich hätte ja nicht gedacht, dass sich die Brüder so eine Anzeige wirklich trauen: ›Sportlich-aktiver Herzchirurg, graumeliert, Porschefahrer, finanziell abgesichert, sucht für die Freizeitgestaltung mit Niveau attraktive, devote Frau mit Besitz.‹«

»Geht doch.«

»Tascha ... das heißt, der sucht eine, die vorzeigbar ist, sich unterordnet, ihre Bootsschuhe selbst bezahlen kann und sonst nicht weiter nervt.«

»Du bist immer gleich so negativ ...«

Ich warf ihr nur einen eindeutigen Blick zu und las weiter vor: »Die hier hat wohl schon einiges durch und wurde bestimmt von ihren Freunden unter Druck gesetzt, endlich wieder einen Versuch zu starten. Sie schreibt: ›Es ist wohl an der Zeit, einen neuen Mann kennenzulernen, um zu unbekannten Ufern aufzubrechen.‹ Die hat doch Angst davor und würde viel lieber allein zu Hause bleiben!«

»Du sollst nicht rumpsychologisieren, sondern die Anzeigen lesen, über denen steht ›Er sucht sie‹, Kia.« Tascha riss mir die Zeitung aus der Hand und vertiefte sich wieder darin.

»›Firmeneigner, motorisiert, noch mit vollem Haupthaar, ...‹«, las sie nach einer Weile vor.

»Wenn das seine einzigen Vorzüge sind – danke, nein.«

»Jetzt warte doch mal ab, also: ›Bilderbuchmann mit umwerfender Figur und tollem Haus‹ ...«

»Tascha, hör auf! Ich würde sowieso nicht auf so eine Anzeige antworten, da fühlt man sich doch, als wäre man der letzte Husten. Eine, die auf offener Straße keinen abkriegt.«

»Quatsch, ich habe erst vor Kurzem gelesen, dass man bei dem heutigen Lebensstil einfach kaum noch eine Chance hat, jemanden auf normalem Weg kennenzulernen.«

Das wollte ich nicht hören.

»Was soll sich denn so groß verändert haben? Wo haben unsere Eltern sich denn zum Beispiel kennengelernt? Bei der Arbeit. Und Tante Emilia und Onkel Erwin? Auf der Kirmes. Man trifft sich auf Festen von Freunden, vielleicht in Bars. Das gibt es heute auch alles noch, wir müssen nur öfter ausgehen«, schloss ich bestimmt. Wirklich überzeugt war ich allerdings nicht, denn es war ja nun nicht so, dass ich um all diese Events und Orte bisher einen großen Bogen gemacht hätte. Aber war ein Passender dabei irgendwo aufgetaucht? Nein. Tascha sah das wohl ähnlich, denn sie musterte mich nur skeptisch und verschwand wieder hinter der Zeitung.

»Aber die Annoncen sind sicher auch nicht der richtige Weg«, versuchte ich es noch einmal. »Da kann viel stehen – die lügen doch alle wie gedruckt!«

»Was soll denn an ›rundlich, nicht mehr der Jüngste, aber lebensfroh‹ gelogen sein?«, wollte sie wissen, als sie die Zeitung sinken ließ und mich ansah.

Gute Frage.

»Na, ›lebensfroh‹«, erwiderte ich matt.

Die Papierschilde mir gegenüber fuhren wieder hoch.

Als Natascha sich zwei Stunden später ihre Tasche vom Sessel angelte und auf dem Weg zur Tür in ihre bestickten Ballerinas schlüpfte, rutschte ich tiefer in die Kissen und drückte Whisky mit den zerlesenen Zeitungsseiten an mich. Ich wünschte uns wirklich, endlich den Mann fürs Leben zu finden, aber so?

»Denk noch mal über die Idee mit der Kontaktanzeige nach«, hörte ich Tascha aus der Diele.

»Sicher nicht«, schrie ich zurück.

Bevor die Tür hinter ihr ins Schloss fiel, rief sie mir über die Schulter aber noch zu: »Und denk dran: morgen Abend Fitness! Ich hole dich um sechs Uhr ab.«

Ich hatte es immer geahnt: Unter ihrer netten Fassade schlummerte das Böse.

Ich schenkte mir den Rest Rotwein ein und legte die Zeitung mit den Anzeigen ganz unten in den Korb für das Altpapier. Ich wollte nicht mehr darüber nachdenken, denn was ich selbst Tascha nie erzählt hatte, war, dass ich mich vor einigen Monaten mal bei einer Online-Singlebörse angemeldet hatte. Es war mir damals peinlich gewesen, und es war es heute noch – vor allem weil die Ausbeute alles andere als berauschend gewesen war. Im Grunde hatten die Treffen mit den Männern, die ich über die Seite »Urban Delight – tolle Singles aus deiner Stadt« kennengelernt hatte, jedes Klischee erfüllt, von dem ich jemals gehört hatte.

Der eine hatte in den Mails, die wir hin- und hergeschickt hatten, eigentlich ganz nett geklungen. Eddy war nicht der Witzigste und dachte, Screwball-Komödien wären lustige Filme über durchgeknallte Softballspieler, aber er machte ansonsten einen verständigen Eindruck, und wir verabredeten uns zum Kaffee. Genau der vierte Satz von ihm war dann allerdings: »Ich hab übrigens zwei Kinder aus anderen Beziehungen.«

»So?«

Mehr konnte ich in dem Moment nicht sagen, denn ich hatte das Kuchenstück vor Schreck in die Luft statt in die Speiseröhre bekommen.

»Hmhm. Aber muss man ja nicht gleich an die große Glocke hängen. Viele Frauen winken da nämlich direkt ab.«

»Ach was.«

»Ja!«

Eddy machte ein Gesicht wie Ist-das-denn-die-Möglichkeit?

»Also sag ich jetzt erst mal nix von Shakira und Jason Justin, wenn ich die Bräute kennenlern.«

»Ist ja logisch.«

Eddy klopfte mir erleichtert auf den Arm und strahlte mich an: »Ich sehe, wir zwei verstehen uns!«

Ich für meinen Teil sah, dass der Kerl wahrscheinlich noch nicht mal wusste, was Ironie überhaupt war.

Der Nächste war nicht besser, sondern ein Exemplar der leider nicht allzu seltenen Gattung des *Macho incredibilis*. Karsten war völlig fassungslos, als ich nicht nach dem ersten Treffen mit ihm in seine Wohnung gehen wollte, obwohl er doch extra eine Flasche Sekt gekauft hatte. Scheinbar war eine ganze Buddel in seinem Verständnis praktisch die Eintrittskarte zur Unterwäschebesichtigung. Die Frau durfte sich ja immerhin auch an dem *Rotkäppchen halbtrocken* laben.

Quasi als Bonus hatte ich auch noch die Demonstration seines Autos über mich ergehen lassen müssen mitsamt der Erläuterung des Cockpits, und wenn man Karsten reden hörte, hätte man meinen können, man brauche für die Bedienung eine Ausbildung wie der Chefingenieur der Enterprise. Als er mit einem strahlenden Lächeln das Navi in Gang setzte, war es ihm auch völlig schnuppe, dass wir uns auf dem Parkplatz vom Supermarkt befanden. Er hätte das Ding wahrscheinlich auch in einem Kaff mit drei Häusern an einem Feldweg angeworfen, um sein technisches Können zu demonstrieren.

Das Treffen, nach dem ich aber sofort mein Profil auf der Onlineplattform gelöscht hatte, war das mit Edelbert.

Mit ihm hatte ich mich auf seinen Wunsch hin in einer rauchigen Pilskneipe getroffen, wo ich bald herausfand, dass er wohl sein eigenes Foto mit einem Jugendbild von Cary Grant verwechselt hatte. Da ich niemanden sah, der auch nur annähernd Ähnlichkeit mit dem Profilfoto hatte, brauchte ich eine Weile, bis ich in dem schmerbäuchigen Mann mit fettigen Haaren meine Verabredung erkannte. Das lag allerdings auch daran, dass Edelbert sich hinter einem in der Ecke wuchernden Philodendron versteckt hielt. Nicht etwa weil er sich für seinen Aufzug aus muffelndem Polyesterhemd, dessen Muster so straff über den Bauch gespannt erst richtig gut rauskam, und braunen Hochwasserhosen schämte, sondern weil er fürchtete, wir könnten abgehört werden. »Schnell, komm hier hinter!«

Im Grün raschelte es. Ein Arm teilte die Blätter und zerrte mich in die Ecke. Dort flüsterte mir Edelbert im Verschwörerton zu: »Wir werden beobachtet. Ich spüre sie!«

Heute würde ich das sicher nicht mehr tun, aber damals fragte ich naiverweise: »Wer? Wen meinst du?«

»Na, die Teufel!«

»Die Trucker dahinten? Also die sehen doch eher nicht so aus, als wären sie Mitglied bei den *Hells Angels*.«

Ich guckte unauffällig zu den drei Männern rüber, die harmlos an der Theke standen und ihr Bier tranken.

»Neeein. Die Unsichtbaren.«

Oha. Alles klar. Ich war hier definitiv falsch.

»Aber keine Angst, ich habe mittlerweile Übung darin, sie zu orten, jaja. Ich werde bei dir in der Wohnung auch gleich mal alles checken, wenn wir dort sind.«

›Du, mein Freund, wirst noch nicht mal deinen großen Zeh bei mir über die Schwelle setzen‹, dachte ich bei mir und raffte schon mal meine Jacke und die Tasche zusammen, um möglichst schnell die Flucht ergreifen zu können. Aber ich hätte auch einfach laut pfeifend durch die Kneipe zum Ausgang schlendern können, Edelbert hätte es nicht gemerkt. Der war schon wieder auf Tauchstation. Diesmal unterm Nachbartisch, von wo aus er aufmerksam den Hinterausgang beobachtete. Ich war selten schneller gelaufen als an diesem Tag, und auf eine Kontaktanzeige würde ich in diesem Leben nicht mehr antworten. Da konnte sich Tascha auf den Kopf stellen und mit den Beinen wackeln.

Ich schüttelte mich noch einmal, als ich an Edelbert denken musste, und scheuchte dann Whisky auf für unsere Abendrunde. Draußen hatte es geregnet, und aus dem geplanten flotten Spaziergang wurde ein missmutiges Schleichen über leere, feuchte Straßen. Früher hatten selbst die Runden spätabends Spaß gemacht, wenn Mark und ich zusammen mit Whisky um den Block gelaufen waren und aufgezählt hatten, was wir zu Hause gleich alles tun könnten, um uns wieder aufzuwärmen. Heute hatte ich nur die Auswahl zwischen einer Bettflasche mit Gänseblümchenmuster oder wahnsinnig aufregendem heißem Tee.

Als wir auf dem Rückweg durch die Fußgängerzone liefen, stand vor den Schaufensterauslagen eines Reisebüros Hand in Hand ein Pärchen, das sich interessiert die Angebote ansah. Ich hörte, wie sie von der Jane-Austen-Rundreise durch England schwärmte und sich schon auf romantischen Rosengartentouren an literarischen Schauplätzen sah. Aber ihr Mann schien mit Mr. Darcy so viel am Hut zu haben wie George W. Bush mit dem Friedensnobelpreis. Doch genau in dessen schönes Land wollte er fahren, und er pries ihr gerade in den höchsten Tönen einen Wochenendtrip nach Las Vegas an. »Feiern, bisschen spielen und vielleicht gewinnen!«, warb er.

»Stripclubs, Zockerei und pleite nach Hause«, konterte sie.

Na, die Reise stand ja schon mal unter einem guten Stern. Ich schämte mich kurz für meine wenig christlichen Gedanken, aber wenn ich ehrlich war, ging es mir zumindest etwas besser. Ich war zwar nicht gerne Single, aber die Alternative schien auch nicht unbedingt besser zu sein. Trotzdem verfiel ich beim Weitergehen in nostalgische und leider auch ziemlich rosarot eingefärbte Gedanken.

Ich ertappte mich bei Gedanken wie: Bei Mark und mir war immer alles ganz anders gewesen. Wir hatten uns gut verstanden. Wir hatten dieselben Reiseziele. Wir hatten (leider) sogar dieselbe Schuhgröße. Unsere Vorstellungen von Treue gingen dafür ziemlich auseinander, weswegen ich mir selbst im Geiste, denn man muss es ja nicht gleich übertreiben, an den Kopf schlug und mir einzureden versuchte, dass mein Leben ohne Mann so schlecht nicht war.

Whisky und ich mäanderten noch eine Weile um diverse Bäume, bis er endlich den Einen gefunden hatte, und ziemlich ausgekühlt liefen wir schließlich um die letzte Kurve nach Hause zur Gänseblümchenbettflasche.

3

Nur noch fünf Zentimeter, dann hätte ich an diesem Morgen tatsächlich mal als Erstes auf meinem Stuhl gesessen, als ich ins Büro kam, aber vorher hörte ich das vertraute: »Komm sofort rein!«

Die Hoffnung, dass meine Chefin noch ein »Bitte« an ihre Befehle hängen würde, hatte ich schon vor einiger Zeit begraben.

»Ich warte!«

Das dröhnte im allerfeinsten Kasernenton aus dem Nebenraum. Wenn die mal arbeitslos würde, wüsste ich schon ein Betätigungsfeld für sie. Leider war nicht damit zu rechnen, dass unsere Herrin und Meisterin Vera Vandenburg, ihres Zeichens die meistgebuchte Inneneinrichterin der Stadt, in absehbarer Zeit das Feld räumen würde, und so schob ich meinen Sessel wieder zurück, stellte die Kaffeetasse ab und marschierte nach nebenan. Dort thronte Vera in ihrem neuerdings asiatisch gestalteten Büro, weil sie gelesen hatte, dass das die Kunden beruhige. Von dem ständigen Geblubber des original Feng-Shui-Brunnens wurde ich zumindest aber schier wahnsinnig, und der füllige Buddha passte auch nicht wirklich ins Einrichtungskonzept. Ich bekam vor allem immer richtig Hunger, sobald ich den gut genährten Jung im Blick hatte. Vor ihm hatte Vera schon wieder den üblichen Berg an Hilfsjobs für mich aufgebaut: Farbkarten suchen, Tapetenmuster anfordern, Moodboards mit Stoffmustern für sie zusammenstellen... In einem ihrer früheren Leben war die Frau mit Sicherheit Sklaventreiber gewesen. Nebenbei fragte sie mich auch wie üblich nach meiner Meinung zu dem aktuellen Projekt, das sie betreute.

»Wie würdest du das kombinieren?... Ah, ja, genauso hatte ich mir das auch vorgestellt. Gute Antwort, bestanden. Hahaha.«

Als wäre sie selbst jemals auf eine Idee gekommen, die keine eckigen grauen Sofas in ansonsten fast leeren Räumen vorsah. Im, wie sie es nannte, »Cleanlook« war sie unschlagbar, aber für alles andere schlicht nicht zu gebrauchen. Ich wusste das, der Rest der Firma wusste es, aber wenn ich meinen Job behalten wollte, musste ich mir eben auf die Zunge beißen. Ich war als Quereinsteigerin in die Firma gekommen, und Vera ließ mich gerne spüren, dass ein Germanistikstudium nicht die ideale Voraussetzung für die Arbeit als Inneneinrichterin ist. Da ich Gott sei Dank auch noch Kunstgeschichte vorweisen konnte und ein Auge für Farben hatte, war ich meist für die Farbgestaltung zuständig, was mir sehr entgegenkam und den Job einigermaßen erträglich machte. Lange würde es aber schon nicht mehr dauern, dann... Ja, dann hätte ich genügend Erfahrungen gesammelt und Geld angespart und könnte meine eigene kleine Firma aufmachen! Das war mein großer Traum, von dem ich an guten Tagen restlos begeistert war – und den ich an schlechten für ein einsturzgefährdetes Luftschloss hielt. Im Moment gab ich aber ohnehin noch bereitwillig Auskunft zur Einrichtung des Ferienhauses eines mir jetzt schon sympathischen Klienten, der offensichtlich nicht für Veras 0815-Stil zu begeistern war.

»Was hältst du von meiner Idee, Beige mit Grau zu kombinieren?«

›Dass das zum Beispiel Minotti schon seit Ewigkeiten macht und es daher mitnichten deine Idee ist?‹, dachte ich. Zu Vera sagte ich aber nur: »Ja, das liegt im Trend. Aber ich würde dann verschiedene Strukturen wählen und über die Materialien Spannung reinbringen, damit es nicht zu eintönig wird.«

»Sowieso!«

Wer's glaubte.

»Und nur eckige Formen.« Vera war in ihrem Element. »Eckige Beistelltische, ein kubisches Sofa und viereckige Stahlklötze!«

Sie strahlte.

›Zu deinen Ecken und Kanten passt das wunderbar‹, ging es mir durch den Kopf. Da mir der Kunde aber leidtat, schlug ich ihr vor: »Wie wäre es, wenn du den Kontrast weiter fortführst und zu den kantigen Stücken auffallend runde kombinierst? Ganz subtil als Kreise auf einem Bild oder als abgerundete Armlehnen am Sessel. Wirkt dann harmonischer.«

»Hmm...«

Vera kritzelte eifrig mit. So ging das noch eine Weile weiter, aber schließlich klappte sie die Mappe zufrieden zu, drückte mir einen ihrer Farbfächer zum Einsortieren in die Hand und teilte mir dann im Vorbeigehen mit, dass sie jetzt zu einem Meeting müsse. Während ich noch gegen die Schwaden von Veras Parfüm ankämpfte, für das sicher nicht nur ein Moschusochse hatte herhalten müssen, sah ich auf die Uhr: halb zehn und Monatsanfang, also Zeit für Veras Generalüberholung. Wenn sie heute Nachmittag wieder im Büro aufschlagen würde, wäre ihr Sonnenbankorange noch ein bisschen mehr in die Haut eingebrannt, aber die chronisch steile Stirnfalte, die sie immer leicht unentspannt aussehen ließ, wäre dafür frisch glatt gebügelt. Ansonsten war Vera einmal im Monat immer von Kopf bis Fuß runderneuert: gecremt, gewachst, gefeilt, lackiert und besprüht, wo es nur ging. Wahrscheinlich würde sie auch wieder »kurz die Zeit finden«, um »ganz schnell in die Boutique auf dem Weg zu springen« und dort einen weiteren Kittel in einem neuen Schockton zu kaufen. Denn auch wenn sie in ihren Einrichtungen alles in unauffällige Schlammfarben tauchte, trug Vera selbst bei der Arbeit nur tiefdekolletierte Wickelkleider von Diane von Fürstenberg in sämtlichen Rot- und Pinktönen, die sie finden konnte, mit stetig wechselnden mörderisch hohen Highheels. Sie nannte das Stiltreue. Man konnte da aber geteilter Meinung sein.

Jetzt klackerte sie mit ihrem übertriebenen Hüftschwung und ihren neuen goldenen Barbara-Bui-Sandaletten zur Tür hinaus, die ich dank der konsequenten frühkindlichen Modeerziehung meiner Mutter im Schlaf erkannt hätte, und kurz darauf hörte man den Motor ihres Sportcabrios unwillig aufheulen. Zu dem Boxster hatte Oliver nur gemeint, er sei der etwas missglückte Versuch von Vera, ihr eigenes, wenig vorteilhaftes Fahrgestell ansprechend zu verpacken. Immerhin brauchte sie sich selbst bei offenem Verdeck keine Sorgen um ihre Frisur zu machen. Unter uns nannten wir Vera wegen ihrer Betonfrisur gerne Lady Helmchen, und meist bewegte sich nicht ein Haar auf Veras blondiertem Kopf.

Ähnlich unflexibel verhielt sie sich leider auch ihren Angestellten gegenüber. Wir waren alle nach einem kurzen Blick auf unseren Lebenslauf und unsere Aufmachung in eine Schublade gesteckt worden, und dort blieben wir dann auch. Der Chefdesigner Leonhard, der mehr oder weniger glücklich mit einer übellaunigen Gräfin verheiratet und dafür jetzt ein von Huppt war, war meist für das Nobel-Traditionelle zuständig. Was auch gut war, denn wenn er mit einer Einrichtung fertig war, sah fast alles aus wie beim Adel im Ahnenzimmer. Er hatte es einmal sogar geschafft, für eine Arztpraxis Perserteppiche und Kristalllüster vorzuschlagen, und war ehrlich pikiert gewesen wegen der Einwände von uns, die etwas passendere Farben als tannengrünes Schottenkaro vorgeschlagen hatten. Als wir auch noch seine Garderoben-Idee aus Hirschgeweihen kritisiert hatten, war er richtig beleidigt gewesen. Neben Leonhard und mir arbeitete bei *Decoresse* nur noch Svenja, eine junge Innenarchitektin und mein Anker in diesem trüben Pool aus Schlamm-Vera und Tannenwald-Leo. Als ich Svenja das erste Mal begegnet war, hatte ich zuerst nicht gewusst, wie ich sie einschätzen sollte mit ihrem flippigen Stil und der lockeren Art. Mein Bruder hatte, als er mich einmal abholte, nur einen Blick auf sie werfen müssen und sofort erkannt, dass er bei ihr nicht würde landen können und dass sie ein absolutes Lookalike zu Gwen Stefani war. Ich musste den Namen erst mal googeln, aber er hatte recht gehabt. Heute war Sven in einer Kombi aufgetaucht, in der ich mit Sicherheit ausgesehen hätte wie auf dem Weg zum Faschingsumzug. Aber bei ihr wirkte der Look aus flachen Militärstiefeln, dunkelblauer Pluderhose, Ringelshirt und kurzem Karoblazer einfach nur gut. Ihre kurzen platinblonden Haare hatte sie zu kleinen Hörnern gedreht, und Lippen und Nägel glänzten blutrot.

Obwohl sowohl Svenja als auch ich im Gegensatz zum Grafen durchaus in der Lage waren, unseren persönlichen

Geschmack hintanzustellen und den passenden Stil für den Kunden zu finden, waren Svenja nach einem Blick auf ihren Kleidungsstil die eher hippen Aufträge sicher gewesen. Ich durfte mich dank meiner paar italienischen Gene dagegen regelmäßig über die Gestaltung pseudotoskanischer Villen von Leuten mit einem ausgeprägten Hang zu Terrakotta freuen. Es gab diese Häuser durchaus auch in schön, meine Nachbarn hatten zum Beispiel bewiesen, dass man den Toskanastil auch dem Namen gemäß umsetzen konnte – stilvoll. Aber ich hatte meistens mit anderen Exemplaren zu tun und mit von der Dame des Hauses selbstgemalten, »pompejanisch inspirierten« Wandbildern, die mich oft an die frühen Höhlenmalereien in den Büchern meines Vaters erinnerten.

Als es Zeit für die Mittagspause war, legte ich den Farbfächer »Toskanische Impressionen« zur Seite und ging zu Svenjas Schreibtisch rüber, um zu sehen, wie weit sie war. Als ich ihr über die Schulter blickte, legte sie gerade ausgefallene Stoffmuster nebeneinander für die Gestaltung einer jungen Werbeagentur.

»Wenn du jemals irgendwo eine Quelle finden solltest, die sagt, dass die alten Römer auch auf knallige Farben standen, lass es mich wissen. Selbst die Bilder in meinen Träumen sehen schon aus wie auf alten Sepia-Fotos, weil ich den ganzen Tag nur ›die Farben der gebrannten Erde auf toskanischen Hügeln‹ sehe«, zitierte ich den Spruch eines Anbieters für den italienischen Landhausstil.

»Mach ich, aber ich habe wenig Hoffnung, dass wir einen Text ausgraben, in dem einer über seine neue türkisfarbene Tunika schwärmt«, grinste Svenja.

»Wohl eher nicht, nein. Ich seh mal nach, ob Birgit fertig ist zum Essen«, sagte ich und machte mich auf, nach unserer »Team Secretary«, wie Vera sie gerne nannte, zu suchen.

»Meine Familie nervt mich mal wieder damit, dass ich mich endlich nach einem neuen Mann umsehen soll«, beklagte ich mich in der Mittagspause bei Svenja und Birgit.
»Wäre doch auch nicht das Schlechteste, oder?«, wollte Sven wissen.
»Du hast ja auch schon den perfekten Freund gefunden, du hast leicht reden.«
Svenja war, seit ich sie vor vier Jahren kennengelernt hatte, mit Basil, einem Kunstschreiner aus Liverpool, zusammen, und man musste die beiden nur einmal zusammen gesehen haben, um zu wissen, was man selbst gerade verpasste.
»Ja, das war wirklich Glück, dass ich in seinen Lieferwagen gerauscht bin«, lächelte sie bei der Erinnerung daran. »Aber daran siehst du auch, dass es ganz schnell gehen kann, ich war schließlich überhaupt nicht auf der Suche damals. Und er war eigentlich gar nicht mein Typ. Hätte ich nicht so viel Zeit mit ihm verbringen müssen, um den Unfall zu regeln, wäre sicher nie etwas aus uns geworden. Vielleicht bist du einfach zu festgelegt? Oder zu anspruchsvoll?«
»Ach was, wirklich nicht. *Er* muss kein Wunderwesen sein mit einem Astralleib, der einen griechischen Gott neidisch werden ließe, hochgeistigen Interessen, sozialem Engagement und einer Lösung für den Nahostkonflikt in der Tasche. Nein, ich will im Grunde schlicht mit meinem besten Freund liiert sein«, fasste ich meine Vorstellungen zusammen. »Wenn der dann noch gut aussieht, gilt das als Karma-Bonus-System und ist inklusive«, erklärte ich.

»Na, dann wird der große Held ja nicht mehr lange auf sich warten lassen.«

»Du nimmst das zu leicht!«, warf ich ihr vor.

»Nein, *du* siehst Schwierigkeiten, wo keine sind. Das versuche ich dir doch die ganze Zeit zu erklären: Geh die Sache mal lockerer an, weniger verkrampft, dann klappt es schon.«

»Man darf sich aber auch nicht vormachen, dass es zu leicht wäre«, wandte Birgit ein.

Sie selbst machte sich nichts leicht. Für ihren sorgfältig gepflegten Look musste sie sicher um fünf aufstehen, um jeden Morgen in die Fünfziger zurückzureisen. Heute hatte sie sich für schwarze Caprihosen und eine schwarz-weiß gepunktete Bluse entschieden. Dazu trug sie ihre roten Peeptoes, die mich immer ein bisschen an Daisy Duck erinnerten, einen roten Lackgürtel, und ihre schwarz gefärbten Haare hatte sie kunstvoll in Locken gelegt.

»Vera hat mir erst neulich ein Buch empfohlen von einem bekannten Paartherapeuten. Darin geht es um die Suche nach dem Richtigen und wie man sie richtig plant«, sagte Birgit.

»Vera hat ein ganzes Buch gelesen? Vera, die selbst die *Vogue* nur liest, wenn auf dem Cover eine kombinierte Methode zur Fett-, Falten- und Neurosenreduktion in drei Tagen angekündigt wird?«, fragte Svenja.

Birgit grinste und sagte: »Der Richtige ist aber auch nicht leicht zu finden. Der Letzte, den ich getroffen habe, dachte zum Beispiel immer, er müsse mich herumkommandieren. Da habe ich ihm irgendwann gesagt: Pass auf, Ich-Tarzan-du-Jane läuft hier nicht.«

»Und, wie hat er reagiert?«, wollte Svenja wissen.

»Er hat gesagt, dass das mit uns dann auch nicht läuft.

Ach, ist schon gut«, winkte sie ab, als wir synchron den bedauernden Hundeblick aufsetzten, »aber man muss wirklich gut auswählen, das weiß ich jetzt.«

»Stimmt.« Ich nickte heftig. »Und man muss alles gut durchdenken! Daher weiß ich auch, dass das Konzept von dem Einen und Einzigen schon mal nicht richtig ist. Man muss sich nur mal vorstellen, dass der Kerl in seiner Jugend ein paar uncharmante Damen kennengelernt hat. Dann glaubt er womöglich, sein Heil liege hinter Klostermauern, wird Mönch und übt ab dato die Askese. Dann sieht man aber alt aus als sein weibliches Gegenstück, und es bleibt einem nicht viel. Am besten man sucht sich auch ein nettes Plätzchen in einem Nonnenkonvent und genehmigt sich abends ein paar Gläschen *Klosterfrau*.«

Mich schüttelte es schon bei der Vorstellung. Svenja schüttelte nur den Kopf über mich.

»Über so etwas machst du dir Gedanken, Kia? Nein, warte, ich muss es anders formulieren: Du hast so viel Zeit, um dir über solche Sachen so viele Gedanken zu machen?«

Die Frau konnte noch nie die wesentlichen von den unwichtigen Dingen unterscheiden. Ich warf ihr einen mitleidigen Blick zu und fuhr fort: »Es könnte aber auch sein, dass er, bevor er sein Mädel kennenlernt, den Rappel kriegt und meint, er müsse mit der Machete zwischen den Zähnen den unerforschten Amazonas durchstreifen. Dann passt der Idiot einmal nicht auf – und zack«, ich ließ meine Hand auf den Tisch fallen, »ist er das Mittagessen von einem Krokodil geworden, und wieder ist es nichts mit dem: Und sie lebten glücklich bis ans Ende ihrer Tage.«

Die beiden starrten mich mit seltsamem Blick an, doch ich ließ mich nicht beirren.

»Es ist aber auch möglich, dass sich der Kerl, der für

einen vorgesehen ist, vollkommen neben der Spur entwickelt und Massenmörder wird. Oder Yogalehrer. Ich muss sagen, beides passt nicht unbedingt zu meinem Lebensentwurf. Oder noch viel wahrscheinlicher: Er lässt sich von der Falschen einfangen und kommt dann aus der Nummer nicht mehr raus! Dann kann man die traute Zweisamkeit auch abhaken und sich direkt vom Markt zurückziehen. Damit wären wir wieder bei einem zugigen Plätzchen im Kloster, denn dann ist – laut der Theorie der vereinigten Romantiker aller Länder – der Eine, der große Held ja nicht mehr im Spiel.«

Ich war etwas außer Atem. Und sehr beunruhigt. Birgit scheinbar auch, denn sie hatte nicht nur leichtsinnigerweise die Stirn in Falten gelegt, sondern nagte auch an ihren frisch aufgeklebten Fingernägeln herum.

»Du glaubst aber doch nicht an das Konzept von ›dem Einen‹, sondern denkst, dass es eine Art Ersatzkandidaten geben muss für Ernstfälle wie geistige Verwirrung und unplanmäßiges, vorzeitiges Ableben, ja?«

Svenja fand das Ganze scheinbar sehr amüsant.

»Ja, klar. Bei Frauen über 30 gibt es dann eigentlich nur noch zwei Möglichkeiten, warum kein Held bei ihr aufgetaucht ist. Erstens: Er ist einfach nicht der Schnellste. Zweitens: Er hat sich verlaufen und findet den verdammten Weg nicht. Beides nicht gut. Im nächsten Leben nehme ich daher einen Pfadfinder, der die 100 Meter unter zehn Sekunden läuft, das weiß ich. Ich habe nämlich wirklich keine Lust, mir noch mal wie eine Einzelsocke vorzukommen, deren Gegenstück in den Innereien der Waschmaschine verloren gegangen ist.« Unbeeindruckt von der Misslichkeit der Lage, löffelte Svenja weiter ihren Nachtisch aus.

»Kia, ich geb dir jetzt noch mal den guten Tipp: Mach dich locker! Mein Gott, mit dem ganzen Mist im Kopf wird das nie was. Wart's doch einfach ab, der kommt schon noch.«

Die arme, ignorante Frau. Sicher, für jede von uns ist wohl ein (oder mehrere) Prachtexemplare der männlichen Gattung reserviert. Aber jede Frau beschleichen auch mal Zweifel, wenn es eben zu lange dauert – oder wenn der eigene Vater damals schon den Sekt ausgepackt hat, als der erste feste Freund zu Besuch kam. Es ist mir auch eher nicht gegeben, mich verführerisch auf das Objekt meiner Wahl zu stürzen, um irgendetwas Sündiges in sein Ohr zu gurren. Und leider, leider bescheinigt man mir keinen eleganten, sinnlichen oder sonst wie brauchbaren Gang, sondern ich laufe angeblich »originell«. Ich habe sogar schon die berühmte rauchig-sexy Stimme ausprobiert, wie man sie von Diven im Film kennt, die immer ein bisschen atemlos klingen. Ich habe mich angehört wie der *Rachendrache*, der nicht nur Husten, sondern auch noch Asthma hat.

Früher, ja früher, da war es weitaus weniger anstrengend, den Mann fürs Leben zu finden. Da schickten die edlen Galane Minnesänger los, die unter der Kemenatenschießscharte ihre bunt bebänderte Klampfe auspackten und der holden Maid ein Liedchen vortrugen. Die Botschaft war dabei meistens eher simpel: »Mir hat gefallen, wie Sie Ihr Taschentuch vor mir in den Dreck geworfen haben beim Turnier – eleganter Schwung, Mylady! –, und jetzt würde ich gerne eine Familie mit Ihnen gründen, wenn's recht ist.« Wenn einem der Kerl nicht gefiel, wartete man einfach auf den nächsten Miet-Sänger, der in die Saiten griff, um einen Ritter zu vertreten, der vielleicht sehr adrett war und auch nicht unnötig oft vom Pferd fiel, aber eben so gar kein Talent zum melodiösen Vortrag mitbrachte.

Heute ist das Ganze doch deutlich aufwendiger, man muss sich selbst um alles kümmern – und ich muss sagen, mir liegt diese Zeit einfach nicht. Da wird einem in Frauenzeitschriften dazu geraten, auf der Suche nach Mr. Right an Orte zu gehen, an denen man sich wohlfühlt und die den eigenen Interessen entsprechen. Gut, das wären bei mir dann Supermärkte: Ich gehe gerne einkaufen, und ich mag Essen. Aber wer hat denn bitte seinen Mann an der Käsetheke kennengelernt? Hat die dann nichts unversucht gelassen und den Einkaufszettel wie ehemals das Taschentuch fallen lassen? Ich glaube ja nicht, dass sich da ein edler Recke findet, der seinen Blick auch nur eine Sekunde von seinem Einkaufswagen hebt, um ihn dem Zettel oder der Frau zuzuwenden. Außerdem weiß man: Tolle Männer wie einfühlsame, Bioprodukte kaufende Kindergärtner sind selten oder vergeben.

»Ich weiß allerdings immer noch nicht, was genau du suchst. Weißt du es denn?«

Svenja riss mich mit ihrer Frage aus meinen Überlegungen. Sie hatte den letzten Rest Pudding aus der Schale gekratzt und lehnte sich in ihrem Stuhl zurück.

»Ja, ich will einen, der blau ist«, sagte ich ernsthaft.

»Na, da hab ich noch einen heißen Tipp für dich: Geh spätabends in eine Bar, Kia. Da hast du die freie Auswahl…«, gackerte sie.

»Du weißt genau, was ich meine! Ich will einen Blauen, einen Dunkelblauen, um genau zu sein. Also einen, der integer ist, innerlich ausgeglichen…«

»…unprätentiös und kein Schwätzer, schon klar«, schloss Svenja. »Aber ich sag dir gleich, die sind wirklich rar gesät.«

»Ich habe das nicht verstanden mit den Farben. Sie will einen, der einen im Tee hat, aber besoffen nicht viel redet oder wie?«, fragte Birgit.

»Nein. Guck, es ist ganz einfach.« Svenja wandte sich ihr zu. »Vera in Farbe übersetzt wäre zum Beispiel ein Shocking Pink: leicht frivol, aufdringlich, laut und tut in den Augen weh.«

Birgit hatte verstanden und grinste.

»Und Leonhard?«, wollte sie wissen.

»Der Herr Graf?« Svenja überlegte kurz. »Der ist ein kränkliches Schwefelgelb: kein Saft und keine Kraft, ätzend und unangenehm.«

»Stimmt genau!«, krähte Birgit begeistert und suchte in ihrer Schleifentasche nach dem Geldbeutel. »Was steht eigentlich auf deinem Glückskeks, Kia?«

»*Der Mann in Ihrem Leben wird Ihnen kein Glück bringen*«, las ich vor. »Mann, der Keks ist aber auch schon älter...«

Als ich vorm Nachhausegehen noch meine Post in die Fächer einsortierte, machte sich auch Birgit für ihren Feierabend fertig, was in der Regel hieß, dass sie ihren Lippen noch eine Schicht »Cute Pink« gönnte und ihre Ponytolle mit einer neuen Ladung Haarlack imprägnierte. Kein Wunder, dass Lady Helmchen in ihr fälschlicherweise eine Seelenverwandte sah.

»Der Mark ist ja jetzt mit dieser Miriam zusammengezogen.« Birgit prüfte noch einmal ihr Aussehen in ihrem Handspiegel und ließ ihn dann zufrieden zuschnappen. »Ich habe die beiden erst neulich in der Stadt getroffen. Oh, entschuldige...«

Sie sah mich zerknirscht an, aber ich winkte lässig ab. »Schon gut, ich weiß das doch schon längst.«

Das war das erste Mal, dass ich davon hörte. Dieser elende Mistkerl! Wie lange hatte ich darauf gewartet, dass er bereit war, mit mir zusammenzuziehen? Fünf Jahre. So lange, wie wir zusammen gewesen waren. Es war nicht zu fassen – nach nur schlappen anderthalb Jährchen mit dieser Berggämse fühlte er sich also bereit, aber bei mir war er nicht dazu in der Lage gewesen. Ich fühlte mich gerade überhaupt nicht gut.

»Ach, sie haben eine ganz tolle Wohnung gefunden, ein echter Glücksgriff! Total zentral gelegen, aber trotzdem ruhig und sogar noch bezahlbar«, sagte Birgit und packte ihre Klatschmagazine ein.

Ich tat so, als wüsste ich auch das schon. So zu tun, als mache es mir nichts aus, fiel mir dagegen deutlich schwerer.

»Und ein Kindergarten ist direkt um die Ecke! So viel Glück muss man erst mal haben.«

Was?

»Die hatten es ja richtig eilig… Miriam ist schon im zweiten Monat.«

Ich hatte das Gefühl, als würde mir jemand einfach so den Teppich unter den Füßen wegziehen. Genau wie in den alten Filmen. Und genau wie dort fiel ich unsanft. Wenn Mark bei der bloßen Erwähnung des Wortes »zusammenziehen« schon ausgesehen hatte, als müsse er zum Zahnarzt, dann hatte er beim Thema Kinder gewirkt wie bei einer äußerst komplizierten Wurzelbehandlung. Lange Jahre war mir das gar nicht so unrecht gewesen, weil ich mit mir selbst schon genug zu tun hatte. Auch noch Kinder zu erziehen, das traute ich mir wirklich nicht zu. Außerdem bekam ich mit, was andere junge Mütter alles durchmachten, wie viele Kinderkrankheiten es gab und wie schwer es für die Kleinen teilweise in der Schule war, wenn sie besonders nette Mitschüler hatten. Zum Beispiel solche wie Konstantin, den verzogenen Sohn von Leonhard, dessen zweiter Vorname statt Laurentius besser Lackaffe wäre. Erst letzte Woche hatte dieses Tennispulli-tragende, zugegelte Gör doch tatsächlich den Nerv besessen, ein Mädchen aus seiner Klasse wegen seiner selbstgenähten Kleider zu hänseln. So etwas oder auch nur eine Grippe – mein Kind würde leiden, und ich wäre am Boden.

»Ich bin ja schon völlig fertig, wenn Whisky dreimal hintereinander hustet. Oder nur komisch guckt«, hatte ich einmal zu Mark gesagt, als wir uns über eigene Kinder unterhalten hatten.

»Siehst du. Wir konzentrieren uns auf unser Leben und überlassen anderen die ganze Chose mit Maxi-Cosis, ständig müde sein und Hotels mit Kinderdisco.« Damals hatte ich genickt, aber mittlerweile ertappte ich mich immer öfter bei dem Gedanken an eine eigene Familie. Mit Kindern. Nur damit müsste ich jetzt ja aber erst mal warten, denn ohne Mann war das doch eher schwierig. Sollte ich es ohne hinbekommen, wäre ich immerhin in der katholischen Kirche eine ganz große Nummer.

Ich schüttelte den Kopf. Ich wollte zumindest heute nicht mehr darüber nachdenken. Sport war jetzt genau das Richtige für mich, und vielleicht würde die Probestunde in Taschas Fitnesssekte ja gar nicht so verkehrt sein. Es würde schon nicht so schlimm werden.

4

Ich hatte selten etwas Schlimmeres erlebt. Und ich hätte es wissen müssen, denn schon vor einigen Jahren, nach meinem letzten Besuch in einem Fitnessstudio, hatte ich eigentlich beschlossen, dass dort nicht mein Heil lag. Mein Gewissen hatte sich zwar gut angefühlt, mein Hintern dagegen weniger. Und ich bin nach wie vor nicht einer Meinung mit der fürsorglichen Kursleiterin, die uns gleich zu Beginn mit auf den Weg gegeben hatte, dass Schmerz, hervorgerufen durch körperliche Anstrengung, eigentlich gar kein Schmerz ist, sondern pure, unverfälschte Freude. Die Frau hat eiskalt gelogen. Ich habe die Stunde damals nur zu Ende gebracht, weil ich vor dem Typ mit den leuchtenden Augen (und den ausdrucksstarken Oberarmen) nicht zusammenbrechen wollte.

»Das Leben ist hart genug, ich will mich nicht auch noch an meinem Feierabend mit Gewichten herumquälen, die jedes Mafiaopfer sofort auf den Grund des nächsten Sees befördern könnten. Etwas für die Figur tun, sicher. Aber schonend«, vertraute ich Tascha daher auf dem Weg in den Kursraum an.

»Dann bist du bei Qigong genau richtig. Das wird dir gefallen!«, freute sie sich, während ich meine gepunktete Schwimmbadmatte ausrollte und mich noch skeptisch in der Turnhalle umsah. Da ich mittlerweile merkte, dass Kuchen und Pudding ihre Zelte gerne mal auf meiner Hüfte aufschlugen, fragte ich sie: »Und dieses langsame Geturne hilft wirklich, schlank zu werden?«

»Wenn deine Energie im Körper nicht mehr blockiert ist und erst mal wieder richtig fließt, kann sich gar kein Fett mehr irgendwo absetzen. Das wird praktisch weggeschwemmt vom Fluss des Chis«, erklärte sie gewichtig. »Jetzt sei ruhig und lass das Chi fließen.«

Scheinbar blockiert relativ viel den Fluss des guten Chis, und die meisten Kursteilnehmer schienen es ihm deshalb leichter machen zu wollen, im Körper zu zirkulieren. Sie hatten sich in weite Kaftane oder Ähnliches gehüllt, da es für das sensible Chi anscheinend schlicht unmöglich ist, in engen Kleidungsstücken einen anständigen Fluss auf die Reihe zu kriegen. Hilde auf der Matte neben mir hat mir auch erklärt, dass ich der Erleuchtung nie ferner war als an diesem Tag, als ich nicht nur ein enges Top, sondern zu allem Übel auch noch meine lange Skiunterhose anhatte. Dummer Anfängerfehler. Heute weiß ich, dass allein ausgebeulte Jogginghosen, die in großzügigem Faltenwurf den Körper umspielen, in der Lage sind, das Chi frei fließen zu lassen.

Die Kursleiterin, Dr. Elsa Häubchen, angetan mit Strampelhosen in einem das Auge schonenden Tarngrün, schien das ebenfalls zu wissen. Dazu trug sie Unmengen an Edelsteinanhängern, farblich passend zu ihrem Henna-Kopf, mit dem sie selbst bei Nebel noch Schiffe an Küsten hätte locken können. In jeder Hand hielt sie einen orangeroten Edelstein – ein Gesamtkunstwerk im Lotossitz.

Im Lauf der Stunde rappelte sie sich allerdings öfter einmal mit einem gar nicht entspannten Gesichtsausdruck aus ihrer Übung hoch. Und wenn sie dann in ihre Chinaschlenker schlüpfte, war sie meistens unterwegs in meine

Richtung. Ich bewegte mich zu schnell. Ich bewegte mich eckig. Ich bewegte mich arhythmisch. Ich ließ daraufhin meine Hüften kreisen, bis mir schwindlig wurde. Ich lauschte konzentriert der Flöten-Musik mit den zwischengestreuten Brunftlauten von Asiakarpfen und schnüffelte interessiert an allem, was der Delphinbrunnen an Schwaden hergab. Und trotzdem: Obwohl ich mein Geturne bei den Figuren, wie ich fand, sehr gut den sphärischen Klängen angepasst und dabei gewissenhaft den Qualm der Räucherstäbchen inhaliert hatte, war Dr. Häubchen schon wieder auf dem Weg zu mir. Vielleicht war es mein Blick, der nicht wie bei den anderen unter »beseelthigh« lief, sondern eher zwischen »unlustig« und »schicksalsergeben« hin- und herhuschte. Gut möglich auch, dass ich den Buddha in der Raummitte falsch angeguckt hatte.

Ich erfuhr schlussendlich, es war meine fragwürdige Interpretation der Übung »Der Kranich«, die Dr. Häubchen wieder zu mir geführt hatte. La Dottore war fassungslos ob meines mangelnden Gespürs für die Grazie des Vogels und belehrte mich in akzentfreiem Hessisch: »Sie habbe den Kranisch net verstande. Nee, nee, net verstande.« Sie raufte sich unwillig ihre orangefarbenen Fransen. »Was is denn des für en Gefuddel? Sie stelle sisch aa wie e Kuh beim Krebbel backe! Sie müsse den Kranisch in sisch *fühle*… Die Ruh von dem Kranisch! Die Anmut von dem Vochel!« Noch ein bisschen mehr Gezause an ihren Haaren, und sie würde aussehen wie die leibhaftige Medusa.

»Turne Sie mir noch emal vor, wie der Kranisch im Wasser stehe tut.«

Ich klaubte den letzten Rest meiner Selbstbeherrschung zusammen und turnte ihr den dämlichen Wasservogel eben noch einmal mit all meinem Können vor. In der tiefen

Überzeugung, das absolut Richtige zu tun, schob ich den linken Fuß sachte nach vorne, wippte dreimal leicht in der Hüfte und sprang dann behände auf das rechte Bein um in die den Energiefluss fördernde, einbeinige Pose »Der Kranich steht im See«. Leicht wippend auszuführen. Ich lächelte Dr. Häubchen an. Sie lächelte nicht zurück.

Nach einer weiteren Viertelstunde dachte ich nur noch: ›O Herr, lass Abend werden.‹ Ich fragte mich mittlerweile ohnehin, wie man das eher bedächtige Qigong-Gefühl auf den Alltag übertragen sollte. Schließlich kann man im normalen Leben auch nicht ständig in Slow Motion unterwegs sein, weil man Busse kriegen, Bussen ausweichen oder sich vor Einbruch der Dunkelheit schlicht mehr als 20 Meter fortbewegt haben muss. Ich hatte in dem Kurs das dringende Bedürfnis, mich wenigstens einmal schneller als eine arthritische Schildkröte zu bewegen. Als das Häubchen daher einmal nicht in meine Richtung sah, sang ich mir leise »Like a Hobo« vor und legte ein Tänzchen auf die Bastmatte wie ein aufgeregter Zitteraal, aber es ging mir besser.

Der Rest des Kurses verharrte dagegen einige Minuten in Stille, um sich zum finalen Tusch auf die Zehenspitzen zu erheben zur original Kling-Klong-Musik »Der Mond steht überm See« (ohne Kranich drin). Von schräg hinter mir hörte ich den beglückten Seufzer von Hubert, der kundtat, nicht er, sondern das Chi habe ihn bewegt. 150 Kilo. Muss ein sehr entschlossenes Chi gewesen sein dieses Mal. Aber für mich war der Käs gesse.

»Ich kann nicht glauben, dass ich mich schon wieder von dir zu einem deiner Kurse habe überreden lassen«, motzte ich auf dem Nachhauseweg. »Aber ich hätte es wissen müssen, es ist ja nicht das erste Mal... Meine persönliche

Nummer eins ist immer noch die Aktion, als ich wegen dir und deiner ›Recherche im Vorfeld‹ bei strömendem Regen auf einem einsamen Berghügel gesessen habe zur ›lustigen Almnacht mit Panoramablick‹. Nicht wirklich prickelnd war auch, als ich mich ein komplettes Wochenende lang von echt teuren Wiesenblumen ernährt habe statt von Cocktails auf der ayurvedischen ›Partyra-Farm‹ – ›Partyra‹, Tascha, nicht ›Party‹!«

»Ich weiß, es tut mir leid, das nächste Mal suchst du wieder was aus.«

»Na ja, war einen Versuch wert. Aber nette Männer sind da ja auch keine rumgelaufen«, sagte ich und fügte nach kurzem Nachdenken kopfschüttelnd hinzu: »O Gott! So langsam steckt ihr mich alle an, und ich halte selbst in Skiunterwäsche auch schon ständig nach einem passenden Mann Ausschau…«

»Männer gibt es viele, du musst nur auf die Zeichen achten, die dich zu dem richtigen hinführen.«

»Zeichen? Ich warte also, bis einer kommt, der ein Kreuz auf der Stirn hat? Oder ein T-Shirt trägt mit der Aufschrift ›Ich bin's!‹?«

Ich war ungerecht, aber ich hatte heute einfach keinen Nerv für Taschas esoterische Wunderkiste.

»Fang nicht an zu lästern! Nein, du musst mehr auf das achten, was dir in deinem Umfeld auffällt. Denn alles, was dir begegnet, ist ein Spiegel deines Innenlebens und zeigt dir, was der beste Weg für dich ist.«

Sicher, alles im Außen hat mit mir zu tun, das glaubte ich auch, aber man muss deshalb nicht meinen, in allem ein Omen zu erkennen. Tascha sah das allerdings ganz anders und bewies direkt wieder ihre Meisterschaft auf dem Gebiet der Überinterpretation: »Letzte Woche habe ich zum Beispiel in einem Laden eine Hose anprobiert, und sie war zu kurz.«

»Und?«

»Ja, siehst du denn das Zeichen nicht? Die Hose – zu kurz!«

Ich hatte absolut keine Ahnung, aber Tascha klärte mich auf: »Das ist ein kosmisches Zeichen, dass ich kürzertreten sollte!«

Oder sich eine Brille kaufen, um die Größe richtig lesen zu können.

»Dass ich nicht nur kürzertreten, sondern auch meine Energie im Boden verankern sollte, habe ich übrigens schon heute Morgen gemerkt, als ich meine Friedensübungen gemacht habe«, fuhr sie fort. »Weißte ja, die, bei denen man die Augen schließt, sich ganz lang macht, dabei friedvoll an ein Katastrophengebiet denkt und die Arme über den Kopf streckt. Guck, so!«

Ihre Rechte verfehlte in friedvoller Absicht nur um Millimeter mein Kinn.

»Dabei springt man dann so auf und ab, um die Energie aufzubauen...« Sie war schon etwas außer Atem. »Ja, und... dabei... bin ich mit dem... Kopf irgendwie... gegen... Puh! Jetzt fließt die Energie aber... also mit dem Kopf gegen den... Küchenschrank... gestoßen und hingefallen.« Sie ließ sich auch jetzt geschafft in die Hocke sinken. »Ich kann dir sagen, da ist die Energie aber durch meinen ganzen Körper zurück in die Erde geschossen, meine Herren! Die hat die Schwingung richtig aufgesogen!«

Alles klar, sie brauchte keine Brille, sondern dringend eine Pause von ihrem Meditationskreis.

»Tascha, du...«

Weiter kam ich nicht.

Wer hätte gedacht, dass ein Mann mal nicht in einem Supermarkt oder Fitnessstudio meiner harren würde, sondern direkt auf meine Füße und in mein Leben treten würde? Genau genommen trat er nicht, sondern er fiel. Auch nicht direkt auf meine Füße, sondern vor sie. Den Geranienresten in seinen Haaren nach zu urteilen, war er allerdings nicht vom Himmel, sondern vom Balkon über uns gefallen.

Nachdem ich den ersten Schock überwunden hatte, kniete ich mich neben den Mann, um nachzusehen, ob er ernste Verletzungen hatte. Aber er war ohnehin nur über das Geländer des Erdgeschossbalkons ins Blumenbeet darunter gefallen, und nach einem kurzen Check war ich mir sicher, dass der Spruch »Der Herr sorgt für die Narren und Betrunkenen« tatsächlich stimmte. Der Kerl hatte eine Fahne, die so stark war, dass beim tiefen Inhalieren gut und gerne noch zwei andere in den Genuss eines leichten Rausches hätten kommen können. Irgendwie kam mir der Typ aber bekannt vor. Ich hob mit zwei Fingern leicht sein Kinn an und drehte seinen Kopf ins Licht der Straßenlaterne.

»Der ist aber süß!« Tascha tänzelte aufgeregt um den Mann rum. »Der ist ja goldig…«

»*Der* ist Raffael.«

Ich ließ sein Kinn wieder los, und prompt rollte sein Kopf auf die platten Astern zurück.

»Du kennst ihn?! Ach, er sieht aus wie ein gefallener Engel!«

Tascha hob eine Haarsträhne von ihm an, um sein Gesicht besser betrachten zu können.

»Red keinen Quatsch, der ist einfach nur ›gefallen‹ – von einem sehr weltlichen Balkon. Und ja, ich kenne ihn. Das ist Raffael.«

»Raffael...«

»Du brauchst nicht so erwartungsvoll zu gucken. Nix weiter. Nur Raffael.«

Wir hatten offensichtlich unser Lieblingswort für heute gefunden. Ich schüttelte unwillig den Kopf, der Abend wurde ja immer besser. In meiner Tasche kramte ich nach dem Handy, um den Notarzt zu verständigen.

»Er wird ja noch einen Nachnamen haben, oder?« Natascha kauerte hingerissen neben Raffael und betrachtete ihn.

»Ach so, ja. Darf ich vorstellen«, ich deutete mit großer Geste auf den auf dem Boden ausgestreckten Mann, »mein ehemaliger Mitschüler Raffael Schumann.«

Ebender setzte sich gerade stöhnend auf, legte den Kopf zur Seite und sah uns interessiert an.

»Der blinzelt wie ein Uhu«, stellte ich fest. »Würde mich nicht wundern, wenn er bleibende Schäden zurückbehalten würde.«

Raffael zupfte sich einen abgeknickten Blumenzweig aus seinen braunen Locken und betrachtete ihn eingehend. Dann lächelte er ihn an.

»Ach Gott, er sieht so romantisch aus...«, seufzte Tascha.

»Bist du auf den Kopf gefallen oder er? Der Typ liegt im Schlafanzug der Länge nach auf der Straße. Voll wie eine Haubitze. Und als Accessoires trägt mann ein paar Geranienstängel in den Haaren und ein abgebrochenes Martiniglas in der Hand. Also mein romantischer Held sieht anders aus, das kann ich dir sagen.«

»Er wollte bestimmt was ganz Romantisches machen und ist verunglückt.«

Sie gab nicht auf.

»Tascha, Männer klettern *auf* Balkone, wenn sie in romantischer Stimmung sind, sie fallen nicht von einem runter. Dabei sind sie in der Regel auch nüchtern, aber das ist der hier sicher nicht«, ich sah auf Raffael runter, der immer noch auf der Straße saß und jetzt mit beiden Händen seinen Kopf festhielt. Ich kniete mich neben ihn und fragte ihn, wo er Schmerzen habe. Als Antwort klappte er die Augen einfach wieder zu und ließ sich zurück ins Beet sinken.

»Mist, er ist wieder weggetreten. Wir müssen ihn aber etwas auf die Seite schaffen, er liegt halb auf der Straße.« Ich war aufgestanden, schnappte mir einen seiner Arme und bedeutete Tascha, seinen anderen zu nehmen.

»Kia, das schaffen wir nie. Er ist zwar schlank, aber der Kerl ist locker eins neunzig, den kriegen wir keine zehn Zentimeter weit. Außerdem ist es sicherlich nicht gut, ihn durch die Gegend zu zerren, wenn wir nicht wissen, ob er sich was gebrochen hat.«

»Mit den Haxen auf der Straße liegen lassen können wir ihn aber auch schlecht, also hilf mir. Wir ziehen ihn nur ein Stückchen weiter nach... Huch!«

Man hörte ein sattes Klong, als sein Kopf gegen die Straßenlaterne stieß.

»Vielleicht können wir es riskieren, seine Beine auf der Straße zu lassen«, entschied ich. »Du hältst Wache.«

Damit beugte ich mich noch einmal über Raffaels Gesicht und tastete den Hinterkopf gründlich nach einer beginnenden Beule ab. Als ich mich wieder auf die Fersen zurückfallen ließ, sah ich direkt in zwei auffallend blaue, auffallend wütende Augen. Sein Gesichtsausdruck wechselte dann in schneller Abfolge von Empörung über Verwirrung bis zu... ich glaube, es war Angst.

»Ich wollte nur nachsehen, ob es eine offene Wunde gibt.« Ich lächelte ihn harmlos an.

»Oder ob du erss noch eine schlagn musst oder was?« Er

lallte zwar, aber für seinen benebelten Kopf war der Herr schon wieder ganz gut im Austeilen.

»Du bist vom Balkon gefallen«, informierte ich ihn.

»Dabei hab isch mir abber nich den Kopp anner Laterne angslagn!«

Für meinen Geschmack konnte sich der Kerl viel zu gut an alles erinnern.

»Das besprechen wir ein anderes Mal, ja?«

Erleichtert sah ich, dass neben mir gerade der Krankenwagen auf den Bordstein fuhr. Zwei Sanitäter sprangen heraus und untersuchten mit geschickten Handgriffen Raffaels Verletzungen. Sie machten den Job wohl schon länger, denn sie verzogen keine Miene, als ich ihnen erzählte, dass er vom Balkon gesegelt war. Einer der beiden betrachtete sich daraufhin nur skeptisch die Beulen an Stirn und Hinterkopf und fragte sich wohl, mit welcher Falltechnik Raffael das hinbekommen hatte. Ich lächelte freundlich und hoffte, dass bald ein zarter Grasflaum über die Sache mit der Laterne gewachsen war – und hoffentlich wieder etwas Haar über die leicht abgeschabte Stelle an Raffaels Hinterkopf.

»Wenn er jetzt im Krankenhaus aufwacht, wird er ganz alleine sein«, sorgte sich Tascha.

»Wenn der aufwacht, sieht er erst mal alles doppelt und dreifach. Da braucht es nur eine Krankenschwester am Bett, und er denkt, sein ganzer Fußballclub besucht ihn.«

»Sei nicht so! Sie können ja noch nicht mal seine Familie anrufen, weil er bestimmt keinen Ausweis dabeihat!«

»Unwahrscheinlich, dass er den in seiner Pyjamajacke mit sich herumträgt.«

So langsam machte ich mir auch Sorgen um ihn.

»Du musst ihn besuchen.«

5

Ich hatte mir schon gedacht, dass es wegen der unseligen Laternengeschichte kein besonders harmonisches Wiedersehen werden würde. Aber als ich meinen Kopf am nächsten Morgen in das Krankenzimmer steckte, trug Raffael einen derart feindseligen Blick zur Schau, dass ich direkt wieder rückwärts aus der Tür rausgehen wollte. Nur die Frau am Bett seines Zimmergenossen, die mich entnervt ansah, weil ich so lange zögernd in der offenen Tür herumstand, ließ mich entschlossen einen Schritt nach vorne treten in die Höhle des Löwen.

Ich hatte früher in der Schule immer schon ein bisschen Gamaschen gehabt vor Raffael mit seinem selbstbewussten Auftreten und mich anfangs nie richtig an ihn rangetraut. Andere Mädels hatten da weniger Scheu gehabt, und man munkelte, dass er schon mit sechzehn über deutlich mehr Erfahrung verfügt hatte als der komplette Rest von uns zusammen. Seinem Freundinnenverschleiß nach zu urteilen, litt er sicher nicht unter einer Kontaktschwäche. Trotzdem hatte ich ihn immer bewundert, weil er so jung schon so souverän gewesen war, was ihm manche als Arroganz ausgelegt hatten. Aber ich hatte ihn gemocht und war, obwohl wir in dem Alter nur noch wenig miteinander zu tun hatten, tagelang mit hängenden Schultern durch die Gegend geschlichen, als er später auf ein Internat ins Ausland geschickt worden war und ich ihn ganz aus den Augen verloren hatte. Gelassen und lächelnd, so hatte ich ihn in Erinnerung. Er schien sich aber offensichtlich etwas verändert zu haben.

»Ah, die große Beulenschlägerin vorm Herrn hat es auch hergeschafft.« Wenn das mal kein netter Empfang war.

»Habe ich gestern doch richtig gesehen, dass du das warst«, sagte er.

So gerne ich mir auch einreden möchte, dass ich mich sehr verändert habe, es scheint nicht zu stimmen. Absolut jeder erkennt mich sofort wieder, selbst wenn er mich Jahrzehnte nicht gesehen hat. Was dann leider dagegenspricht, dass ich heute attraktiver, erwachsener und sehr viel weiser wirke als früher.

»Hast du deinen Knüppel in der Handtasche, oder arbeitest du ausschließlich mit Laternenpfosten?«

Wieso hatte ich ihn bloß nett in Erinnerung?

»Hallo, Raffael. Wie geht's dir denn?«

Ich wusste in dem Moment, als ich die Frage stellte, dass ich kaum etwas Dümmeres hätte sagen können. Seine Augen blitzten kurz gefährlich auf, dann deutete er mit dramatischer Geste auf seinen breiten Kopfverband. Darüber quollen seine braunen Haare heraus und standen nach allen Seiten ab. Er sah ein bisschen aus wie ein derangierter Hippie.

»Was denkst du denn, wie es mir geht?«

Raffael verschränkte die Arme vor der Brust und trug einen Blick zur Schau, der jeden Scharfrichter stolz gemacht hätte.

»Schon besser?«

Ich lächelte ihn unsicher an.

»Definitiv nein.«

Nachtragend war er schon immer gewesen.

»Tut es sehr weh?«

»Höllisch.«

Wehleidig waren wir also auch noch, super.

»Ich habe eine Beule so groß wie ein Taubenei am Hinterkopf, hat die Schwester gesagt.«

Ich hatte ein schlechtes Gewissen, ja. Aber irgendwann war auch mal Schluss damit, mir die ganze Schuld zuzuschustern. Angriffslustig baute ich mich an seinem Bettende auf und blitzte ihn jetzt ebenfalls an.

»Scheinbar hast du doch mehr Cocktails intus gehabt, als du meinst, denn sonst wüsstest du, dass du erst mal ganz ohne meine Hilfe vom Balkon gesegelt und auf den Kopf gefallen bist. Wenn du dich nicht schon vor mich auf den Gehweg gelegt hättest, hätte ich gar keine Gelegenheit gehabt, dein wertvolles Haupt auch noch an die Laterne zu schlagen.«

Das half tatsächlich. Monsieur warf mir einen argwöhnischen Blick zu und nestelte dann umständlich an seiner Bettdecke herum. Er erinnerte mich sehr an Whisky, wenn er meine Kekse gefressen hat, ahnt, dass ich es bemerkt habe, und dann ganz geschäftig seine Spielzeugkiste inspiziert. Leider fand Raffael schnell wieder in seine Opferrolle zurück. Mit Grabesstimme sagte er: »Ich habe wahnsinnige Kopfschmerzen.«

Dass das wahrscheinlich auch an seinem Martinigelage vom Abend zuvor lag und er einfach nur einen waschechten Kater hatte, behielt ich lieber für mich.

»Ein unerträgliches Pochen.«

Er betastete vorsichtig seinen Schädel und schaute mich dabei schlecht gelaunt an. Aber wenn mich die Jahre mit meiner streitlustigen Chefin eines gelehrt hatten, dann das: In Fällen wie diesen ist Ablenkung das Mittel der Wahl.

»Wir haben uns ja schon ewig nicht mehr gesehen! Seit der Mittelstufe, oder?«

Ich strahlte ihn an. Er kniff missmutig die Augen zusammen.

»Aber ich kann mich trotzdem immer noch erinnern, dass du die Meeresfrüchtepralinen von dem kleinen Konditor in der Schulstraße sehr gemocht hast.«

Ich griff in meine Tasche und beobachtete aus den Augenwinkeln, wie Raffaels Blick interessiert meiner Hand folgte. Na also, wenn Ablenkung nichts brachte, schaffte es doch meistens schnöde, alte Bestechung. Ich dankte im Geiste kurz meiner Chefin für das Training bei ihr, das mich solche Tricks gelehrt hatte, und begann, in meiner Handtasche zu kramen. Neben einem angebissenen Marsriegel kamen mehrere zusammengeknüllte Kaugummipapierchen, eine Schlafbrille und ein Orchideenableger zum Vorschein.

»Hast du eigentlich keine Angst, dass dir mal die Hand abfällt, wenn du in deine Tasche greifst? Lebt da drin auch nichts?«

Bis auf einen Blick unter missbilligend hochgezogenen Augenbrauen bekam er keine Antwort, bevor ich triumphierend dem schon deutlich weniger schmollenden Herrn Schumann die hübsche hellblaue Schachtel mit den handgemachten Pralinen unter die Nase hielt. Es kostete ihn schier übermenschliche Überwindung, mir auch eine anzubieten, und ich hätte seine mühsam erworbene Halbsympathie fast schon wieder verspielt, als ich Anstalten machte, mich einfach auf den Bettrand zu setzen.

Als er bemerkte, was ich vorhatte, saß er sofort wieder kerzengerade im Bett und übte den bösen Blick, sodass ich weiter unschlüssig neben dem Nachttisch herumstand.

Den einzigen Stuhl im Zimmer hatte sich die Mutter des anderen jungen Mannes gesichert, der mit einem Gips bis zur Hüfte im Bett gegenüber lag. Hätte er laufen können, wäre er mit Sicherheit vor ihr geflohen, denn die Frau hatte mich nach nur fünf Minuten, die ich in dem Raum war, schon nervös gemacht. Sie huschte ständig um ihren Sohn herum, zuppelte hier etwas glatt, zupfte dort einen imaginären Fussel von der Decke und hatte das Betttuch so straff gezogen, dass man beim besten Willen keine Falte mehr entdecken konnte. Schließlich war sie dazu übergegangen, dem armen Kerl akkurat die Haare zu scheiteln. Sein leidender Blick war schon fast komisch, und ich lächelte ihm aufmunternd zu. »Bist du nun hier, um mich zu besuchen, oder willst du vielleicht lieber da rübergehen?«, kam es von links.

Ich zählte in Gedanken langsam bis zehn, erhöhte noch mal auf zwanzig und drehte mich dann wieder zu Raffael um.

»Natürlich bin ich wegen dir hier. Also erzähl, was hast du so getrieben die letzten Jahre? Außer das Fliegen zu üben...«

An seinem Blick erkannte ich klar, dass wir noch nicht zu einem lockeren Ton übergehen konnten, aber ich bekam immerhin eine Antwort.

»Ich habe wie geplant Architektur studiert, war ein paar Jahre im Ausland bei diversen Büros, um Erfahrungen zu sammeln, und habe dann für *Stansky & Michael* ein paar Projekte betreut.«

Stimmt. Ich hatte in einer Architekturzeitschrift sogar ein Bild von ihm gesehen unter dem Bericht zu einem Hotelbau, an dem er mitgearbeitet hatte. Es war eines dieser Prestigeobjekte in Dubai gewesen. Architektonisch sicherlich interessant, aber so überhaupt nicht das, was Raffael früher immer machen wollte.

»Dieses Jahr habe ich mich mit einem Kompagnon selbstständig gemacht«, fuhr er fort.

Okay. Das nannte man wohl zielstrebig. Ich betete inständig, dass er nicht wissen wollte, wie mein Leben nach der Schule verlaufen war, aber ich hätte es besser wissen müssen.

»Und bei dir? Was hast du beruflich gemacht?«

Ich hätte so gerne gelogen. Ich hatte schon richtig Kirmes im Kopf vom Nachdenken, aber mir fiel auf die Schnelle einfach nichts Glaubhaftes ein, das ich hätte sagen können – und dabei wollte ich ihm doch so gerne unter die Nase reiben, dass aus mir auch etwas Tolles geworden war. Ich hatte ein klares Bild vor Augen von mir in Sergio-Rossi-Pumps, obwohl ich die eigentlich noch nicht mal angucken kann, ohne gleichzeitig mich mit einem Gipsbein zu sehen. Aber in meiner Vision stand ich sicheren Fußes auf den schwindelerregend hohen Absätzen und berichtete Raffael von meinem beruflichen Aufstieg in genauso luftige Höhen, das Gucci-Täschchen in der linken und ein unablässig klingelndes Blackberry in der rechten Hand. Dazu diese Aura von Glamour und Erfolg, während ich ihm erzählte: *Ich habe Medizin studiert, dann ein paar Jahre ehrenamtlich in Afrika in Buschkrankenhäusern gearbeitet und dort ein neues Heilmittel gegen Malaria entdeckt. Jetzt forsche ich an Stammzellen und nutze nebenbei meinen Juraabschluss – summa cum, versteht sich –, um die Interessen sozial benachteiligter Familien zu vertreten.*

Aber dafür wäre es wirklich besser gewesen, nicht gerade in ausgewaschenen Jeans, Turnschuhen und altersschwacher Regenjacke dazustehen, auf deren Vorderseite der Aufnäher mit der grinsenden Eule im Cancan-Kostüm prangte. Also blieb ich eben bei der Wahrheit. »Du weißt vielleicht noch, dass ich Design studieren wollte?«

Er nickte.

»Daraus wurde nix. Stattdessen habe ich Germanistik genommen und eine Ausbildung als Dekorateurin gemacht... und nebenbei Kunstgeschichte studiert«, fügte ich schnell noch hinzu.

Viel rettete es allerdings nicht, Raffael sah mich ausdruckslos an. Lange. Nervös fummelte ich am Griff meiner Handtasche herum und knetete das Leder des Beutels ziemlich durch. Leider merkte ich nicht, dass ich die Tasche dabei auf den Kopf stellte und der gesamte Inhalt nur wenig später auf den Boden klatschte.

Die Frau am Nebenbett sah aus, als träfe sie gleich der Schlag. So viel Unordnung gab es wahrscheinlich nicht mal in ihren schlimmsten Alpträumen. Zitternd zupfte sie ein abstehendes Blatt von einer der wie Soldaten strammstehenden Rosen auf dem Nachttisch ihres Sohnes ab und zog ihre ohnehin brettsteif gestärkte Bluse glatt. Ihr Mann wählte diesen Moment, um mit einer Plastiktüte ins Zimmer zu kommen.

»Ah, Herbert, zurück vom Einkaufen«, stellte sie fest. »Das macht er immer morgens, seit unser Kai hier liegt. Nicht wahr, Herbert? Von Punkt acht bis halb neun«, vertraute sie uns an.

Der Mann nickte unglücklich.

»Wie ist das denn passiert?«, wollte ich wissen und deutete, froh über die Unterbrechung meiner Berufsbefragung, auf Kais Halbkörpergips.

»Ach, ich bin beim Klettern in den Bergen abgerutscht und ungünstig gefallen.«

Er wischte das Ganze mannhaft als Bagatelle vom Tisch.

»Er hätte sich sonst was tun können!«

Seine Mutter rang die Hände und rupfte an ihrem blütenweißen Taschentuch herum.

»Ich bin schon öfter aus der Wand gefallen«, gab Kai sich lässig. »Ich habe wahrscheinlich keine Stelle am Körper, die nicht schon mal in Gips war.«

Er lachte.

Hinter mir hörte ich dafür ein verächtliches Schnauben. Ich guckte über die Schulter und sah Raffael, der mit spöttischem Lächeln und überkreuzten Armen wie King Louis in seinem Bett thronte. Immerhin hielt er den Mund.

»Mein Bruder hatte sich letztes Jahr den Arm gebrochen«, sagte ich, als ich mich wieder Kai zuwandte. Dass das bei dem Versuch passiert war, mit seiner damaligen Freundin die »Stehende Rossantilope« aus dem Kamasutra nachzuturnen, ließ ich mal unerwähnt. »Er hatte einen sehr guten Physiotherapeuten, der ihn in der Hälfte der Zeit, die die Ärzte veranschlagt hatten, wieder hinbekommen hat. Ich schreibe dir gerne den Namen auf, er hat seine Praxis hier in der Stadt.«

»Super, gerne!«

Kai reichte mir die vormals makellos zusammengefaltete Papierserviette von seinem Nachttisch, und seine Mutter zuckte kurz zusammen, als ich mich daranmachte, mit Kuli Namen und Nummer des Therapeuten daraufzukritzeln.

»Die Saison hat ja gerade erst angefangen. Das wird sicher bald wieder, und dann kannst du bestimmt noch ein paar Berge mitnehmen dieses Jahr.«

Ich lächelte Kai noch einmal freundlich zu.

»Woher willst du das denn wissen?«, fragte Raffael. Ihro Gnaden hatten sich also entschieden, auch wieder am Gespräch teilzunehmen. »Bist du jetzt auch noch unter die Hellseher gegangen?«

Der Kerl war unmöglich. Ich drehte mich auf dem Absatz zu ihm um und teilte ihm mit: »Ja, ich lese unter anderem aus Teeblättern, aus dem Kaffeesatz und aus Regenpfützen. Erst letzte Woche habe ich den Streik der Milchkühe auf dem Hof vom Haller-Bauern auf die Minute genau vorausgesagt. Aus einem Fladen Kuhdung.«

War das etwa ein Lächeln gewesen? Ich sah ihn noch etwas ungläubig an, als er seinen Kopf der Tür zuwandte, durch die gerade eine sehr aparte junge Frau trat. Sie sah aus wie eine Kreuzung aus der Managerin des Jahres und Germany's Next Top Model. Unter dem schwarzen Mantel trug sie ein geschmackvolles seidengraues Kostüm, für das ihr meine Mutter sofort zwölf von zehn möglichen Stilpunkten gegeben hätte. Die brünetten Haare hatte sie zu einer dieser klassischen Hochsteckfrisuren geschlungen, die mich immer verlegen an mein eigenes Krähennest fassen ließen.

Sie reichte zuerst mir mit einem höflichen Nicken die Hand und stellte sich als Jana Pelheimer vor, dann wandte sie sich Raffael zu, der tatsächlich entspannt lächelte.

»Das ist aber lieb, dass du extra vorbeikommst!«

Der konnte ja richtig nett sein.

»Ich habe leider nicht viel Zeit, aber ich wollte dir noch schnell eine Hühnerbrühe vorbeibringen. Man weiß ja, wie schlecht das Krankenhausessen ist.«

Hatte die ein nerviges Lachen, war mir jetzt schon unsympathisch. Ich beobachtete, wie sie umständlich eine von diesen Hightech-Tupperdosen mit dem Vierfach-Klickverschluss plus Aromagarantie aus der Tasche zog und Raffael hinhielt. Aber bevor der sie nehmen konnte, zog sie sie wieder weg.

»O Gott, ich Dummerchen, jetzt habe ich glatt vergessen, das Fett abzuschöpfen!«

Auf der Suppenoberfläche sah man zwei kleine Fettaugen sich traurig umkreisen.

»Nicht dass dir schlecht wird...«

Sie hielt die Dose immer noch unschlüssig in der Hand.

»Ich glaube, er kann es riskieren«, mischte ich mich ein.

»Sicher?«, fragte Jana.

»Sicher«, sagte ich.

Nach fünf Trüffelpralinen in weniger als einer Minute war ich mir da sogar sehr sicher. Raffael vermied es, mich anzusehen, ich studierte dafür eingehend die Zutatenliste auf der Pralinenschachtel und schenkte ihm einen süffisanten Blick.

»Ach so, und dann habe ich noch die Unterlagen für den Erbing-Bau dabei, Schatz«, sagte Jana.

›Schatz‹? Ich horchte auf.

»Ich weiß nicht, ob ich mich schon wieder richtig konzentrieren kann«, sagte Raffael und tastete seinen Kopf ab.

Jetzt ging das wieder los. Ich warf ihm einen warnenden Blick zu.

»Das ist übrigens Askia, der ich zumindest den Kopfverband zu verdanken habe«, sagte Monsieur Takt zu Jana. So viel zur Wirkung meiner warnenden Blicke. Der Blick, den sie mir schenkte, war allerdings wirklich alarmierend. Die würde mir garantiert keine Pralinen anbieten, sondern mir gleich die Schachtel über den Kopf ziehen.

Ich faselte noch ein bisschen unsinniges Zeug wie »Der wird schon wieder« und »Unkraut vergeht nicht... selbst bei 75 Prozent Fettanteil pro Praline« und trat dann relativ schnell den geordneten Rückzug an. Beim Rausgehen sah ich aus dem Augenwinkel noch, dass Kais Mutter den Serviettenzettel mit dem Namen des Physiotherapeuten auf dem Nachttisch ihres Sohnes zurechtrückte, bis er einen perfekten rechten Winkel zur Kante bildete.

Nach diesem Aufenthalt in Frosthausen hatte ich das dringende Bedürfnis nach Normalität und Familienidylle. Weil ich außerdem großen Hunger, aber wenig zu Hause hatte, entschied ich mich, Whisky zu holen und meinen Eltern einen kurzen Besuch abzustatten, um dort zu frühstücken. Als ich vor dem Haus ankam, war mir allerdings schnell klar, dass es mit der Erholung wohl nichts werden würde, denn Tante Lina, die bei meinen Eltern lebte, war auch schon auf den Beinen. Und sah mal wieder aus, als hätte sie sich einfach kopfüber in den Schrank fallen lassen, um dann das anzuziehen, was an ihr hängenblieb. Stil oder kein Stil, das ist bei ihr wirklich keine Frage.

Lina, eine zierliche Achtzigjährige mit hellwachen dunklen Knopfaugen, sah selbst nach dem Verschleiß von drei Ehemännern und ungeachtet ihres Alters in jedem attraktiven männlichen Wesen den potenziellen vierten Kandidaten und verbrachte daher leider viel Zeit mit der Zusammenstellung ihrer Garderobe. Der glänzende königsblaue Stufenrock, den sie diesmal aus dem Schrank gezogen hatte, bildete wohl eine Einheit mit der glitzernden Paillettentasche. Aber die Kombination von barbierosa Schluppenbluse und kariertem Bolerojäckchen mit Puffärmeln erschloss sich mir nicht ganz.

Nach Jahren der Analyse wusste ich aber immerhin, dass der einzelne lila Ohrring die Farbe der violetten Spitzensöckchen in den Schuhen aufgreifen sollte. Zwar konnte sie auf den kirschroten Plateaupumps kaum stehen, geschweige denn gefahrlos laufen, aber das hielt sie nicht davon ab, den armen Paketboten vor ihr unter den zahllosen Fliegenbeinen ihrer dick getuschten Wimpern heraus anzuschmachten und kokett die grellorange bemalten Lippen zu spitzen. Mit einem nonchalanten »Die Brustmuskeln sind nicht ohne. Trainieren Sie, junger Freund?« hakte sie sich kurzerhand bei ihm unter und warf sich mit gekonnter Geste das eine Ende ihres grünlila gepunkteten Schals über die Schulter. Ich konnte noch die große Micky-Maus-Haarspange bewundern, die Linas fröhlich wippende blasslila Löckchen am Hinterkopf zusammenhielt, als sie am Arm des Mannes den Gartenweg raufstakste. Sie fand es dabei bestimmt nur schade, dass er so den farbenfrohen Aufdruck auf dem Rücken ihres Jäckchens, das sie als »Pin-up des Jahres« auswies, nicht sehen konnte.

Meine Eltern im Haus zu finden war nicht weiter schwierig. Immer den Stimmen nach, kam ich im Bad an.

»Das ist kein Badezimmer mehr, sondern das Warenlager einer Drogerie!«

Mein Vater.

»Das sind ein paar Cremetöpfe und ein bisschen was für den Körper«, entgegnete Ma ruhig, während sie liebevoll ihre Lippenstiftsammlung geraderückte.

»›Ein paar Cremetöpfe‹?! Jeder, der hier reinkommt, hält unser Bad für die Hauptzentrale der weltweiten Kosmetikindustrie!«

»Übertreib nicht. Außerdem hinkt dein Vergleich nicht nur, der ist schon komplett bettlägrig.«

»Unser Bad ist Creme-Central!«

»Aha, und wer schmiert sich jeden Abend meine Straffungscreme auf den Bauch und hofft, er sieht am nächsten Morgen aus wie Brad Pitt in *Troja*?«

»Jetzt lenk nicht ab!«

»Ich kann mir natürlich auch eine Flasche mit Schrödinger teilen und das Katzenshampoo mitbenutzen. Wenn ich dann bei der Gartenarbeit den Kopf in die Hecke halte, bin ich sogar vor Parasitenbefall geschützt!«

Ich kenne das schon. Es ist dasselbe wie die leidigen Diskussionen um Schuhe, die auch häufiger vorkommen. Was hat mein Vater schon für haarsträubende Theorien ins Feld geführt, warum Frauen ständig einkaufen – wenn man ihm Glauben schenkt, ist es ein Wunder, dass meine Mutter wenigstens zwei Stunden Schlaf pro Nacht bekommt.

»Das letzte Mal, als ich nur meine Zahnbürste aus dem Badezimmerschrank nehmen wollte, musste ich so lange hinter all deinem Kosmetikzeugs danach suchen, dass das Haltbarkeitsdatum der Zahncreme schon überschritten war, als ich die Bürste endlich gefunden hatte! In der Steinzeit hätte keiner überlebt, wenn sie sich nur um die Körperpflege gekümmert hätten. Die wären verhungert, Francesca, oder der nächste Höhlenlöwe hätte sich die Frau geschnappt, als sie sich gerade eine Beeren-Maske aufs Gesicht schmierte!«, fing mein Vater wieder an.

»Sie hätten aber deutlich besser ausgesehen«, sagte meine Mutter unbeeindruckt.

Mein Vater sog scharf die Luft ein und erklärte dann gewichtig: »Ich bestehe auf einer strikten Zweiteilung des Schrankes!«

Nach einem tiefen Seufzer stapelte meine Mutter daraufhin ihre tausendundeins Töpfchen und Tiegel in ihrer Seite des Badezimmerschrankes und bekam gerade noch rechtzeitig die Tür zu, bevor ihr alles wieder entgegenfiel. Ich saß auf dem Badewannenrand und war ehrlich beeindruckt.

Da die beiden wegen der Schrankgeschichte ab jetzt scheinbar stille Messe feierten, legte mein Vater seine Zahnbürste schweigend neben den einen Cremetopf für die kombinierte Gesichts- und Fahrradkettenpflege in seiner Hälfte, die ansonsten komplett leer war. Mit selbstgefälligem Grinsen entschwand er dann, während meine Mutter sich immer noch möglichst unauffällig gegen die Schranktür auf ihrer Seite lehnte, damit sie nicht traurig an nur einer Angel hing, weil von innen zu viel dagegendrückte.

»Beim nächstbesten grellen Morgenlicht, das ins Schlafzimmer fällt, werde ich, noch bevor dein Vater die Augen aufklappt, seine Falten fotografieren. ›Beweisfoto Nr. 1‹ hänge ich dann hier im Bad an den Kosmetikschrank. Auf seiner Seite. Obwohl... das ist vielleicht gar keine so gute Idee, denn wahrscheinlich werden die Cremetöpfe auf meiner Seite dann sehr schnell leer.«

Damit rauschte auch sie ab, aber ich wusste, dass sie sich spätestens nach dem Mittagessen wieder anlächeln würden. Meine Eltern lagen sich zwar ab und an in den Haaren, aber sie hatten einander, und im Grunde verstanden sie sich gut. Vor allem wussten sie, dass sie sich aufeinander verlassen konnten. Und das Schlimmste von allem: Sie hatten sich schon kennengelernt, als meine Mutter 18 und mein Vater gerade mal 22 gewesen war. Das war doch nicht fair! Ich hatte schon mehr als zehn Jahre verloren, die ich glücklich und zufrieden mit meinem Mann hätte verbringen können. Stattdessen pilgerte ich allein durch die Weltgeschichte und lernte Typen wie den verrückten Edelbert kennen. Irgendetwas war sehr, sehr schiefgelaufen bei der Planung meines Lebensweges.

Ganz und gar nicht allein war mein Bruder mal wieder unterwegs. Als ich nach unten kam, schob Oliver seine neueste Eroberung durch die Eingangstür. Passend zu ihrem Typ hatte die Südsee-Schönheit ein bastfarbenes Röckchen an, das andere auch als Gürtel getragen hätten. Olli bugsierte sie ins Wohnzimmer und lief gerade in die Küche, als er mich entdeckte.

»Ah, Kia!«, sagte er im Vorbeigehen.

Er nahm eine Karaffe mit Orangensaft aus dem Kühlschrank und suchte nach zwei sauberen Gläsern in der Spülmaschine.

»Schon wieder eine Neue?«, fragte ich ihn.

»Wer sich auf seinen Lorbeeren ausruht, trägt sie am falschen Platz«, erwiderte mein Bruder.

»Hast du die auf dem Treffen der chronisch Blasenkranken gefunden? Wo gabelst du die immer auf?«, wollte ich wissen.

»Die kommen von allein zu mir.«

Man lehnte sich lässig gegen die Anrichte.

»Die Mädels laufen dir zu, weil allein deine glanzvolle Präsenz ihren Tag edelt, oder was?«

»Wenn du so willst...«

Ein legeres Schulterzucken. Selbst in der Steinzeit hätten sie den Kerl doch aus der Höhle geschmissen!

»Wie herrenlose Kätzchen?«

»Miau.«

Mein Kopf schoss herum. In der Tür stand Miss Waikiki-Beach und warf Oliver schmachtende Blicke zu. »Mach den Mund wieder zu, Kia. Darf ich vorstellen: Mona. Meine Schwester Askia.«

Ich gab Mona die Hand, und Olli drückte ihr ein Glas Saft in die andere.

»Ich komme gleich.«

Als sie wieder gegangen war, sagte er zu mir gewandt: »Du kannst wieder deine normale Gesichtsfarbe annehmen, außer dir war das niemandem peinlich, also keine Angst.«

»Wie viele waren es denn eigentlich so im Ganzen?«

»Wie?«

»Na Frauen, wie viele hattest du schon?«, fragte ich und kniete mich vor den Schrank, um nach etwas Essbarem zu suchen.

Stille. Nachdem längere Zeit nichts kam, schaute ich hoch und sah meinen Bruder, der allen Ernstes angestrengt nachdenken... und dann noch die Finger zu Hilfe nehmen musste.

»Wenn du einen Finger für zehn zählst, ist es wahrscheinlich einfacher.«

»Danke.«

»Immer gern. Also?«

»Ah... das behalte ich besser für mich«, grinste er.

»Fehlt dir nicht wenigstens manchmal etwas?«, wollte ich wissen.

»Was denn?«

»Na, Geborgenheit, Vertrautheit, das Gefühl, nach Hause zu kommen...«

»So weit bin ich noch nicht.«

»Du bist älter als ich.«

»Ja, aber anders.«

Ich sah ihn fragend an, und Olli setzte sich an den Küchentisch.

»Kia, ich weiß, was ich will und brauche, und genau das suche und bekomme ich auch. Du dagegen hast absolut keine Ahnung, wohin die Reise gehen soll, geschweige denn, wie dein Partner auf diesem Trip sein soll. Und genau deswegen findest du auch keinen – du weißt ja nicht mal, wonach du überhaupt suchst! Ich halte sonst ja einiges von dir, aber was Beziehungen angeht, bist du wirklich komplett unfähig.«

Ich starrte ihn an.

»Was denn?«, fragte er.

»Ich hätte es netter ausgedrückt.«

»Denke ich mir. Aber weißt du denn, was du willst?«

Olli sah mich eindringlich an.

»Sicher weiß ich das«, erwiderte ich schnell. »Ich will irre glücklich sein und mich bei dem Mann zu Hause fühlen, er soll mich respektieren ...«

»Stopp!« Oliver hielt eine Hand hoch und schüttelte den Kopf. »Das will jede. Aber was passt zu dir? Wie muss er sein, damit er dir entspricht und du ›irre glücklich‹ werden kannst?« Er malte mit den Fingern grinsend Gänsefüßchen in die Luft.

Ich sah ihn gleichzeitig verwirrt und fassungslos an.

Mein Playboybruder erklärte mir gerade mein vermurkstes Liebesleben? In welcher Parallelwelt gab es das denn? »Du hast keine Ahnung, siehst du. Also mach dir mal ein paar Gedanken darüber, das bringt dich mit Sicherheit weiter, als dem Traumbild aller Frauen hinterherzuhecheln«, sagte er, stand auf und griff nach seinem Glas. Nach einem letzten Blick auf mich legte er den Kopf schief und musterte mich noch einmal kritisch von oben bis unten.

»Ich fand, der Minirock zeigte zu viel Bein, und ich hatte Angst, den Verkehr zum Erliegen zu bringen. Daher hab ich mich dann für das hier entschieden«, sagte ich patzig und deutete auf meine Kombi aus Jeans und Regenjacke.

»Mann, mit deinem Selbstwert ist es auch nicht gerade

weit her. Kia, Kia, unsere liebe Schwester Tascha würde sagen, du hast noch einen langen Weg vor dir zu deinen inneren Wurzeln und zur Aussöhnung mit deinem wahren Selbst, auf dass dein Lebenspfad sodann von wohlwollenden Gestirnen beschienen sein möge!« Er prostete mir zu. Mit dieser Familie würde ich immerhin viel Karma abtragen, so viel war sicher.

Als ich mich entnervt zum Kühlschrank umdrehte, sah ich Tante Lina an der Tür lehnen.

»Kia-Kind, ich hab mal mitgehört. Ich glaube, ich kann dir helfen.«

Es war einfach eine super Idee von mir gewesen, bei meinen Eltern vorbeizugehen.

»Komm schon, komm schon, ich fühle, dass heute meine mediale Gabe zum Ausdruck kommen möchte. Ich lege dir die Karten!«, drängelte Lina und trippelte vor mir her.

Woher Tascha ihr Faible für alles Esoterische geerbt hatte, wusste ich. Weil ich auch wusste, dass ich schneller im Büro sein würde, wenn ich einfach mitspielte, schnappte ich mir ein Stück Brioche und lief kauend hinter Lina die Treppe hoch in ihr Zimmer. Um mich über den aktuellen Stand der Dinge bei der Mission »Mann fürs Leben« zu informieren, gönnte sie mir ab und an eine ihrer Kartenlegungen – und dabei hatte sie vor ein paar Jahren gar nicht mal so falschgelegen. Lina hatte mir mit »Ich sehe Flüssigkeiten... viel davon! Und sein Name beginnt mit einem N...« einen Mann prophezeit, der im Umfeld von Wasser arbeite und etwas Blaues um sich habe. Für die Suche nach N wie Neptun hatte sie mir den kleinen Yachthafen ans Herz gelegt, um dort jedes männliche Wesen einer Grobrasterung zu unterziehen.

Als ich eines Abends die ganze Unternehmung abblies,

weil sich das Hafenbecken – mit mir als Zwischenstopp – mit reichlich Wasser von oben füllte, kehrten Tascha und ich in die nächstbeste Bar ein. Nur eine Stunde später wurde mir dann klar, dass die Wässerchen, von denen Lina gesprochen hatte, Schnapsflaschen waren, vor denen mein späterer Freund Nicky, der Barkeeper, jede Nacht seine Studiumskasse aufbesserte. Umringt von vielen blauen Gestalten. Man konnte Lina also nicht wirklich vorwerfen, sie würde nichts sehen. Nur ihre Interpretationen der Bilder waren ab und an nicht ganz auf Kurs.

»Uh, Kia!« Sie strahlte mich an. »Diese Karte hier bedeutet, du verbringst ein nacktes Wochenende. Freu dich!«

»Ah... Lina, heißt die Karte nicht *Die Liebenden*? Vielleicht geht es ja um eine schöne Beziehung, etwas Verbindendes?«, hakte ich vorsichtig nach und versuchte, mich einigermaßen bequem hinzusetzen in dem Kissendschungel auf Tante Linas Boden.

»Sag ich doch, ein nacktes Wochenende. Wie im Paradies.«

»Mit Rausschmiss aus dem Hotel statt aus Eden?«, fragte ich.

»Kind, werd nicht frech, das kann ich gar nicht haben! Außerdem, wenn ich mich aufrege, geht auch meine Schwingung flöten, das weißt du. Und dann empfange ich gar nichts mehr.«

Ich war mir nicht sicher, ob das wirklich so schlimm wäre.

»Aber warum...«, versuchte ich es noch einmal.

Lina drehte sich ungehalten zu mir um.

»Was ist das hier? Das Quiz mit Jörg Pilawa? Die Heilige Inquisition Teil II? Hör auf, mich mit Fragen zu löchern und mich in meiner Trance zu stören!«

»Ich will doch nur wissen, ob die Karte für Partnerschaft steht.«

»Hör endlich auf, dich so festzubeißen! Wenn du in deinem vergangenen Leben kein reinrassiger Terrier warst, weiß ich auch nicht mehr!«

Beschwichtigend hob ich die Hände, und die Grande Dame des Kartenlegens wandte sich wieder ihrem Legesystem zu, dem dreischwänzigen Pelikan. Als ich anfangs hatte wissen wollen, ob sie die Karten nicht nach dem Muster im Tarotbuch legen wolle, hatte mir das nur einen abschätzigen Blick eingebracht und die Belehrung, dass nur blutige Anfänger sich an vorgegebenen Legemustern entlanghangeln würden. Die wahren medialen Eingebungen suchten angeblich nach dem individuellen Ausdruck, weswegen die Karte der *Liebenden* gerade im fünften Bein des Pelikans zu liegen kam. Laut meiner Tante der Platz für die unbewussten Wünsche. Klar. Wo sonst.

Lina schunkelte noch ein bisschen hin und her, um Kontakt aufzunehmen mit ihrem Channelpartner. Mir blieb nur zu hoffen übrig, dass ihr Gesprächspartner in den himmlischen Reichen über meine Zukunft besser Bescheid wusste als über die Anatomie von Vögeln. Ein paar Karten in diversen Beinen des Pelikans später hatten wir allerdings festgestellt, dass ich mich selbst sabotierte – »Mei, guck! Da liegt der schönste Mann des Spiels, und du, du bist die Frau mit den verbundenen Augen!« –, vor allem, weil ich – »grand malheur« – kein genaues Männerbild habe.

»Ts, der Herrscher neben dem Narren. Im Flügel des Pelikans! Das ist wieder so typisch für dich... Ich hätte noch einen guten Yogi-Tee mit Kurkuma, der bläst dir das Sexualchakra mal so richtig durch. Du wirkst mir doch ein bisschen gehemmt, he? Der Erdbeerwein hier ist aber auch sehr gut, hab ich selbst gemacht! Merkst du schon, wie er deinen äußeren Blick verschwimmen lässt und dich so offener macht für die intuitiven inneren Einsichten?«

»Mir ist leicht schwindlig, ja.«

»Perfekt! Das ist der Anfang. Lass dich fallen... Fühle in dich hinein... Dein Empfinden verändert sich von Sekunde zu Sekunde...«

Das stimmte. Mir war jetzt noch übler als eben.

»Die intuitive Kraft steigt nun in dir auf... Spürst du es?«

»Wenn ich noch mehr von dem Gebräu trinke, steigt gleich was ganz anderes in mir auf«, meinte ich.

»Ach Kia, bei dir ist Hopfen und Malz verloren!«, schnaubte Lina unwillig.

Ich atmete lange und tief durch und sagte dann: »Können wir bitte wieder auf das Wesentliche zurückkommen? Was kannst du denn über den Mann sagen, Lina? Was macht er so?«

Sie fuchtelte wie wild mit den Armen herum, sagte aber kein Wort.

»Er ist ein irrer Pantomime oder was?«, fragte ich.

Ich war mittlerweile auch eher genervt.

Ein eisiger Blick und das anhaltende Tippen auf eine sehr düstere Karte ließen mich aber schnell wieder den Mund halten. Vor einem bedrohlich schwarzen Hintergrund schlug ein Blitz in einen hohen Turm ein, aus dem Menschen in die Tiefe stürzten. Erschrocken schaute ich meine Tante an. Die schürzte nur die Lippen und schüttelte missbilligend den Kopf, dass ihre lavendelfarbenen Löckchen nur so hüpften.

»Kind, Kind, ich habe es doch fast geahnt: Du ruinierst das schöne nackte Wochenende.« Milder fuhr sie dann fort:

»Aber du solltest dich nicht gleich aus dem Fenster stürzen...«

»Es reicht!«

Mich hatte schon öfter der Verdacht beschlichen, dass da mehr als ein paar Schrauben locker waren in Linas Dachgebälk – das gute Kämmerchen war wahrscheinlich schon kurz vorm Einsturz. Würde sie sich selbst die Karten legen und sie ehrlich deuten, käme wahrscheinlich raus, dass sie nicht nur ein Fall für die Couch war, sondern eine komplette Sofalandschaft bräuchte.

Um das Dröhnen von Panjabi MC, Linas Vorstellung von spirituellen indischen Klängen, zu übertönen, schrie ich zu ihr rüber: »Also ich fasse noch mal zusammen: Ich bin ein absolutes Katastrophengebiet, ein unfähiges Hascherl, das sich selbst sabotiert...«

»Kind, guck nicht so entrüstet – *ich* habe die Karten nicht ausgewählt. Du solltest wirklich einmal lernen, die Botschaften deiner Seele zu akzeptieren«, warf Madame Zora ein, während sie eingehend ihre zuckerwatterosa Fingernägel betrachtete.

»...aber unbewusst hege ich die Hoffnung auf einen Mann, der der Klon von Bussibär und James Bond sein könnte, was allerdings höchstwahrscheinlich nur eine Hoffnung bleiben wird. Trotzdem sollte ich nicht zum nächstbesten Fenster schreiten. Richtig so weit?«

Lina nickte gnädig und erwiderte ruhig: »Ja, das trifft es. Aber du hast das nackte Wochenende vergessen.«

»Top. Und mit wem?«, wollte ich völlig entnervt wissen.

»Gott, Kind, alles kann ich dir auch nicht vorbeten. Mein Kanal schließt sich auch gerade.«

Sprach's und nahm den lächerlichen Goldlamétturban vom Kopf, wohl die Empfangsantenne.

Der Kanal war kalt. Ich kochte.

Meine Sterne für diesen Tag konnten so schlecht aber nicht stehen, denn Veras Cabrio stand nicht vor der Tür, als ich später bei *Decoresse* ankam. Auch sonst war außer Birgit niemand da, die mir erzählte, dass Leonhards Gräfin ihm am Telefon eine Szene in einer Lautstärke gemacht hatte, dass jeder en détail wusste, warum er, kaum hatte er aufgelegt, mit krebsrotem Kopf und wehendem lodengrünem Mantel das Büro verließ. Svenja hatte sich freigenommen, und Vera veranstaltete in der Wohnung eines armen Menschen für eine horrende Summe wieder mal eine Schlammparty. Ich arbeitete mich also völlig ungestört durch Veras Listen und vergrub mich dann in meine Projekte, um vor allem nicht mehr über das Gespräch mit Oliver nachdenken zu müssen.

6

Am nächsten Morgen bot sich mir im Büro wieder der übliche Anblick. Leonhard kritzelte Wappentiere auf seine Schreibtischunterlage und malte hingebungsvoll seine Initialen darunter. Birgit nickte mir beim Reingehen kurz zu und widmete sich dann erneut konzentriert der Aufgabe, ihre Ponytolle nachzuformen, während sie sich mit dem Promimagazin vor sich gleichzeitig auf den neuesten Stand in Sachen Poimplantate in Hollywood brachte. Svenja saß an ihrem Tisch und erläuterte dem Mann, der vor ihr saß, gerade ein paar Einrichtungsideen in aufgeschlagenen Büchern. Das große Pflaster am Hinterkopf des Mannes hätte mich stutzig machen müssen, aber erst als ich gedankenverloren an den beiden vorbeigegangen war und hinter mir hörte »Ach was, die Beulen-Queen!« wurde mir schlagartig klar, an wen mich der Typ erinnert hatte.

»Beulen-Queen?«, Svenja sah fragend von ihm zu mir und wieder zurück.

›Die Beulenpest für ihn!‹, dachte ich bei mir. Das war ja wie in einem schlechten Film, wo sich Held und Heldin ständig zufällig über den Weg laufen. Aber Raffael und ich waren sicher nicht das Traumpaar dieser Inszenierung, also warum pilcherte der hier rum?

»Raffael und ich kennen uns noch von früher«, klärte ich Svenja auf, während ich langsam ein paar Schritte näher kam. »Und neulich haben wir uns wiedergetroffen.«

Ich sah sie intensiv an und hob leicht die Augenbrauen. Um Svenjas Mund spielte ein feines Lächeln, sie hatte das Pflaster und den Namen richtig kombiniert und wusste aus meinen Erzählungen von dem Gefallenen und auch von dem peinlichen Besuch im Krankenhaus. »Wiedergetroffen, ja«, Raffael sah mich direkt an. »Und da hat sie gleich die Gelegenheit genutzt, um meinen Kopf gegen die nächste Laterne zu schlagen.«

Meine Güte, was war der Kerl nachtragend! Wie oft wollte er die alte Geschichte denn noch aufwärmen? Er hatte aber noch eine viel ältere auf Lager. Entspannt lehnte er sich in seinem Sessel zurück, kreuzte die Füße und erzählte Svenja im Plauderton: »Aber das macht sie gerne, mich malträtieren. Beim Schulfest in der Achten hat sie mir mal Eis mit Erdbeeren in die Hand gedrückt.« Guter Gott! Unversöhnlich bis zum Abwinken. Jetzt kam er mit der ollen Kamelle ums Eck. Ich hatte ihm damals eine Freude machen wollen und ihm ein Eis mitgebracht. Woher hätte ich denn wissen sollen, dass Raffael eine Erdbeerallergie hat? Er hatte es ja selbst erst danach gewusst.

»Als ich den Becher gegessen hatte, musste mich meine Mutter in die Notaufnahme fahren!«

Ungerecht. Das war das richtige Wort für ihn.

Svenja beobachtete uns beide, schürzte die pinkfarbenen Lippen, sagte aber nichts weiter. Im Moment. Ich wusste, dass sie mich später löchern würde wie die Schweizer ihren Käse.

»Ich dachte mir aber schon irgendwie, dass du hier sein könntest. Als ich reinkam, habe ich auf einmal so ein Ziehen am Kopf gespürt«, sagte Raffael und stand auf. Ich richtete mich zu meiner vollen Größe auf, verfluchte kurz die zwar bequemen, aber flachen Schuhe, starrte dann entschlossen sein Kinn an und entgegnete: »Ich bin ja ohnehin dafür, dass sie dich noch mal unters CT legen. In deinem Kopf finden sie mit Sicherheit was, was nicht ganz rund läuft!«

Damit rauschte ich an ihm vorbei zur Materialkammer und war nur froh, dass Vera nicht mitbekommen hatte, wie ich einen ihrer Kunden anpflaumte.

»Hat er es noch bis zur Tür geschafft, ohne aufgrund akuten Blutverlusts zusammenzuklappen? Oder zeigt sich gar schon ein verdächtiger dunkler Streifen, der von der Wunde zum Herzen kriecht?«, fragte ich Svenja, als der Kopfkranke wieder gegangen war und ich endlich wieder aus dem Versteck hatte kommen können. Meinen nächsten Abgang müsste ich besser planen. Ein Raum mit zweiter Tür oder auch nur mehr als zwei Quadratmetern wäre gut.

»Er hat mal nichts erwähnt«, kicherte Svenja.

»Raffael ist so wehleidig. Nächstes Mal behauptet er noch, ich hätte vorgehabt, ihm das Genick zu brechen«, beschwerte ich mich.

»Er hat doch die ganze Zeit gegrinst!«

»Ich hab nichts gesehen. Das kann er auch gar nicht, der geht doch nicht nur in den Keller zum Lachen, sondern sucht sich ein schalldichtes Verlies!«

»Ich fand ihn sehr nett, und der Mann hat einen exzellenten Geschmack. Trifft man leider selten, weißt du ja.« Wir sahen beide zu Leonhard rüber, der über seine Lieblingsweste in einem trübsinnigen Karomuster streichelte, von dem er sicher dachte, es sei typisch für einen adligen Gutsherrn. Ich musste ihm bei Gelegenheit die neuen Tapetenkollektionen mit den Dackel- und Jagdhundmotiven zeigen, die wären bestimmt nach seinem Geschmack.

»Mit dem Architekturbüro wirst du nicht viel Arbeit haben«, sagte Svenja.

Ich öffnete gerade die Datei meines Projekts, als ich die Maus abrupt wieder losließ.

»Wie? Wie meinst du das? Ich werde mit was nicht viel Arbeit haben?«, fragte ich argwöhnisch.

»Sieh es als einmalige Chance, endlich mal zu beweisen, dass du mehr kannst als Farbkonzepte wie ›Wenn vor Capri die rote Sonne im Meer versinkt …‹«, sang Svenja und lächelte mich aufmunternd an. »Wir haben heute einen Wahnsinnsauftrag reinbekommen – ich fliege morgen früh nach London und werde dort die Gestaltung der neuen Museumsräume in der *Tate* übernehmen, ist das nicht gigantisch?!«

»Super, ja.«

In meinem Hirn klickten die Zahnrädchen, und ich wusste schon, was jetzt kommen würde.

»Dafür übernimmst du die Einrichtung des Architekturbüros von deinem Raffael. Ist doch klasse, oder? Leonhard turnt immer noch auf Schloss-schieß-mich-tot rum und arrangiert stockfleckige Samtvorhänge zu angestaubten Rüstungen. Vera taucht das Apartment eines bemitleidenswerten Menschen in ein Moorbad, ich bin in London – und du kannst dich endlich mal an einem interessanten Projekt austoben. Freu dich doch mal!«

»Weiß er das?«, war alles, was ich dazu sagen konnte.

»Wer? Ach, dein Raff …«

Nach einem Blick auf meine versteinerte Miene sagte sie mit einem Grinsen: »Herr Schumann weiß das noch nicht, nein, aber in seinem Vertrag ist kein Designer festgelegt.«

»Der steigt uns trotzdem aus, wenn er mitbekommt, dass ich das machen soll«, klagte ich.

Ich hätte irrsinnig gerne mal etwas Neues gemacht, um zu beweisen, dass ich mehr konnte als Terrakotta. Aber gerade er? Ein Fehler, und er würde mich wahrscheinlich in Grund und Boden stampfen. Dann vielleicht doch lieber Siena natur, Siena gebrannt, Siena...

Svenja unterbrach meine eintönigen Gedanken: »Mein Gott, trau dich! Das ist eine einmalige Gelegenheit. Ich weiß, dass du das super hinbekommen wirst! Und Lady Helmchen wird dir, wenn nicht gerade Not am Mann ist wie jetzt, freiwillig keinen solchen Auftrag geben, das weißt du. Also greif verdammt noch mal zu!«

Ich weiß noch, dass ich stumm genickt und Svenja geholfen hatte, ihre Sachen, die sie in London brauchen würde, zusammenzusuchen. Wir trugen alles zu ihrem Auto, sie fasste die Eckdaten ihres Gesprächs mit Raffael über die Gestaltung seines Büros für mich zusammen, und als sie weg war, brauchte ich erst mal eine Tasse von Leonhards Magentee. Als ich wieder an meinen Platz kam, sah ich, dass auf meiner Tastatur ein Zettel klebte:

Ich finde, das ist genau der Richtige für dich – guck ihn dir mal an! Der Link zur Internetseite ist in deiner Mail.
Codename: Farbqueen
Passwort: darkblue

Halt die Ohren steif!
Svenja

PS: Ich musste sowieso noch ein paar Dinge mit meinem alten Prof klären, da hab ich ihm gesagt, dass er dir die Woche die neuen Trendpanels mailen soll.

Die liebe, gute Svenja! Da sie wusste, wie oft Professor Wailbach meine Mails einfach unbeantwortet ließ, hatte sie sich darum gekümmert. Ihr als seiner ehemaligen Musterstudentin schlug er so gut wie nie etwas ab. Aber was sollte der erste Teil? Neugierig öffnete ich den Link, den mir Svenja geschickt hatte, und freute mich schon auf eine neue angesagte Farbseite, die sie aufgetan hatte, als mir auf himmelblauem Grund mit weißen Wattewölkchen der Name der Seite ins Auge fiel: *MATCH POINT*. In Pink. In goldener Schrift darunter stand: *Finde deinen Traumprinzen oder deine Traumprinzessin – jetzt!* Nein. Nein, nein, NEIN!

Aber das konnte eigentlich nur ein Scherz sein von Svenja, mit dem sie meinen Kreislauf ein bisschen in Schwung bringen wollte. Um mich selbst zu beruhigen, versuchte ich, die Zugangsdaten einzutippen. Aber ich hatte wohl mehr gehofft, als wirklich geglaubt, dass sie nicht funktionieren würden, denn tatsächlich war ich sofort eingeloggt und starrte ungläubig auf ein Foto von mir, das letzten August auf der Geburtstagsfeier von Svenjas Nichte Frida aufgenommen worden war. Das Bild war gemacht worden, kurz nachdem ich über meine altersschwachen Flipflops gestolpert war, und nur der Stoffpapagei auf der Lasche hatte verhindert, dass ich Gesicht voran im Planschbecken von Frida gelandet war. Ich hing auf dem Foto allerdings noch bäuchlings über dem Beckenrand und drückte ein gelbes Plastikkrokodil an mich, als hinge mein Leben davon ab. Die Bräune auf meinem Antlitz befand sich noch in ihrer krebsroten Vorphase, und ich lächelte hilflos in die Kamera.

Nachdem ich den ersten Schock überwunden und meine angekratzte Eitelkeit ein bisschen verarztet hatte, dachte ich mir, dass das gar nicht so schlecht war. Immerhin würde sich mit diesem Foto niemand melden, so viel war mal sicher. – Aber sicher war in dieser Welt scheinbar gar nichts mehr, denn direkt unter meinem Profilfoto entdeckte ich nur Sekunden später einen herzförmigen Button, der aufgeregt vor sich hinblinkte, um mir mitzuteilen, dass ich Post habe. Als ich daraufklickte, flitzte ein schamloser Engel ohne Klamotten, dafür mit einem Bogen im Anschlag, von rechts auf den Bildschirm, schoss mich ab und sang mir dann in piepsiger Computerstimme vor, dass ich eine neue Nachricht von *DocmitDog* habe. Mit zitternden Fingern drückte ich auf »lesen«.

Hallo, Askia!
Ich habe mich sehr über deine Mail gefreut – es ist erfrischend zu sehen, dass es noch Frauen gibt, die keine überschminkten Fotos in gestellten Posen auf ihre Seite stellen.

Überschminkt konnte man mich auf dem Bild wahrlich nicht nennen, und spontaner konnte eine Pose kaum ausfallen, das hatte er mal klar erkannt.

Du findest scheinbar auch nichts dabei zuzugeben, ein »hoffnungslos desillusionierter Fall« und ganz kurz vor einem hysterischen Anfall zu sein, wenn du noch eine ehemalige Schulfreundin beim Windelkauf siehst.

Fand ich doch! So etwas würde ich nüchtern und freiwillig nie vor einem völlig Fremden zugeben! Was hatte Svenja da denn nur geschrieben? Der Frau konnte man wirklich nichts erzählen ...

Wie wäre es mit einem Treffen? Wir haben uns sicher viel zu erzählen, selbst wenn unsere Berufe so unterschiedlich sind – oder vielleicht gerade deshalb.
Viele Grüße Simon

Meinen Beruf kannte er also auch schon. Warum hatte sie ihm nicht gleich noch meine Blutgruppe, die Steuernummer und das Gewicht gemailt? Obwohl, Svenja war nichts heilig. Mit einem unguten Gefühl im Magen suchte ich nach »Gesendete Nachrichten«. Dabei entdeckte ich den Link »Zu Simons Profil«..., und wenn ich schon mal hier war, konnte es ja nicht schaden, sich den Knaben mal anzusehen. Während ich auf seiner Seite die Fotos anklickte, machte ich mir aber wenig Hoffnungen, dass mich gleich ein Double vom Clooney George anlächeln würde. Und als ich das Foto endlich gefunden hatte, musste ich zugeben: Dieser Simon sah tatsächlich nicht aus wie George Clooney. Aber er war sehr nah dran.

Kantiges Gesicht, ein warmes Lächeln und graue Schläfen. Bei einem Blick auf seine persönlichen Angaben sah ich, dass er bereits 45 war und Unfallchirurg, das trug wohl beides dazu bei zu ergrauen. Aber es stand ihm, genau wie die kurz geschnittenen dunkelbraunen Haare, die exakt den gleichen Farbton zu haben schienen wie seine Augen. Er war weder zu groß noch zu klein, weder zu dick noch zu dünn. An welchem Haken würde ich baumeln, wenn ich den Mann träfe?

Getroffen habe ich auf dem Nachhauseweg auf alle Fälle Mark. Mit Miriam. Hand in Hand. Ich konnte mich gerade noch zurückhalten, bevor ich ihn anblaffte, dass er das bei mir immer »pubertär« gefunden hatte. Stattdessen streckte ich Miriam brav meine Hand entgegen und schaffte es doch tatsächlich, den beiden zur Schwangerschaft zu gratulieren. Die Kasse für mein himmlisches Bonuspunkte-Konto musste gerade so kräftig klingeln, dass sämtliche diensthabende Engel einen Hörsturz bekamen.

»Ach, das ist doch nett, dass wir uns mal wiedersehen«, sagte Mark. Lügt, ohne mit der Wimper zu zucken. Konnte er ja schon immer.

»Ah, du bist die Ex!«

Ah, die Miriam war eine ganz Schlaue!

»Mir komman grad vom Frauenarzt – geh, Schatzerl, wo hoast denn die Bilder?«, plapperte sie aufgeregt, und sofort hatte ich ein Ultraschallfoto vor der Nase, auf dem ich nur einen schwarzen Schatten erkennen konnte.

Aber den richtigen Schatten hatte ohnehin die Almwiesenmarie da vor mir. Was sollte das denn? Die hatte die geniale Idee gehabt, gerade mir ihre Ultraschallbilder zu zeigen? Wie viele Bretter hatte die denn vorm Kopp? Ich kam aber gar nicht dazu, sie freundlich danach zu fragen, weil sie sofort weiterredete: »Du findest des jetzt aber net a bisserl komisch, dass mir uns hier treffan?« Die war ja noch dümmer, als ich gedacht hatte. Was sollte ich ihrer Meinung nach denn auf die Frage antworten? Aber nein! Miriam, du Fremdgehsupporterin, ich find's einfach prima, dich mit dem Mann, den ich mal heiraten wollte, vor mir stehen zu sehen und mit euch zu raten, ob es ein Junge oder ein Mädchen wird. Ob das komisch ist für mich? Ah geh weider. Bizarr, absurd, aberwitzig, horrormäßig, grausam, die reinste Folter. Aber komisch? Na. Zu ihr sagte ich aber nur: »Ach was, ist schon in Ordnung.«

Als ich jedoch Mark ansah, der, völlig unbeeindruckt von der peinlichen Situation, Miriams Ohrläppchen streichelte, überlegte ich es mir spontan noch mal anders. »Obwohl... komisch? Doch, schon...«

Bei einem Kontrollblick auf Mark stellte ich zufrieden fest, dass er etwas nervös wurde.

»Aber ich würde nicht sagen ›komisch‹, liebe Miriam.« Jetzt hatte er schon eine unregelmäßigere Atmung. Sehr gut.

»Ich würde sagen, ich finde das hier ziemlich unverschämt von euch, da ihr mich schon von Weitem gesehen haben müsst und gut einen anderen Weg hättet nehmen können. Mir stattdessen direkt Hand in Hand entgegenzuschlendern, eine völlig überflüssige Unterhaltung anzufangen und mir euer erstes Kinderfoto zu präsentieren, halte ich im besten Fall für dumm, im schlechtesten für dreist, bei euch beiden tippe ich aber mal auf dummdreist.«

Ich hatte es den Frauenzeitschriften ja nie geglaubt, aber einfach mal zu sagen, was man dachte, tat in Situationen wie dieser erstaunlich gut. Ich grinste zu Hause immer noch über den blöden Gesichtsausdruck der beiden, als ich sie einfach hatte stehen lassen. Aber nach »dummdreist« wäre mir ohnehin nichts Besseres mehr eingefallen.

Mir wurde auch mal wieder klar, wie unsensibel Mark doch war. Immer schon gewesen war. Ich brauchte ja nun wirklich keinen Mann, der mir stündlich ein selbstgeschriebenes Gedicht vorlas, vor dem Schlafengehen erst noch sein Tagebuch führen musste und jede Woche im Selbstfindungskurs ein Seelenbild von sich malte. Aber ein bisschen mehr Feingefühl dürfte er schon an den Tag legen, als seiner Ex das Ergebnis seines neuen Sexlebens als Hochglanz-Ultraschallfoto unter die Nase zu halten. Miriam konnte sich auch schon auf nächstes Weihnachten freuen, dachte ich schadenfroh. Für Mark war die Weihnachtszeit die absolute Stresszeit, und er war wahrlich nicht der große Houdini, wenn es um die Auswahl der Geschenke ging. Sicher sind Präsente, auf die der Freund von ganz allein gekommen ist und die nicht aus der Parfümerie, dem Haushaltswarengeschäft oder von *Obi* stammen, prinzipiell toll. Aber manchen Männern ist es scheinbar einfach nicht gegeben, das Geschenke-Aussuch-Gen.

Keine Frau erwartet ein unter Mühen verfasstes Sonett über den kühnen Schwung ihrer Augenbrauen oder selbstbemalte Bettwäsche mit den besten Szenen des gemeinsamen Liebeslebens. Aber von Mark hatte ich im ersten Jahr ein Überlebensmesser mit integrierter Angelschnur und Kompass bekommen. Als ich dann meinte, etwas weniger Maskulines wäre nicht verkehrt fürs nächste Mal, kam er mit einem Abo für »Kochen & Backen« ums Eck. Danach bekam ich Unterwäsche, die so knapp war, dass ich regelmäßig eine Fahndung danach ausschreiben musste im Wäschekorb. Aber mein persönlicher Favorit ist ein Wochenende im Wellnesshotel – ohne die Anwendungen. Dabei musste man dafür wohl noch dankbar sein, denn von anderen habe ich gehört, dass deren Männer schon mit einem Ikea-Glas »Besinlekeit« in der einen und ein paar Teelichtern in der anderen Hand vor ihnen standen.

In den Magazinen hatte allerdings nicht gestanden, dass das Hoch nach boshaft-ehrlichen Bemerkungen nur ein kurzfristiges ist und man sich danach noch mieser fühlt – und alles andere gleich mit hochkommt. Ich klapperte im Kopf alle Baustellen in meinem Leben ab, angefangen mit meiner bisher wenig erfolgreichen beruflichen Laufbahn bis zu meinem katastrophalen Beziehungsleben. Wenn ich es mal ganz nüchtern betrachtete, quälte ich mich doch trotz aller Gebete an sämtliche Engelhierarchien jeden Morgen zu nachtschlafender Zeit aus dem Bett, um zu einem eher suboptimalen Job zu fahren. Dort spielte Leonhard im Duett mit Vera auf meinen Nerven Banjo, und die Arbeit selbst laugte mich im Moment meist dermaßen aus, dass ich abends kaum noch die Energie hatte, mich um den Haushalt zu kümmern, bevor ich wieder ins Bett fiel. Der nächste Urlaub lag in ebenso weiter Ferne wie das Land, in das er führen sollte, und zu allem Übel fand ich oft genug kurz vorm Schlafengehen noch die vierte unbezahlte Rechnung, was mich an meine paar einsamen Euros auf dem Girokonto erinnerte – ich konnte wahrlich nicht behaupten, lässig im eigenen Pool zu planschen und dabei meiner Dividende durch die Prada-Sonnenbrille beim Wachsen zuzusehen.

Außerdem: Wenn ich mich im Bikini sähe, hätte ich noch schlechtere Laune, denn gerade mein Körper und ich, wir hatten noch nie ein sonderlich entspanntes Verhältnis. Seit der Pubertät stand ich besonders mit meiner Oberweite auf Kriegsfuß, da die nun mal weit davon entfernt ist, weit zu sein. Die Tatsache, dass mich Mark durch eine Frau ersetzt hatte, bei der ich jedes Mal Angst hatte, dass sie vornüberkippt, hatte auch nicht dazu beigetragen, dass ich mich wohler fühlte. Mit ihr waren jetzt sämtliche Komplexe wieder aufgetaucht, und ich wünschte mir nichts sehnlicher als die Entdeckung eines Wundermittels, das, direkt importiert aus Utopia, eine Brustvergrößerung auf völlig ungefährliche Weise und über Nacht bewirkte. Dann hätte ich auch mal einen guten Grund für meine Rückenprobleme.

Sowohl meine Komplexe als auch der alpenländische Trennungsgrund von Mark waren bekannt, aber Unterstützung aus den Reihen der Familie war trotzdem Fehlanzeige gewesen. Meine eigene Oma fühlte sich sogar bemüßigt, mir bei der letzten Familienfeier mit viel Publikum den guten Tipp mit auf den Weg zu geben: »Meine Güte, Kind, sitz gerade! Du hast ohnehin schon keinen Busen. Wenn du dann noch so vornübergebeugt sitzt, verschwindet das bisschen ja auch noch, und du siehst aus wie die 7-jährige Tochter von Tante Cäcilia.«

Charme und Feingefühl werden scheinbar nicht dominant vererbt in unserer Familie. Selbst beim Haareschneiden bin ich vor dem Thema nicht sicher. Meine Friseuse Mary-Lin, die man schon nicht mehr nur kurvig, sondern eher serpentinengleich nennen muss, schießt sich meistens schnell auf ein Lieblingsthema von ihr ein: Dessous und knappe Oberteile.

»Also das Top... Das ist so raffiniert geschnitten, du glaubst es nicht! Unglaublich, wie groß darin der B...«

Kurzer Blick nach links, einer nach rechts, aber nach einem lässigen Schulterzucken fuhr sie bei meinem letzten Friseurbesuch mit nur mäßig leiserer Stimme fort: »Der Wahnsinn! Ich hab das Gefühl, der Busen ist doppelt so groß. Guck mal!«

Mary strich ihr ohnehin knappes Wundershirt glatt, sodass jedes Stretchteilchen gerade seine ultimative Belastungsprobe absolvierte. Die ältere Dame neben mir fingerte nervös an einer Seite ihrer Gartenzeitschrift und hatte ganz rote Ohrspitzen. Zwei Strähnen später parkte Mary beim Vorbeugen ihre vorteilhaft verpackte Oberweite auf meinem Scheitel und teilte mir in verschwörerischem Tonfall mit, dass es noch ein paar Teile in dem Laden gebe.

»In Silber.«

Ein Strahlen.

»Mit Pailletteneffekt!«

Man fasst es kaum. Ich lehnte trotzdem dankend ab, als Mary mir die Adresse des Ladens aufschreiben wollte. Wir einigten uns stattdessen auf mehr Fülle am Hinterkopf.

Als ich jetzt daran dachte, dass Mark einmal, als ich mir den Wonderbra von Tascha geliehen hatte, vor mir gestanden hatte und meinte: »Na, jetzt sieht man ja tatsächlich mal eine Rundung«, tat ich mir nicht nur im Nachhinein noch furchtbar leid, sondern mir fiel auch wieder ein Artikel ein, den ich vor Kurzem gelesen hatte – ich las definitiv zu viele Frauenzeitschriften. Aber darin war es um exotische Kräuter gegangen und deren Heilwirkungen, die teilweise wirklich beeindruckend waren. Wenn die Pflänzchen nun sogar Furunkel abschwellen lassen konnten, dann bestand doch immerhin die Möglichkeit, dass sie auch etwas anschwellen lassen konnten. Ich dachte noch ein bisschen darüber nach, fand die Idee immer besser – und damit fing das ganze Übel an.

Ich ging beschwingten Schrittes zum Computer und durchforstete das Internet an diesem Abend nicht mehr nach unsinnigen Dingen wie Nachrichten oder Mails, sondern verwendete meine Zeit sinnvoll. Auf der Suche nach Möglichkeiten zur Erweiterung der oberen Körperregion scheute ich anfangs noch davor zurück, Seiten wie brust-aktuell-in-XL.de anzuklicken, aber das verging, und bald war ich auf ja-zur-Weite.net wie zu Hause. Ich las das alles sehr gründlich, machte mir so meine Gedanken und zahlreiche Notizen. Das bahnbrechende Angebot eines Anbieters, der Brustvergrößerungen bei sich zu Hause durch Handauflegen anbot (für nur zehn Euro pro Seite), sortierte ich aus. Was blieb, waren vier Strategien, die man im

Eigenversuch testen konnte. Nachdem ich in der ganzen Nachbarschaft rumgetourt war auf der Suche nach den Zutaten für die Methoden – für ein Rezept nach Art der Massai brauchte man streichbare Kakaobutter, ich lieh mir ein Buch über Akupressur aus, kramte ein altes Notizbuch hervor, um die Erfolge verbuchen zu können, und trieb bei Natascha sogar Algenblätter auf –, beschloss ich, das Programm nicht stufenweise, sondern in einem durchzuführen. Außerdem weiß man: Nur in der geballten Anwendung liegt das Heil.

Ausgerüstet mit dem ganzen Krempel zog ich die Vorhänge zu und schritt zur Tat. Auf die erste Seite des Notizbuches schrieb ich: »Stunde 1, Phase 1: großzügiges Auftragen der geschmolzenen Kakaobutter auf den gesamten Oberkörperbereich; Zubereitung eines Algentees und dessen schluckweise, konzentrierte Aufnahme. Gemütszustand: hoffnungsfroh.«

So präpariert schmiss ich mich gut gelaunt auf die Couch. Nur Minuten später um die Erkenntnis reicher, dass geschmolzene Kakaobutter irgendwann auch wieder fest wird und dann ziemlich spannt. Aber aufstehen und sie abwaschen konnte ich nicht, weil mir mittlerweile eher schlecht war und mir da schon der Gedanke kam, es könnte an dem fischigen Algengebräu liegen, das geschmacklich wirklich ganz unten auf jeder Skala lag.

Um die Zeit aber wenigstens sinnvoll zu nutzen, startete ich mit den Affirmationsübungen, denen zufolge man sich die gewünschten Traummaße nur lange genug vorstellen muss, um ihrer habhaft zu werden. Man musste dem Körper klarmachen, dass er sich die ganzen Jahre einfach nur um eine Körbchengröße geirrt hatte.

Aber nach etwa zehn Minuten intensiven Nachdenkens

und noch mehr Algentee war mir dann nicht nur richtig schlecht, sondern auch noch schwindlig. Doch den Zähen gehört der Erfolg, und so holte ich zum letzten Schlag aus und bohrte mir den Zeigefinger nach der Akupressurbeschreibung in Nacken, Handrücken und Brustbein.

Müßig zu sagen, dass die Eintragungen im Notizbuch im Laufe des Abends an Enthusiasmus verloren. Gegen acht stand da nur noch: »Ekliges Fischgebräu geschlürft, dabei grüne Flecken auf Couch produziert. Bekomme sicher blaue Flecken im Nacken von der Akupressur. Werde das stündliche Rezitieren meiner Affirmation ›Ich sehe die wachsende Vollkommenheit meiner Oberweite‹ abbrechen.«

Neun Uhr: »Habe das Gefühl, schon grünliche Zähne bekommen zu haben, Algen in den Ausguss gekippt. Blaue Flecken werden sich mit der Zeit wahrscheinlich schön lila färben. Kakaobutter ist untrennbare Einheit mit Lieblingsdecke eingegangen.«

Ich habe das Ganze dann abgebrochen. Bar jeder Erweiterung. So konnte es wirklich nicht weitergehen. Ich war doch verrückt geworden! Ich konnte doch zufrieden sein, und mein kleiner Busen würde auch nicht so schnell die Reise gen Süden antreten und ohne BH am Bauchnabel beheimatet sein, denn so viel wusste selbst ich von Physik: Wo keine Masse, da wirkt auch keine Schwerkraft. So musste man das sehen – und ich ließ mich von Mark verunsichern! Ich war richtig sauer auf mich. So sauer, dass ich etwas machte, was ich sonst sicher nie getan hätte.

Schon auf dem Weg zur Hiltonbar wusste ich, dass das hier mal wieder einer meiner unüberlegten Schnellschüsse gewesen war. Wie sagte mein Vater immer: Spontan sein ist gut, aber wenn man vor dem Handeln dann doch noch mal nachdenkt, kostet das nur etwas Zeit, spart einem aber meistens viele Sorgen. Recht hatte er, nur jetzt konnte ich es nicht mehr ändern, und vielleicht würde das Treffen mit diesem Simon ja wider Erwarten gut ausfallen. Ich hatte vorhin direkt nach dem Abwaschen der Kakaobutter meinen Laptop angeworfen und mich auf *Matchpoint* eingeloggt. Vorher hatte ich mir überlegt, mich auf Taschas Achte-auf-die-Zeichen-Sache einzulassen, und mir gesagt, dass, wenn er online wäre, das mein Zeichen sei, ihm ein Treffen vorzuschlagen. Und es war so einfach gewesen... ich traf den richtigen Ton, er antwortete direkt, ich fand auf Anhieb etwas Passendes zum Anziehen, und er wollte in einer halben Stunde in der Stadt sein. So einfach konnte das Leben sein. – Das Problem war nur: Ich war in der Bar, er aber nicht.

Das war ja klar gewesen. Ein falsches Profil! Simons Seite war ein Lockprofil. Ich war doch zu dämlich für die Welt! Warum hatte ich nicht gleich daran gedacht? Warum sollte ein Mann, der aussah wie ein Hollywoodschauspieler und der charmant und angeblich Arzt war, sich auf einer Online-Plattform für verzweifelte Singles herumtreiben?

Trotzdem war ich nicht nur auf mich allein wütend. Wer war dann dieser Kerl gewesen, der so nette Mails geschrieben hatte? Wer gab sich denn für so etwas her? Ich verfluchte den Mann und sämtliche seiner Artgenossen und ließ mich erst mal am Tresen nieder. Ich schwor mir, gleich morgen nach einem netten Kloster für mich zu suchen, denn ich hatte abgeschlossen mit der Männerwelt – und mit der Farbgestaltung der Zellenwände bei den Nonnen wäre ich sicherlich auch ein Leben lang beschäftigt. Ich fand die Idee mit jedem Schluck *White Russian* etwas besser und entdeckte beim Nachdenken einige andere interessante Cocktails auf der Karte und dass Barkeeper nur in Filmen gesprächig sind.

»Ich glaube ja, dass Männer und Frauen gar nicht zusammenpassen, das will nur keiner wahrhaben. Also quälen wir uns weiter, schließen Kompromisse, arbeiten an unseren Beziehungen und zahlen am Ende doch wieder nur den Wintergarten des Scheidungsanwalts.«

Nichts. Keine Reaktion. Ich sah auf seiner Anstecknadel nach seinem Namen.

»Wo hast du denn deine Barkeeperausbildung gemacht, Jan?«, wollte ich wissen. »Das war doch jetzt das Stichwort für deine psychologische Einlage!«

Wieder nichts. Doch war heute nicht mein großzügiger Tag? Genau. Also wedelte ich nur wie Queen Mum mit der Hand herum und teilte Jan, dem Barkeeper, mit, dass ihm verziehen sei.

Ich strohhalmte unlustig noch eine Weile vor mich hin und sah mich in der Bar um, bis mich ein geradezu genialer Gedanke aufblicken ließ. Ich beugte mich vertraulich vor und bedeutete Jan, etwas näher zu kommen. Nachdem ich mich versichert hatte, dass uns niemand hören konnte, vertraute ich ihm mit gesenkter Stimme an: »Ich glaub ja, dazz die Lippen von der da links gar nisch echt sinn. Daz will doch keiner nich. Daz is geschummelt, weissu?«

»Natürlich.«

Jan blickte zwar noch nicht mal auf, um nachzusehen, sondern polierte weiter gleichmäßig sein Glas, aber der Mann war schließlich Profi.

»Gute Antwort!«, teilte ich ihm daher mit. »Dafür bekommsu fünf Bonuzpunkte.«

Ich kritzelte ein paar Striche auf meine Serviette, was

Jan allerdings nach wie vor völlig kaltließ. Komischer Typ.

»Sie zollte ein großes F auf ihrer Stirn tragn müssn – F für Fake, jawoll. Gell?«

»Absolut.«

Verständige Barkeeper waren also zumindest keine Erfindung des Films.

Als mich ein Mann leicht an der Schulter berührte, um meine Aufmerksamkeit zu erregen, meinte ich in ihm tatsächlich den Typ von dem Profilfoto zu erkennen. Er entschuldigte sich sehr höflich für die Verspätung, wobei ich beim besten Willen nicht hätte sagen können, wie verspätet er überhaupt war. Ich lächelte ihm aber freundlich zu, positionierte mich noch einmal neu auf meinem Barhocker und stützte mich dabei nur ganz leicht mit den Händen am Tresen ab, wie ich das in alten Filmen gesehen hatte. Sehr damenhaft, ja.

»O nein, bist du etwa betrunken? Du krallst dich ja am Tresen fest, als ginge es um dein Leben…«

Betont lässig drehte ich mich auf dem Barhocker zu ihm um und schlug dabei grazil die Beine übereinander.

»Um Gottes willen! Willst du dir das Genick brechen?! Du kippst ja gleich vom Stuhl!«

Er stürzte erschrocken nach vorn. Meine Güte, der freute sich aber, mich zu sehen! Dabei hatte ich noch gar nicht all mein Können zur Schau gestellt. Also senkte ich meinen Kopf ein wenig, um dem Mann aus halb gesenkten Lidern einen vielsagenden Blick zuzuwerfen.

»Wie kann man in einer einzigen Stunde nur so viel trinken, dass man dermaßen über Kreuz guckt?«, wollte er wissen.

Ein harter Brocken. Ich glitt von meinem Barhocker, schritt mit langsamem, wiegendem Gang um ihn herum und kam mir unglaublich verrucht vor. Mata Hari hatte mit Sicherheit nie sinnlicher eines ihrer Opfer becirct; Rita Hayworth wäre blass vor Neid gewesen, wenn sie mich hätte sehen können. Langsam setzte ich einen Fuß vor den anderen, während ich mir mit der Hand lasziv durchs Haar fuhr. Ich setzte meinen besten Hüftschwung ein... und küsste die Auslegeware in der Bar. Nicht allzu verrucht.

7

»Wie lief es gestern Abend?«, begrüßte mich Tascha am nächsten Morgen, als ich im Büro an meinem Schreibtisch saß und vorsichtig den Hörer abnahm. Das war kein Kater mehr, sondern ein ausgewachsener Tiger, den ich da hatte.

»Das willst du nicht wissen«, sagte ich.

»War er so schlimm? Ein Perverser? Arrogant? Oder sogar unfreundlich?«

Die Reihenfolge ließ ja tief blicken.

»Nein, ich glaube, der war sogar echt nett«, erwiderte ich leise und kniff die Augen vor dem hellen Monitorlicht zusammen, als der Computer hochfuhr.

»Woran lag's dann? Warst du wieder zu verschlossen und zugeknöpft? Hast du wieder Fort Knox gespielt? Ach, Kia...«

Tascha seufzte.

»Nein, ich war, glaube ich, ziemlich unzugeknöpft«, sagte ich wahrheitsgemäß.

Als ich ihr die Höhepunkte des Abends bis zum finalen Tusch auf dem Fußboden geschildert hatte, musste selbst Tascha zugeben: »Das war ja dann wohl eine Bauchlandung.«

»Im wörtlichen Sinne«, gab ich ihr recht.

»Also der meldet sich eher nicht mehr, oder?«

»Nein, ich bin mir ziemlich sicher, dass er den Zettel mit meiner Nummer noch gestern Abend in kleine Stücke gerissen hat.«

»So wie der gut gelaunte Winzer damals bei mir...«, klagte Tascha.

»Gut gelaunt? Tascha, der hat seinen Wein doch literweise selbst getrunken!«, erinnerte ich sie.

»Der Arme hatte ja auch einen verletzten Neptun in den Fischen stehen. Schlimme Sache, da ist die Sucht praktisch vorprogrammiert.«

Ich ließ das mal durchgehen.

»Du hast aber wirklich ein Händchen für unmögliche Typen«, sagte ich.

»Wieso? Ich hatte auch schon normale!«, verteidigte sie sich.

»Ja? Wen denn?«, wollte ich wissen.

»Na, den Piloten zum Beispiel. Benedikt.«

»Der wirkte doch immer völlig weggetreten und hat echt nicht den besten Eindruck gemacht.«

»Du weißt doch, dass die Aura bei Flugreisen immer etwas hinterherhinkt«, sagte Tascha.

Ich musste das erste Mal an diesem Morgen lächeln, als ich mir all die völlig abgehetzten Auren vorstellte, die am Flughafen zwischen den Kofferbändern herumirrten und verzweifelt nach ihren Besitzern suchten.

»Ich hör dich grinsen! Lass das!«, fauchte Tascha. »Das ist so. Man ist nach einer langen Flugreise noch eine Weile nicht ganz komplett und fühlt sich etwas neben sich«, sagte Tascha.

»Na, dann war Benedikts Aura aber meistens noch nicht gelandet. Der hat ja nur blödes Zeug von sich gegeben. Bei dem muss die Liebe dich nicht nur blind, sondern auch noch taub gemacht haben«, sagte ich.

»Mit dir haben tiefsinnige Diskussionen einfach keinen Sinn«, warf sie mir vor.

»So wird es sein. Gehst du heute Abend trotzdem mit mir essen?«, fragte ich.

»Nein.«

»Jetzt hör auf zu schmollen, Tascha!«

»Tue ich nicht, ich kann nur nicht. Ich fahre nachher zu einer Fortbildung«, sagte sie.

Es war also mal wieder so weit. Tascha fuhr in regelmäßigen Abständen zu irgendwelchen Seminaren im Schwarz-, Wester- oder Odenwald mit vielversprechenden Namen wie »Chanten über den Tannenwipfeln: Buddhistischer Gleitschirmflug« oder »Kombiseminar: Tantra und Partnerschaftsanalyse. Nach dem G- kommt der Wir-Punkt«.

»Worum geht es denn diesmal?«, wollte ich wissen.

»»Shopping 2.0 – Das Erschaffen von Reichtum'«, erwiderte Tascha ernst.

Nicht doch. Da hatte ich sofort das Bild von Erika vor Augen, die auf Einladung von Tascha in ihrer Wohnung mal zu einer »Stunde des Manifestierens« gerufen hatte. Sie hatte in der Mitte des Raumes auf einem Kissen gethront, noch einmal ihre handgebatikte Tunika zurechtgezupft, den Kristallanhänger mittig auf der Brust platziert und voller Stolz verkündet: »Ich habe es geschafft. Ich kann manifestieren.« Kunstpause. »Aus dem Nichts.«

Da das Goa-Gewand doch schon arg fransig aussah, hatte ich mich ungläubig vorgebeugt, um nachzufragen, womit es denn geklappt hätte. Dann kam der beste Teil: »Ich habe mir einen Parkplatz erschaffen.«

Ich kann es nicht mehr hören. Jeder kutscht mit seiner Karre durch die Landschaft und kreiert sich Parkplätze, nur weil irgendwo mal stand, dass das die ultimative Prüfung sei, wenn man manifestieren lernen möchte. – Mag sein. Aber nicht, wenn man das Ganze wie Erika in seinem Heimatort Hinterfusselbach am schönen Rinnsal mit sechs Einwohnern, drei Autos und siebzehn Stellplätzen zelebriert. Man ist aber in meinen Augen auch dann noch kein Großmeister des Manifestierens, wenn man in der Lage ist, sein Auto in Frankfurt zur Rushhour innerhalb von fünf Minuten abzustellen, ohne einen Strafzettel zu provozieren. Denn wenn es um die Dinge geht, die einem wirklich am Herzen liegen, sieht es mit den Kreationen aus dem Nichts doch noch eher schlecht aus.

»Tascha, es gibt etwa 11.567 Ratgeber zum Thema Wunscherfüllung. 4557 Vorträge wurden bislang dazu gehalten und 2589 Seminare. Erfüllte Wünsche bisher: 17. Alles Parkplätze. Und du glaubst, wenn du zurückkommst, kannst du dir alles erschaffen?«, fragte ich sie. »Aber sicher doch!«

»Sicher? Egal, was man sich wünscht – entweder eine schnelle Bestellung beim Universum oder etwas positives Denken, und zack: Der Aston Martin steht vor der Jugendstilvilla, wenn man morgens aus den hauseigenen Ställen tritt, so ungefähr?«, fragte ich und kraulte Whisky, der unter dem Tisch lag, den Bauch.

»Ah, du bist so schrecklich materialistisch eingestellt… Du sammelst immer nur wertlose, weltliche Gegenstände um dich.«

Schön wär's. Offen gesagt hatte ich in manchen Monaten schon ernsthafte Probleme damit, mir selbst etwas so Kleines wie einen Zwergbonsai zu kaufen, um mich damit zu umgeben. Und mit der nächsten Stufe, dem reinen Erschaffen dank Vorstellungskraft, war es bei den meisten meines Wissens auch nicht weit her.

»Also ich bin trotz intensiver Vorstellerei bislang bestenfalls mit all meinen Hoffnungen baden gegangen, nicht auf den Seychellen – aber vielleicht klappt es ja bei dir.«

»Ich bin mir ganz sicher, dass ich das lernen kann«, sagte Tascha fest.

»Dann beeil dich damit, denn der Schlussverkauf wartet auf niemanden«, meinte ich lachend. »Und pass auf, dass du nicht wieder auf ein Angorakaninchen triffst!«

»Trink du heute Abend nur Tee!«, erwiderte sie.

Als ich aufgelegt hatte, fand ich genau so viel Zeit, zu einem Stift zu greifen, bevor das Telefon wieder klingelte. Viel zu schrill und viel zu laut. Am anderen Ende war meine Mutter, die noch nie hatte begreifen wollen, dass ich im Büro nicht Ewigkeiten mit ihr telefonieren konnte.

»Es ist aber wichtig!«, beharrte sie.

»Worum geht es denn?«, fragte ich resignierend und bereute es schon zwei Sekunden später.

»Ich finde, du musst wieder mehr unter die Leute«, verkündete Ma.

Ich erinnerte mich mit Schrecken daran, wie die letzte Unterhaltung mit meiner Mutter ausgegangen war zu ihrem Standardvorschlag »Du-musst-wieder-mehr-unter-Leute«.

»Mama, ich bin tagsüber genug unter Leuten, wovon ich einige sicher nicht unbedingt um mich bräuchte«, erklärte ich ihr zum gefühlten 5000sten Mal.

»Der Büroalltag zählt nicht … und deine Klientenbesuche auch nicht!«, kam sie mir zuvor. »Mit Kunden wirst du dich ja nicht über persönliche Dinge unterhalten.«

»Mama, dafür hab ich Svenja und Tascha. Und abends bin ich ehrlich gesagt ganz gerne mal allein.«

Meine Mutter hielt geschockt die Luft an.

»Aber der Austausch ist doch so wichtig!«, sagte sie, als sie sich erholt hatte.

Es war ihr einfach nicht beizubringen, dass nicht jeder

täglich mit mindestens fünf Bekannten und drei Blutsverwandten gesprochen, telefoniert oder sie umarmt haben musste, damit er sich nicht aus dem Fenster stürzte. Dass es Leute gab, die still und friedlich mit sich allein einfach nur auf der Couch saßen und dabei auch noch zufrieden waren, das war für Ma schlicht undenkbar.

»Ich habe mit Tante Emilia, mit Oliver und mit Frau Möhrig aus dem Drogeriemarkt darüber gesprochen, und wir alle meinen, dass du in einem schönen Verein gut aufgehoben wärst. Und vielleicht... na, vielleicht triffst du dort auch einen netten jungen Mann.«

Da. Ich wusste, das Thema würde wieder aufs Tapet kommen.

»Mama, bitte nicht schon wieder!«, bettelte ich.

Bitte nicht gerade heute mit meinem Kopf. Aber ich hätte wissen müssen, dass es nichts bringen würde.

»Du musst dir so langsam schon mal Gedanken machen, Askia...«, sagte sie.

»Oder ich finde in meinem fortgeschrittenen Alter von 31 keinen mehr, meinst du das?«, erwiderte ich genervt.

»Mal den Teufel nicht an die Wand!«

Ich ließ den Kopf auf die Tischplatte sinken.

»Mama, Oma Hedwig hat mir erst letzte Woche erzählt, dass sie jetzt nicht nur eine, sondern zwei Opferkerzen für mich ansteckt in der Kirche, das zahlt sich sicher bald aus.«

»Hmm.«

Überzeugt klang sie nicht.

»Und außerdem habe ich noch Zeit, denn man weiß ja, dass 30 das neue 20 ist«, sagte ich.

»Kialein, du glaubst auch alles!«

»Doch! Das stand in einer ganz seriösen Zeitschrift«, beharrte ich.

»Jaja, und Stricken ist das neue Yoga. Dann musst du nur aufpassen, dass du durch das meditative Klappern der Nadeln nicht in Halbtrance fällst und dich selbst aufspießt.«

»Vergiss es«, sagte ich.

»Gut. Dann mal zu etwas Wichtigem: Tante Emilia hat erzählt, dass sie ein ganz entzückendes Brautkleid in einer neu eröffneten Boutique gesehen hat, das perfekt zu dir passen würde. Brüsseler Spitze am Saum! Am Saum, Askia, hörst du! Wenn das mal nicht ausgefallen ist... Und der Ausschnitt und diese Schnittführung...«

Sie fuchtelte wohl begeistert mit den Händen in der Luft herum, denn plötzlich hörte ich sie nicht mehr. Als meine Mutter das Telefon wieder vom Boden aufgehoben und am Ohr hatte, sagte sie: »Askia, ein Traum, sage ich dir, ein Traum!«

»Du hast das Kleid doch noch gar nicht gesehen«, wandte ich ein.

»Aber natürlich habe ich das! Tante Emilia hat sofort ein Bild gemacht und mir gemailt. Ich habe es vergrößert, ausgedruckt und schon mal ein paar kleinere Änderungen eingezeichnet. Ah, aber allein der Fall des Stoffes...« Sie hatte sicher schon ganz glasige Augen. »Und der Glanz!«

Mas Atem ging mittlerweile stoßweise. Man musste sie jetzt stoppen.

»Mama! Langsam. Wir sollten die Reihenfolge einhalten. Bevor wir uns um ein Kleid kümmern« – Gott bewahre, ich hatte nicht vor, mich in ein weißes Baiser zu verwandeln –, »muss ich erst mal den netten Herrn finden, der dann im Anzug neben mir steht.«

»Ja, ja, sicher.«

Sie atmete immer noch nicht wieder normal.

»So, und bis es so weit ist, werde ich...«

»Einem Verein beitreten!«

Sie ließ einfach nicht locker. Die nächste halbe Stunde meiner Lebenszeit verbrachte ich daher mit meiner Mutter, die, gründlich wie immer, schon eine Liste sämtlicher Vereine in der Stadt zusammengestellt hatte. Da ich aber der tiefen Überzeugung bin, schlicht nicht für die Welt des Sports geschaffen zu sein, schieden schon einmal 70 der knapp 100 Vereinsangebote aus. Ich gehöre auch zu den faulen Menschen, die sich in ihrer Freizeit entspannen möchten, statt im ortsansässigen Schachclub die Hirnwindungen zu testen. Und wenn Martha Stewart jemals meine gehäkelten Topflappen in die Finger bekäme, würde sie mich standrechtlich erschießen lassen. Damit fielen auch die Landfrauen mit ihren Strickkränzchen und sämtliche Kochkurse unter den Tisch. Was blieb, war die »Vereinigung der hölleguten Hellebarden«, die jedes Wochenende auf der Burgruine im Nachbarort rumturnten und sich in Sackleinen gewickelt mit »holde Maid« und »edler Junker« ansprachen. Doch dazu fühlte ich mich genauso wenig berufen wie zur »Fröhlichen Innung der Streichholzarchitekten«, die so viel Zeit hatten, dass sie aus Zündhölzern gerade den Kölner Dom nachbauten.

»Außerdem weißt du, dass meine Erfahrungen mit Vereinen nicht gut sind«, erinnerte ich meine Mutter.

In einer unbedarften Phase meiner Jugend hatte ich mich einmal für den »Nichtschwimmerclub AC Nabweiler-Erbe« angemeldet, denn das klang nach Leuten mit Humor, da wollte ich hin. Aber ich hatte mich geirrt, der Vereinsname war ernst gemeint. Man verabscheute das kühle Nass und hegte eine gesunde Portion Skepsis jedem gegenüber, der die ketzerische Kunst des Schwimmens beherrschte. Nachdem ich eine Stunde mit den Wasserhassern verbracht hatte, war ich mir auch nicht mehr so sicher, ob das Aufnahmeritual, das mir der Vorstand erläutert hatte, vielleicht doch kein Witz war. Die Eintrittskarte in den erlauchten Kreis ähnelte schwer der Prüfung von Frauen im Mittelalter auf Hexe oder Nicht-Hexe: Wenn man nach lautem Gekreische mindestens drei Minuten unter der Oberfläche des Dorfteiches verschwunden blieb, wurde man unter ebenso lauten Jubelrufen wieder am Kragen rausgezogen und feierlich als neues Mitglied begrüßt. Ich traue mir durchaus zu, überzeugend untergehen zu können. Aber mich einmal die Woche im Vereinsheim des offiziellen Nichtschwimmerclubs AC Nabweiler-Erbe zu treffen, um mit Schwimmflügeln an den Armen statt im Wasser im Alkohol zu schwimmen, war dann doch nicht das, was ich gesucht hatte.

»Aber du hast doch damals diesen netten jungen Mann in diesem lustigen Gartenclub kennengelernt.«

Die Frau ließ einfach nicht locker. Aber sie hatte eine schlechte Erinnerung, denn weder war der Gartenverein lustig noch der Kerl nett gewesen. Außerdem war es sowieso eine Schnapsidee gewesen, mich am Gärtnern zu versuchen, denn ich schaffe es noch nicht mal, ein normalerweise selbst in Regenrinnen und zwischen Pflastersteinen wild wucherndes Kraut zum Wachsen zu bringen. Beim letzten Versuch hatte ich irgendwann wieder völlig deprimiert auf dem Balkon gesessen und mit den Fingerspitzen an die traurig herunterhängenden, verwelkten Blätter eines Rosmarinstrauchs getippt. Alles, was von der Pflanze übrig geblieben war, war ein feiner brauner Staub gewesen. Mein Daumen ist noch nicht mal blassgrün. Ich habe Dieffenbachien lange Zeit für eine philosophische Gruppierung gehalten und schon mindestens zwanzig Zimmerpalmen ins Nirwana geschickt. Aber: Ich verschenke sehr gerne Veilchen. Ich wimmelte meine Mutter unter dem Vorwand ab, gleich zu einem Kunden zu müssen, und als ich ihr erzählte, dass es sich um einen ledigen Mann handele, legte sie von ganz allein auf und ermahnte mich, auch ja nicht zu spät zu dem Termin zu kommen.

Mein Telefon schien das aber verhindern zu wollen, denn im Gegensatz zu sonst konnte es heute scheinbar gar nicht genug davon bekommen zu klingeln. Ich war schon fast aus der Tür, als es aufgeregt blinkte. Aber da Vera ihren Apparat auf meinen umgestellt hatte, traute ich mich nicht, das Klingeln einfach zu ignorieren, und hob ab.

»Askia Fuchs?«

»Simon Wagner. Ich wollte mich nur mal erkundigen, ob du noch Teppichfusseln im Mund hast.«

O nein. Das Gespräch hier war leider nicht für Vera. Ich schluckte und piepste dann geistreich: »Nee.«

»Freut mich zu hören!«

Man hörte das Lachen in seiner Stimme.

»Ich habe heute Nachmittag keinen Dienst und wollte dich fragen, ob du Lust hast, dich auf einen Kaffee mit mir zu treffen?«

Er klang wirklich nett und überhaupt nicht sauer.

»Ausgenüchtert bin ich zwar schon ziemlich, aber Kaffee ist wahrscheinlich trotzdem nicht schlecht für mich«, sagte ich, und er lachte.

Es war ein nettes, angenehmes Lachen, und ich entspannte mich ein bisschen.

»Gut. Zur Sicherheit würde ich die Espressobar in der Ludwigstraße vorschlagen, die machen wirklich starken Kaffee. Kennst du die?«

»Ja.«

Super, Askia. Du bist die Gewinnerin des Preises für witzige Telefongespräche.

»Dann sagen wir heute Nachmittag um 17 Uhr, passt das?«

»Hmpf.«

Es wurde immer besser. Ich rief zur Vollversammlung aller verfügbaren geistigen Kräfte in meinem Hirn, aber da hörte ich ihn schon sagen: »Schön, ich freue mich auf dich, bis später!«

Und er hatte aufgelegt. Man konnte wohl selbst mit viel gutem Willen nicht sagen, dass ich das Bild, das ich beim ersten Treffen hinterlassen hatte, grundlegend verbessert hatte.

In den nächsten Stunden beschäftigte ich mich mit Dingen, die ich besser konnte, und entwarf eine erste Einrichtungsidee für Raffaels Büroräume. Ich war gestern Abend noch schnell bei der Adresse vorbeigefahren, hatte feige gewartet, bis ich Raffael hatte wegfahren sehen, und mir von seinem Kompagnon Christopher die Räume zeigen lassen. Wir hatten über seine Vorstellungen zur Gestaltung gesprochen, als er beim Weg an einer der schmalen Säulen vorbei meinte: »Das Büro mit dem Stützpfeiler nehme besser ich, denn wir wissen ja, wie groß der Hang von Raffaels Kopf ist, sich mit Schwung Pfosten zu nähern.«

Ich hatte ihn spätestens von diesem Moment an gemocht, und ich musste lachen bei der Erinnerung an Christopher, der mit Bleistift eine überraschend gute Karikatur von Raffaels Kopf an die unverputzte Säule malte, einen Kreis darum zog wie bei einem Warnschild und das Bild dann mit einem Querbalken durchstrich. Darunter schrieb er: »Ich muss leider wegbleiben...«

Kurz vor Feierabend hatte ich das Konzept fertig und war zufrieden mit dem Wechsel von rauen, unverputzten Betonwänden und Flächen in glänzendem Weiß. Dazu sollte es weiße, derbe Lederteppiche unter den hochglänzenden Chromgestellen der Barcelona-Sessel geben. Warme Holzböden ließen das Ganze nicht zu kühl werden, und einzelne orangefarbene Akzente griffen die Farbe des Firmenlogos wieder auf. Ich hatte alle Tische und Regalsysteme sinnvoll und trotzdem stimmig untergebracht und war wirklich gespannt, was Raffael und Christopher dazu sagen würden.

Ich stand etwas steifbeinig vom Schreibtisch auf und ging noch einmal zu Vera, um alles von ihr gegenzeichnen zu lassen. Als ich reinkam, probte sie hinter ihrem Schreibtisch verschiedene Posen und war wohl gerade bei der Übung »keusch und sittsam«. Sie saß stocksteif auf ihrem Stuhl, hatte die Hände im Schoß gefaltet und die Augen niedergeschlagen. Leider, leider fand sie ziemlich schnell wieder zu »martialisch und bösartig« zurück, als sie mich mit den Unterlagen in der Tür stehen sah. Nachdem ich zehn Minuten lang sämtliche Posten bis zum Blumenübertopf mit ihr durchgeackert hatte, ließ sie mich mit der Haltung »gnädig und nachsichtig« sowie einem huldvollen Winken wieder gehen.

Draußen rollte ich die Augen gen Himmel und ging zu Birgit an die Rezeption, um mir ihren gut ausgestatteten Schminkkoffer auszuleihen, für dessen Füllung sie sicher mehr als ein Regal im Drogeriemarkt verwaist zurückgelassen hatte. Im Waschraum frischte ich, so schnell es ging, mein spärliches Make-up auf und kontrollierte noch einmal, dass die Cocktail-Augenringe vom vergangenen Abend verschwunden waren. Man musste Simons Erinnerung an meinen wenig denkwürdigen Auftritt ja nicht mutwillig heraufbeschwören.

Das Erste, was ich sah, als ich mit Whisky durch die Tür der Espressobar trat, war ein seltsam violett verfärbter Bubikopf am Tisch vor mir. Die schmalen Lippen in dem blassen Gesicht hatte die Frau fest zusammengepresst, und die kleine spitze Nase zuckte unruhig wie bei einer Feldmaus in Alarmbereitschaft. Die knochige Figur umschlackerte ein schlecht sitzendes graues Kostüm, und die unruhig scharrenden Füße steckten in flachen Spangenschuhen, die zumindest bequem aussahen. Als ich noch die blickdichte Strumpfhose bestaunte, die traurige faltige Häufchen um die Knöchel bildete, trat ein Mann hinter ihr aus der Garderobe, der in allen Punkten das komplette Gegenteil von ihr war. Völlig unbeeindruckt von dem Chaos in dem kleinen Laden nahm er in dem Sessel der Frau gegenüber Platz, schlug die Beine in den sicherlich maßgeschneiderten Flanellhosen übereinander und wippte lässig mit einem Budapester. Das war er doch, oder? Wenn ich in der Bar nur etwas nüchterner gewesen wäre, könnte ich mich sicher erinnern, wie dieser Simon in natura aussah, und ich verfluchte sämtliche Cocktails, die ich gestern Abend getrunken hatte. In alphabetischer Reihenfolge.

Aber wenn er mit dem grau-lila Mäuschen hier war, konnte er es nicht sein. Wie hatte er denn nur noch mal genau ausgesehen? Auf diesen Internetfotos erkannte man aber wirklich kaum etwas, und ich hatte auch einfach nicht damit gerechnet, dass so viele Leute hier sein würden. Ich setzte mich erst mal an die Bar und schaute mir alle an. Den Mann neben der Feldmaus trotz allem am genauesten. Er ließ den Blick ruhig durch den Raum gleiten, während er auf dem Beistelltisch nach einer Zeitung griff. Ich schätzte ihn auf Mitte vierzig mit den graumelierten Schläfen und feinen Lachfalten um die intelligenten braunen Augen. Als sein Blick sich auf mich richtete, lächelte er, stand auf und kam auf mich zu.

»Askia! Schön, dich zu sehen. Komm doch rüber, ich habe uns noch zwei Plätze am Tisch dieser netten Frau sichern können«, sagte Simon, während er mich zu Mäuschen lotste. Die warf mir hinter ihrer lila Brillenfassung einen Blick zu, bei dem sicher die Milch in ihrem Cappuccino sauer wurde. Sie starrte kurz traurig darauf, trank ihn mit einem hastigen Schluck aus und trippelte dann mucksmäuschenstill zum Ausgang.

»Ich finde, man sollte immer auf dem Laufenden bleiben mit der Weltlage«, sagte Simon, nachdem wir allein waren und er die *FAZ* zusammenfaltete, in der er gelesen hatte.

Ich nickte gewichtig, überlegte aber gleichzeitig fieberhaft, wann ich in der Zeitung das letzte Mal etwas anderes gesucht hatte als das Kreuzworträtsel. Im Lösen des Querdenkerrätsels hatte ich es zwar zu einer gewissen Meisterschaft gebracht, aber ich konnte Simon trotzdem schlecht meinen persönlichen Rekord mitteilen, ohne zu wissen, was im Rest der Zeitung zum Euro gestanden hatte. Oder zur innenpolitischen Lage. Oder zur US-Wahl. Was, wenn er von mir wissen wollte, was dieser Spinner Assad...

»Was möchtest du trinken?«, fragte er.

Gott sei Dank, das konnte ich beantworten.

»Einen Milchkaffee, bitte«, sagte ich zur Kellnerin und atmete auf, da Simon offensichtlich nicht vorhatte, mein Wissen zum Weltgeschehen zu testen.

»Wir konnten uns gestern Abend ja nicht wirklich unterhalten«, sagte er stattdessen, und ich entspannte mich noch ein bisschen mehr. Ein Mann mit einem feinen Sinn für Humor, das gefiel mir. Sein nächster Satz zeigte mir allerdings, dass er es absolut ernst gemeint hatte.

»Du warst leider so betrunken, dass ich dich stützen musste.«

War das die feine Art? Ich war jetzt etwas angesäuert. Sicher, ich hatte mich danebenbenommen, aber hackt man als netter Mensch darauf herum? Nein. Daher sagte ich: »Du warst leider so spät, dass ich schon dachte, du kämst nicht mehr, ich sei versetzt worden und müsste meinen Kummer ertränken.«

So, jetzt wollten wir mal sehen, was der Herr dazu zu sagen hatte.

»Es wurden noch drei Verletzte aus einem Verkehrsunfall eingeliefert, als ich schon gehen wollte. Schreckliche Sache. Ein LKW hat den Wagen einer Familie gerammt, genau auf der Seite, auf der das kleine Mädchen saß.« Klasse. Genau so etwas nennt man ein ausgewachsenes Fettnäpfchen. Kleinlaut fragte ich: »Ist ihr etwas Ernstes passiert? Konntet ihr was für sie tun?«

»Ja, ja, alles gut gegangen. Die drei hatten richtig Glück und sind alle mit ein paar Quetschungen und Knochenbrüchen davongekommen«, antwortete Simon.

»Gott sei Dank!«

»Ja...«

Er schien in Gedanken immer noch im OP-Saal zu stehen. Jetzt ein Hoch auf einen Themenwechsel...

»Mein letzter Aufenthalt in der Notaufnahme war weniger denkwürdig«, plapperte ich. »Bei uns am Haus stehen die Mülltonnen hinter schweren Metalltüren, und weil ich aus purer Faulheit mal wieder alles auf einmal runtergeschleppt und die Hände voll hatte, rutschte ich beim Öffnen der Türen ab und schlug mir das Handgelenk an der scharfkantigen Leiste auf. Es bildete sich sofort eine riesige Beule, es pochte wie wild ... und ich saß eine halbe Stunde später ohne Müll, aber mit einem blau angelaufenen Handgelenk und blutigen Striemen in der Notaufnahme. Nach einer Weile schob ein junger Arzt den Vorhang zur Seite, warf einen Blick auf mein Handgelenk, noch einen kurzen auf mich – und dann war er auch schon wieder mit wehendem Kittel verschwunden.«

»Wieso das denn?«, wunderte sich Simon.

»Pass auf«, grinste ich. »Der Nächste, der hinter dem Vorhang vorlugte, war ein schlaksiger älterer Herr, ganz in Schwarz und mit salbungsvollem Blick. Na?«, fragte ich Simon.

»Wie ›na‹? Keine Ahnung! Hat sich denn niemand um dein Handgelenk gekümmert? In welchem Krankenhaus warst du denn?!«

»Völlig egal, darum geht's nicht!« Jetzt verhunzte der mir die Pointe? »Also, was glaubst du, wer das war?«

Simon sah mich immer noch mit leerem Blick an.

»Der Krankenhaus-Seelsorger! Er hat sich mit sorgenvollem Blick neben mir niedergelassen, meine gesunde Hand getätschelt, mir dann tief in die Augen gesehen und gesagt: ›Mein Kind, Selbstmord ist nie eine Lösung!‹«, prustete ich.

»Aha«, sagte Simon.

»Findest du das nicht lustig? Die dachten, ich wollte mich umbringen! Dabei war ich nur zu tappig, um die Mülltonne richtig aufzumachen«, erklärte ich ihm.

»Jaja, schon klar, aber das ist doch nicht lustig.«

»Nicht?«

So auf die Schnelle fiel mir jetzt auch kein neues Thema ein, aber die Frau am Nebentisch half aus: »Würden Sie mir bitte den Zucker rüberreichen?«

Sie rückte ihre eher knappe Korsagenbluse zurecht, die mir gleich aus zwei Gründen bedenklich erschien. Zum einen war sie deutlich zu eng geschnürt, wenn man von der beunruhigenden Schnappatmung der Frau ausging. Sollte die Arme zum anderen aber einmal richtig tief Luft holen, würde man statt des abgehackten Geschnaufes bestimmt ein sattes Plopp-plopp hören, und sie stünde obenrum im Freien. Momentan zupfte sie aber nur an ihren aufwendig in Schillerlocken gelegten Haaren herum. Zwischen hastigen Atemschnappern. Simon reichte ihr mit einem »Sicher, gern« und einem Lächeln den Zuckerstreuer, und sie strahlte ihn an. Wieso um alles in der Welt musste so ein Mann eine Frau übers Internet kennenlernen?

»Ganz ehrlich? Weil ich schon gerne wieder eine Partnerin an meiner Seite hätte, aber ich habe nicht die Zeit, mich erst mit zehn Frauen zu treffen, um dann festzustellen, dass sie nicht zu mir passen. Bei den Partnerbörsen im Internet kann man davon ausgehen, dass zumindest die Eckdaten schon einmal übereinstimmen«, beantwortete er meine Frage, die ich nicht für mich hatte behalten können. Nicht gerade die Rede, die ihn zum Romantiker des Jahres werden ließe, aber logisch.

»Dass du auch gerne kochst und Golf spielst, weiß ich ja schon«, begann er.

Und wieso wusste ich nichts davon?

»Aber wir haben sicher noch mehr Gemeinsamkeiten. Welches Buch liest du denn gerade?«, fragte er.

Denk nach, Askia, denk nach! Mir war schon klar, dass ich nicht ehrlich antworten und *Nacht über den Highlands* sagen konnte, also entschied ich mich für: »*Sächsischer Barock in Kirchen und Profanbauten.*«

Das las ich zwar nicht *gerade*, aber es lag auf meinem Nachttisch, und ich hatte schon mal darin geblättert.

»Ach, hochinteressant! Ich bin ein großer Fan der Barockkunst und habe auch viele Bücher darüber gelesen.«

Mein Glück... war ja kaum zu fassen. Vielleicht war heute der Tag, um endlich mal Lotto zu spielen.

»Kennst du *Der Garten Lu*?«, fragte er.

»Das steht auf den Bestsellerlisten«, sagte ich stolz. Neben uns stand die Korsagen-Dame unverrichteter Dinge auf. Sie hatte die Hoffnung wohl aufgegeben, Simon zu becircen, seufzte noch einmal schwer und ging dann wieder zu ihrer kurzatmigen Darth-Vader-Imitation über. Ich drückte ihr die Daumen, dass sie es ohne Ohnmachtsanfall bis zur Tür schaffen würde.

»Genau. Ich finde, es ist ein faszinierendes Epos über die Liebe, den Zweiten Weltkrieg und den Zusammenhalt starker Frauen aus drei Generationen«, sagte Simon, ohne aufzublicken. »Ich meine, dieser Autor liest heute Abend in der Buchhandlung am Markt. Es ist etwas kurzfristig, aber vielleicht könnten wir da zusammen hingehen, was meinst du?«

Ich nickte. O Freude! Aber wenn schon nicht das Buch, der Mann interessierte mich, und dafür könnte ich durchaus eine langweilige Lesung in Kauf nehmen. Ich lächelte ihn an, fand, dass er auch ein bisschen aussah wie einer der Männer aus der Tabakwerbung, und hörte interessiert zu, was er von seiner Arbeit auf der Unfallstation erzählte.

Als wir später vor dem Café standen, nieselte es leicht. »Ich kann dich mitnehmen, wenn du willst. Aber ich müsste vorher noch mal kurz bei mir zu Hause vorbei, ein paar Krankenakten holen. Liegt aber auf dem Weg«, sagte Simon, während wir zum Parkhaus liefen.

»Gern, das ist nett von dir«, sagte ich, »oh, entschuldige.«

Mein Handy klingelte, und nach einem Blick aufs Display ließ ich mich lieber ein paar Schritte zurückfallen, damit Simon nicht mitbekam, was sicher gleich kommen würde.

»Askia? Hier ist Raffael!«

»Ja, hab ich gesehen. Schön, von dir…«

»Ich habe gerade erfahren, dass *du* unser Büro übernehmen wirst«, fiel er mir ins Wort.

Die Höflichkeiten übersprangen wir also, auch gut.

»Du hättest ruhig einen Zeitpunkt wählen können, an dem nicht nur Christopher da ist, um dir die Räume anzusehen. Denn ob du es glaubst oder nicht, mich interessiert auch, was du vorhast! Also? Ich höre.«

Ich hasse es, auf der Straße eine komplette Inneneinrichtung zusammenzufassen für jemanden, den ich durch den Hörer schon nach dem ersten Satz ungeduldig mit den Füßen scharren höre. Aber ich biss die Zähne zusammen und skizzierte Raffael knapp meine Ideen und was ich mit seinem Kompagnon besprochen hatte.

»Hört sich sogar ganz gut an.«

Meine Güte, überschlag dich nicht mit dem Lob!

»Ich will trotzdem immer genau wissen, was du machst, hörst du? Wir sehen uns dann morgen auf der Baustelle.«

Tut.

Nee, sich verabschieden wird deutlich überschätzt. Braucht ja keiner. Idiot, elender!

Ich steckte das Telefon mit leicht zitternden Fingern zurück in die Tasche, atmete einmal tief durch und ging mit Whisky zu Simon rüber, der geduldig gewartet hatte.

»Ich parke da drüben«, er stieß sich von der Mauer ab, an der er gelehnt hatte, und deutete auf das Kaufhausparkhaus.

»Danke, es ist nett, dass du uns mitnimmst«, ich lächelte zu ihm hoch. Immerhin gab es noch Männer mit Manieren.

»Sicher, gern. Und dann lernt dein Hund auch gleich mal meinen kennen«, sagte Simon.

»Ah, stimmt, du bist ja der *DocmitDog*! Was für eine Rasse ist es denn?«, fragte ich, als wir über das Parkdeck liefen.

»Ein Pekinese«, antwortete er und fügte mit einem Seitenblick auf mich lachend hinzu: »Ja, ich weiß. Das ist auch nicht unbedingt der Hund, den ich mir ausgesucht hätte, aber Nicki ist nach der Scheidung quasi mir zugesprochen worden, weil ich den Garten habe. Ich bin zwar kaum zu Hause und kann mich nicht viel um ihn kümmern, aber ich hänge trotzdem sehr an ihm.«

Die Lichter eines eleganten dunkelblauen BMW Touring blinkten auf, als Simon den Schlüssel aus der Tasche zog und auf die Beifahrerseite ging, um mir die Tür aufzuhalten. Das hatte ja nun in letzter Zeit niemand für mich getan. Was Simon nicht wissen konnte, und er sah etwas irritiert aus, als ich ihn anstrahlte wie zehn Christbäume im Vollornat.

»Dann ist er die meiste Zeit allein?«, plapperte ich verlegen, um ihn abzulenken. »Armer Hund.«

»Nein, so arm ist der nicht, keine Angst«, lachte Simon, während ich einstieg und er die Tür hinter mir zufallen ließ. »Meine Haushaltshilfe Gerda kümmert sich um ihn – im Prinzip ist Nicki ihr Hund«, sagte er, als er neben mir saß und den Motor startete.

Eine Haushaltshilfe gab es, na, ganz toll. Dann war der Mann wahrscheinlich einen Standard gewöhnt, den ich ihm mit meiner chaotischen Abstellkammer, in der die Besenstiele Mikado spielten, eher nicht bieten konnte, und ein zweiter Bocuse war ich beileibe nicht. Neben meinen bescheidenen Kochkünsten sollte er mein Auto vorerst auch besser nicht zu Gesicht kriegen, denn wo der BMW leise schnurrte, röhrte mein alter MX5 Marco und ging in ein konstantes Scheppern über, sobald man schneller als 50 fuhr. Das Handschuhfach sprang dann hilfsbereit von alleine auf, und dort hatte ich immer eine Schachtel Ohropax und einen Schokoriegel liegen. Denn nach einer längeren Fahrt mit Marco hatte man nicht nur Probleme mit dem Gehör, sondern fühlte sich auch wie bei einem mittelschweren Bandscheibenvorfall und musste sich nach dem Aussteigen erst einmal stöhnend am Autodach abstützen. Schokolade hilft dann. Aus den komfortablen Ledersitzen des BMW stieg ich allerdings richtig erholt aus, als wir in die Einfahrt einer gepflegten Stadtvilla eingebogen waren. Das Haus stand etwas zurückgesetzt von der Straße, selbst bei dem diesigen Wetter strahlte die weiße Fassade, und die Wolken spiegelten sich in den bodentiefen Fenstern.

Über das perfekte Bild legte sich leider ein ganz anderer Eindruck, und ich hatte den Geruch von *Tosca* schon beim Aussteigen in der Nase, bevor ich das Gespann aus älterer, rundlicher Dame und ebenfalls nicht mehr ganz jungem, aber dafür maßlos überfettetem Pekinesen aus der Gartentür kommen sah. Wohl auf der Suche nach einem dritten Abendessen renkte der sich den Hals aus, um den Waden einer Passantin nachzustieren. Die Frau, anscheinend Simons Haushälterin Gerda, aber wollte weiter: »Ei, Nicki, du alter Charmeur... nicht trödeln, gelle!«

Trödeln lag aber anscheinend gar nicht in Nickis Sinn, sondern er riss sich mit einem geübten Ruck los und rannte, so schnell ihn seine pralinenverwöhnten Pummelbeinchen trugen, hysterisch kläffend los. Gerda folgte mit wehendem Popelinemäntelchen, wild rotierender Einkaufstasche und der besorgten Aufforderung: »Nicki! Bell nicht so viel, du hast doch den Husten! Ei, Nicki, mein Nicki, wo willst du denn hin?«

Directamente zu uns. Ich wappnete mich schon, um Whisky zurückzupfeifen, wenn ihm das schlecht gelaunte Nickilein auf die Nerven gehen würde, das mich mittlerweile mit heiserem Gekläff umkreiste. Aber Whisky hüpfte einfach nur aus dem Auto und saß dann stoisch neben mir wie das Paradebeispiel aus dem Hundelehrbuch. Wahrscheinlich war er schlicht perplex und irritiert, denn typisch war das sicher nicht für ihn. Nicht umsonst nannten wir ihn familienintern »Red Snapper« – wegen seines rotbraunen Fells und seiner Angewohnheit, alle, die ihm auf die Nerven gingen, mal kurzerhand in die Wade zu zwicken.

Ich lächelte gnädig auf Nicki, den kleinen wütenden Fellknubbel, runter, der sich redlich bemühte, zumindest auf Nasenhöhe von Whisky zu hopsen, während er die Zähne fletschte. Leider hatte ihn die Schwerkraft meist bald wieder, da das gut genährte Nickilein ihr einige Ansatzpunkte bot. Gerda war mittlerweile auch heftig schnaufend bei uns eingetrudelt.

»Ach Gott, er regt sich immer so schnell auf!«

Wär ich allein nie drauf gekommen.

»Er meint es aber nie böse. Ach Gott, der Nicki...« Sie warf ihm einen Blick zu, als hätte er gerade Lahme gehend gemacht. »Unser Nicki ist so ein goldiges Kerlchen. Der sucht und findet immer und überall Freunde. Der Nicki ist so kommunikativ!«

Bei dem Geknurre wollte ich aber nicht wissen, was er uns gerade erzählte. Das liebe Kerlchen war zu konstantem Geknatter übergegangen und zog, die pummeligen Beinchen gespreizt wie Django, abwechselnd die Lefzen in meine Richtung und in die von Gerdas Knöcheln hoch. Davon völlig unbeeindruckt hob die den verdatterten Nicki aber kurzerhand hoch und ertränkte ihn fast in ihrem Busenmeer, sodass er für einen Moment glatt vergaß zu knurren.

»Unser Nicki ist ein Sonnenschein, ein echter Sonnenschein!«

Für mich guckte der Kleine eher wie eine waschechte Gewitterfront – mit der passenden Lautuntermalung. Dankenswerterweise jetzt aber immerhin gedämpft, da Gerda das heftig zappelnde Nickilein immer noch beherzt an ihre Brust drückte. Als sie den kleinen Wadenbeißer allerdings wieder direkt vor uns absetzte, ging ich doch mal einen Schritt zurück und fragte sie, ob er denn auf sie hören würde, falls gleich wieder eine Wolke das Gemüt des kleinen Sonnenscheins trüben würde. Ein kummervolles Seufzen und niedergeschlagene Augen ließen mich nichts Gutes ahnen.

»Der Nicki hört nicht gut.«

›Nicht gut ist gut…‹, dachte ich mir. Ich wollte ihr schon eine nette Hundeschule empfehlen, der wir auch viel Geld spendeten, als Gerda mir bekümmert und in ernstem Tonfall anvertraute: »Ich habe es dem Herrn Wagner auch schon gesagt: Der Nicki hat kranke Ohren. Der hört einfach schlecht.«

Ich entschied mich spontan, dass ich es gar nicht mehr so schlimm fände, wenn Whisky beim nächsten Besuch in der Hundeschule den Apportierknochen einfach wieder vergraben und der verzweifelten Trainerin anschließend den Rücken zukehren würde.

»Alles nicht so schlimm«, sagte ich lächelnd zu der Frau. »Wo ist Simon überhaupt hingegangen?«

»Herr Wagner ist sicher schon mal ins Haus, einfach da lang.« Sie wies auf den Gartenpfad, richtete ihre Frisur und lief mit dem immer noch knatternden Nicki an der Leine Richtung Stadt.

In dem offen gestalteten Eingangsbereich der Villa kamen mir sofort etliche Ideen, wie man noch mehr aus dem Haus herausholen könnte. Ich drehte mich um meine eigene Achse, und als ich mich wieder zu den Flügeltüren zum Wohnbereich umwandte, kam mir Simon mit einem Arm voller Ordner entgegen.

»Gefällt es dir? Ich habe das Haus vor ein paar Jahren von meinen Eltern geerbt«, sagte er.

»Es ist sehr chic. Aber auch sehr weiß«, antwortete ich. »Man sollte meinen, dass du als Arzt genug davon siehst.«

Er lachte. »Erstens verbringe ich meine Tage meistens in kleidsamem Grün, und zweitens war die Inneneinrichtung Sache meiner Exfrau – und die liebte Weiß.«

Das war nicht zu übersehen. Auf den weißen Marmorfliesen standen perlweiße, glänzende Konsoltische, die reinweiße Türen flankierten. Vor strahlend weißen Wänden führte ein weiß lackiertes Treppengeländer nach oben, vorbei an Gipsreliefs. In Weiß. Noch ein bisschen Silberstaub und sie hätten hier »Gefangen im ewigen Eis« nachdrehen können.

»Ich finde es sehr hübsch, wirkt so clean und... hell«, schloss ich lahm. Aber höflich.

»Ehrlich? Also ich fühle mich hier immer ein bisschen wie im Eispalast, mir fehlt nur die Zeit, etwas zu ändern«, meinte Simon und sah sich stirnrunzelnd um.

Na super, jetzt hätte ich mal punkten können, und was machte ich? Er musste denken, ich sei eine miserable Inneneinrichterin. Eine trinkende, miserable Inneneinrichterin.

»Ich würde dir gerne mehr vom Haus zeigen, aber ich muss mich leider beeilen, ein komplizierter Knochenbruch wartet«, sagte Simon. »Aber ich bin sicher, du wirst noch häufiger hier sein, oder?«, fragte er lächelnd, und ich fummelte verlegen und erleichtert an meinem Jackensaum herum.

Eine trinkende, miserable, wiedersehenswürdige Inneneinrichterin. Ha!

»Dach...« Ich räusperte mich. »Das wäre schön«, versuchte ich es noch einmal. Und ein Lächeln. Tascha wäre stolz auf mich.

»Ja, das wäre es.«

Er lächelte warm und legte mir beim Rausgehen eine Hand auf den Rücken.

Als wir nach draußen gingen, erwischte ich mich dabei, wie ich über einzelne farbige Akzente für das Iglu nachdachte, über ein paar Teppiche für die Eiszeitfliesen – und darüber, wie selbstverständlich es für mich war, mich mit diesem Mann hier zu sehen.

Simon setzte mich zu Hause ab, und als ich beschwingt die Treppe hochkam, klopfte ich bei Tascha.

»Na? Wie war's?«, fragte sie direkt, als sie die Tür aufriss. Hinter ihr lief der Fernseher, und auf dem Homeshopping-Kanal boten sie einen original Kristallschädel an, den es streng limitiert in nur tausendfacher Ausfertigung gab. Für den kleineren Geldbeutel konnte man auch den praktischen Reise-Kristallschädel aus Oberammergauer Erlenquarz mit Plastiksockel in Echtholzoptik erstehen. Zum Schnäppchenpreis von nur 69,95 plus Versand.

»Das kaufst du aber nicht!«, sagte ich.

In Taschas Wohnzimmer sah es ohnehin schon aus wie in Alberichs Höhle, weil überall Edelsteine herumlagen, um das Raumklima zu klären.

»Neein!« Tascha riss die Augen auf.

»Komm... du hast erst vor Kurzem diese Vitaminpülverchen bestellt, die die Hirnwindungen angeblich regelrecht durchpusten, damit man noch besser über den Weltuntergang nachdenken kann«, erinnerte ich sie. »Oder deine Ausrüstung für die Kräuterphase, als kein Acker vor dir sicher war und du bei Nacht und Nebel, bei Neu-, Voll-, zu- und abnehmendem Mond unterwegs warst.«

»Ich lasse nie wieder ein Paket an dich schicken«, kam es beleidigt.

»Ich kann mich auch noch gut an deine selbstgemachte Lavendelseife erinnern«, ich grinste sie an. »Der Duft war so stark, dass ich in der Dusche fast ohnmächtig geworden wäre. Wenn ich mich nicht am Duschvorhang festgekrallt hätte, wer weiß, wie es ausgegangen wäre...«

»In dieser Familie wird einem nichts gedankt, das weiß ich jetzt!«

Tascha ließ sich eingeschnappt in einen Sessel fallen und verschränkte die Arme vor der Brust.

»Oder diese Holzstäbchen, die du mal hast schicken lassen mit dem Akupressur-Set. Die hast du uns dann allen ins Ohr gebohrt und gesagt, wenn es wehtut, hättest du den richtigen Punkt erwischt«, erinnerte ich sie.

»Du erinnerst dich auch immer nur an die schlechten Dinge«, maulte Tascha.

»Jetzt mach den Kasten aus«, sagte ich und setzte mich aufs Sofa.

»Ja, ist ja gut. Also wie lief es?«, fragte sie.

»Gut. Anstrengend. Nein, es war schön, gut.«

»Anstrengend?« Tascha sah mich verständnislos an.

»Ach, nein, vergiss es, es war eigentlich ganz schön.« Ich erzählte ihr von Simon in allen Details, schon allein aus Euphorie, weil ich mich jetzt glücklicherweise an alles erinnern konnte, und sie bekam ganz große Augen.

»Wenn das mal kein Dharma ist!«

»Bitte?«

»Na, positives Karma«, sagte Tascha.

»Das gibt's auch in gut?«

»Sicher, für all die guten Dinge, die man in vergangenen Inkarnationen getan hat, erntet man Dharma.«

»Bei dem Mann muss ich aber ein ganz toller Mensch gewesen sein im letzten Leben«, lächelte ich.

»Aber was meintest du denn mit ›anstrengend‹?«, wollte sie wissen.

»Ach, nichts. Das ist alles nur noch sehr neu für mich. Das pendelt sich sicher bald ein...«

Wer konnte schon sagen, dass es zwischen ihm und seinem Partner direkt beim ersten Date wunderbar funktioniert hat? Anfangs war es immer ein bisschen holprig, bis man den anderen besser kannte, das war normal. Aber nach einer Weile würden Simon und ich uns sicher fast wortlos verstehen. Ich sah uns schon gemeinsam bei romantischen Spaziergängen, sonntags in Cafés sitzend, um die Zeitung zu lesen, bei...

»Hast du eigentlich schon meinen neuen Buchentwurf gelesen?«, riss mich Tascha aus meinen Träumereien.

Sie arbeitete schon seit einer Weile bei einem kleinen Verlag und verdiente ihr Geld mit dem Lektorat von Gartenratgebern zwar relativ entspannt und war inzwischen sehr versiert darin, wenn es um die perfekte Lage des

Komposthaufens oder die politisch korrekte Vertreibung von Nacktschnecken ging. Aber ich würde ihr wünschen, keine Bücher mehr über das fachgerechte Mulchen im Garten korrigieren zu müssen oder überflüssige Titel wie »Äpfel ernten, wenn sie reif sind«.

Eines Abends hatte Tascha aus purer Langeweile damit begonnen, eine Geschichte um Laurent, den kultivierten Vampir wider Willen, und Marie, seine blinde Gärtnerin, zu weben. (Sie musste schließlich irgendwohin mit dem ganzen Gartenwissen.) Sie war völlig begeistert davon gewesen, auch einmal einen Vampir zu erfinden, der nichts Blasses war mit eingefallenen Wangen, altmodischem, mottenzerfressenem Cape und Fingernägeln, die sich biegen von hier bis Timbuktu. Nein, er sollte einer von den chicen, wahnsinnig gut aussehenden Brüdern sein, sollte Gut und Böse in sich vereinen – quasi das 2-in-1-Paket der Anderswelt. Licht und Schatten. Alles in einem. Das Ideal. Es fehlte ihm eben nur irgendwie an… Biss.

»Sicher, ich habe dein Manuskript gelesen, aber dein Romanheld erinnert mich weniger an einen furchteinflößenden Vampir als an einen depressiven Ökoaktivisten mit Hang zur Lyrik«, sagte ich ehrlich.

Tascha jedoch erklärte mir: »Laurent ist innerlich leidend, von Dunkelheit erfüllt. Er muss nicht mit einem dämlichen schwarzen Umhang rumrennen und böse gucken. Das ist ein dezenter Vampir, Kia.«

Sie nickte gewichtig und sah mich ernst an.

»Also dein Vampir beißt aus Überzeugung nicht, er schläft nie in einem Sarg und verabscheut Friedhöfe, setzt sich aber trotzdem für umweltgerechte Grabgestaltungen ein. Ist er wenigstens blass?«, fragte ich sie.

»Natürlich nicht, wie würde das denn aussehen?«

»Trägt Monsieur zumindest ein dunkles Cape wie alle Blutsauger, die wissen, was sich gehört?«

»Nein, mein Held ist Franzose. Der hat Stil.«

»Schicker Poncho?«

»Nein!«

»Ah, alles klar.« Obwohl ich mich bemühte, zuckte es um meine Mundwinkel. Ich hatte wohl einfach keinen Sinn für wahre Helden. »Und was ist das überhaupt für ein Name, ›Laurent‹?«

Selbst Whisky, der bislang ruhig vor ihren Füßen gelegen hatte, warf Tascha jetzt mit schräg gelegtem Kopf einen skeptischen Blick zu.

»Sag ich doch, er ist Franzose, ich dachte, das erklärt am besten seine sündigen Gene. Und davon abgesehen spielt die Geschichte am Hof von Versailles zur Zeit von Ludwig XIV.«

»Das ist auch so ein Punkt, Tascha. Beweis wenigstens in deinem Roman mal ein bisschen Realitätsnähe, und mach deinen Helden zu einem normalen Mann in unserer Zeit. Die Zeiten, als die Männer freiwillig mit bestrumpften Knien die Weltgeschichte durchwandelt haben und ihre Beine fröhlich zu den Klängen einer Quadrille schwangen, sind endgültig vorbei.«

Wenn schon nicht Laurent, so guckte zumindest meine Schwester gerade ziemlich böse.

»Es wird ohnehin etwas schwierig werden«, fuhr ich fort, während sie sich angelegentlich ein paar Kuchenkrümel vom Rock fegte, »deinem Verlag klarzumachen, dass es sich bei deinem Buch um einen waschechten Vampirroman handelt, wenn der Held Blumen liebt...«

»Er ist eben ein Feingeist!«, bellte sie dazwischen.

»...und auch absolut kein Blut zu sich nimmt. Vegetarier?«, schloss ich unbeeindruckt davon, dass sie mittlerweile die Arme wieder trotzig vor der Brust verschränkt hielt und mich schlecht gelaunt anstarrte. Aber damit hatte ich wohl einen Schwachpunkt getroffen.

»Über die Sache mit dem Blut habe ich auch schon nachgedacht«, gab sie nach kurzem Zögern zu. »Aber ich kann mir einfach nicht vorstellen, dass mein geliebter Held seine Fangzähne in irgendeinen jungfräulichen Hals schlägt, um seine Angebetete dann mit blutigen Lippen anzustrahlen. Ich hatte mit dem Gedanken gespielt, ihn stattdessen Fleischtomaten essen oder Portwein trinken zu lassen, schließlich liest man immer wieder, dass Vampire darauf zurückgreifen, wenn sie partout nichts Blutiges auftreiben können. Aber einen dauerbetrunkenen Helden will ja schließlich auch keiner. Vor allem hätten Laurents seelenvolle Lyrikvorträge sicher arg darunter gelitten, wenn er seiner Marie mit lallender Stimme ein Sonett vorgetragen hätte.« Sie sah unglücklich auf ihre Knie. »Ich sag denen beim Verlag einfach, dass er kein Blut braucht.«

»Ah! Dann haben wir es hier mit ›Vampires: The Next Generation‹ zu tun, ja? Nee, Tascha, ich glaube, so wird das nichts.«

Sie seufzte schwer.

»Ich sollte es vielleicht einfach lassen mit dem Schreiben und zu meinen mehr oder weniger abgeernteten Gärten zurückkehren. Ich habe doch früher schon bei der Suche nach einem anderen Buchthema immer feststellen müssen, dass ich, außer wenn es um die farblich passende Uferbepflanzung für Goldfischteiche geht, nicht bewandert genug bin auf einem Fachgebiet, das noch nicht großflächig abgegrast ist.«

Ich stand auf und ging in die Küche, um erst mal Tee aufzusetzen. Von dort rief ich zu ihr rüber: »Wie wär's mit ›Tanztraining für Frettchen‹ oder ›Altthüringisches Klöppeln‹?«

»Ach, Kia, das wird nie was…«

»Lass den Kopf nicht zu schnell hängen. Man sollte vielleicht nicht zu dir kommen, wenn man einen detaillierten Überblick über die Kriegsmarine sucht oder die beste Methode, um in fünf Tagen sechs Kilo abzunehmen mit nur sieben Mahlzeiten täglich.«

Ich stellte ihre Tasse vor sie.

»Nein, wirklich nicht…«

Immerhin lächelte sie schon wieder.

»Aber du kannst schreiben. Jetzt verkneif dir die Leidensmiene und fang einfach noch mal von vorne an!«

Während sie sich hinkniete und Whiskys leichten Keksbauch kraulte, sah mich Natascha aufmerksam an. Ich kniete mich neben sie.

»Das war dein erster Versuch, und niemand hat gesagt, das würde nie was. Bleib vielleicht mit deiner Geschichte einfach ein bisschen mehr in unserer Welt, statt in romantisch verklärten Schlössern rumzugeistern, dann klappt das schon«, sagte ich.

»Dabei hatte ich so eine schöne neue Hauptfigur. Er heißt Sir Geoffrey of Cuckoosnest and Hillybillyshire by the River. Ein schneidiges Kerlchen. Minnesänger!«

Ich warf ihr zuerst einen skeptischen, dann einen ehrlich besorgten Blick zu. Sie grinste: »War ein Witz.«

»Na, Gott sei Dank, dann geht's dir auch nicht so schlecht, wie ich dachte«, sagte ich.

»Nein, geht schon. Aber wo soll ich denn auf die Schnelle Inspiration herkriegen, wenn schon nicht aus eigener Erfahrung?«, fragte sie. »Diese Stephenie Meyer, die *Twilight* geschrieben hat, hatte es einfacher. Die hat angeblich alle vier Teile geträumt!«

»Dann schläft die aber ziemlich viel.«

»Kia, du bist wirklich keine Hilfe«, maulte Tascha.

»Doch! Ich weiß, woher du eine Inspiration kriegen könntest«, sagte ich.

»Deinem Strahlen nach zu urteilen, muss das ja mindestens die vierte Prophezeiung von Fátima sein«, sagte sie. »Was ist es?«

»Der Autor des neuen Bestsellers, den Ma mir geschenkt hat, also dieser Anton Aniel hält eine Lesung«, sagte ich.

»Klingt ja wahnsinnig spannend«, moserte Tascha.

»Du musst es ja wissen, o Schöpferin des ersten blutleeren Vampirs. Blutleer in jeder Hinsicht.«

»Ist ja gut. Und wann soll das sein?«, fragte sie unwillig.

»Heute Abend in der Buchhandlung am Markt.«

»Ich weiß nicht...«

»Simon kommt auch mit«, warf ich den Köder aus. »Ich auch!«

Na bitte. Angebissen.

Taschas Trauerphase nach Klaus, dem Kaninchen, in der sie sich in seltsame Kutten aus dunklem Brennnesselstoff gehüllt hatte, der genauso traurig an ihr runterhing, wie ihre Stimmung war, war Gott sei Dank vorbei. Abgelöst worden waren die Kittel allerdings von sariähnlichen Gewändern in leuchtend bunten Blumendrucken. Ich schaffte es immerhin, Tascha zu ihrem am wenigsten bunten Baligewand und dem Verzicht auf die Bimmelglöckchen am Knöchel zu überreden. Dann nutzte ich die verbleibende Stunde, um mich selbst auf Vordermann zu bringen mit dem vollen Programm aus Gesichts-, Ellbogen- und Handmasken. Die Fußmaske hätte ich allerdings besser weggelassen, was ich leider erst merkte, als ich die Füße komplett in Creme hatte und auf dem Badewannenrand festsaß. Ich ließ also den Kopf hängen, die Schultern auch, aber die Füße immer schön in der Luft, bis das Zeug eingezogen war. Fünf Minuten bevor Simon klingelte, war ich dann tatsächlich mit der Tour de Bad und Anziehen fertig. Fix und.

»Gut siehst du aus«, begrüßte er mich mit einem leichten Kuss auf die Wange. Ich schnupperte noch unauffällig seinem feinen Aftershave nach, da hob auch er die Nase und sog mit einem kritischen Blick die Luft ein. Ich ahnte Schreckliches, denn meine Schwester sah es schon immer als Zeichen hoher Spiritualität an, wöchentlich mindestens hundert Räucherstäbchen abzukokeln.

»Das ist Weihrauch!«, informierte ihn Tascha daher auch, die in dem Moment nebenan aus der Tür trat. »Heute Morgen war wieder dieser Postbote mit der schrecklich negativen Aura hier, da musste ich kurz räuchern. Du musst Simon sein!«

Ich rechnete es ihm hoch an, dass er nur kurz erschrocken die Augen aufriss, als ihm meine Schwester mit der Grazie einer torkelnden Elchkuh um den Hals fiel – mitsamt ihrem riesigen Patchworkbeutel, den sie ihm in den Rücken pfefferte.

»Ach, das freut mich!«, strahlte sie Simon an, als sie ihn wieder etwas von sich wegschob, um ihn eingehend zu betrachten. »Und du siehst überhaupt nicht aus wie 45! Ganz und gar nicht.«

»Tascha!«, zischelte ich.

»Was denn? Ich bin nur ehrlich«, sagte sie mit einem kurzen Seitenblick zu mir, bevor sie mit ihrer Musterung von Simon fortfuhr. Man merkte manchmal wirklich, dass sie nach Pa kam.

»Wir müssen uns aber ein bisschen beeilen, oder?«, fragte sie und hakte sich kurzerhand bei Simon unter. Mir blieb es überlassen, hinter den beiden allein die Treppe runterzugehen und Taschas Ausführungen zu Räuchermischungen für OP-Säle zuzuhören.

»Ich musste doch mal nachspüren, was für eine Energie er hat«, vertraute sie mir flüsternd an, als wir unten kurz allein waren und warteten, bis Simon die hinteren Sitze freigeräumt hatte.

»Ich darf aber schon vorn sitzen, oder?«, fragte ich.

»Sicher! Aber willst du nicht wissen, wie es um seine Energiebahnen steht?«

»Unbedingt.«

Ich schloss kurz die Augen.

»Siehst du. Also er ist ein bisschen blockiert in den unteren Chakren, doch das kann man mit ein paar schönen Auramassagen, ayurvedischen Heilkräutern und vielleicht ein bis zwei Stunden im Edelsteinbad lösen – und dann brechen die Blockaden aber nur so weg, sag ich dir!«, vertraute sie mir an, bevor sie Simon ein strahlendes Lächeln schenkte und sich in einer Patchouliwolke auf die Rückbank fallen ließ.

Auf dem Weg zur Lesung unterhielten wir uns ein bisschen über das Buch von Anton Aniel, eine Familiengeschichte in den Wirren des Zweiten Weltkrieges, die ich tatsächlich gelesen hatte. Weil ich im Zug auf der Fahrt von Hamburg nach München nichts anderes dabeihatte.

»Ich weiß, dass der Roman keine Liebesgeschichte ist, aber die Beziehung der Hauptfiguren war doch etwas sehr… unerquicklich, findest du nicht?«, fragte ich lächelnd.

»Das war damals so.«

Aha. Vielleicht hatte er nicht verstanden, worauf ich hinauswollte.

»Ich meine, die Geschichte hatte gerade etwas an Fahrt aufgenommen, da wurde der Held zur Armee eingezogen, litt ein bisschen unter den Verhältnissen im Lager, und zehn Seiten später fiel er auch schon einem gegnerischen Angriff zum Opfer«, versuchte ich es noch einmal.

Ich hatte noch auf eine Wunderheilung im Schützengraben gehofft, aber nichts zu machen, die Romanze war ganz offensichtlich vorbei, der Held tot.

»Dafür gab es dann seitenlange Ortsbeschreibungen, die so detailliert waren, dass man Planskizzen davon hätte anfertigen können«, meinte ich.

»Ah, diese präzisen Detailschilderungen«, schwärmte Simon, »die sind aber auch wirklich fantastisch geschrieben! Das konnte man richtig genießen.«

Hatten wir dasselbe Buch gelesen? Oder lag ich vielleicht einfach falsch? Womöglich war ich nicht gemacht für hohe Literatur, aber ich konnte mich noch gut an eine Szene über fünf Seiten erinnern, in der der Autor das Ende eines Bindfadens beschrieben hatte. Eines Bindfadens, der dramaturgisch absolut keine Rolle spielte, nie wieder auftauchte und null Symbolwert hatte. Na ja, vielleicht konnte ich heute Abend ja das Buch verstehen, wenn der Autor selbst daraus lesen und darüber sprechen würde.

In dem Buchladen, in dem die Lesung stattfinden sollte, hatte man den Kinderbuchbereich leergeräumt und die hölzernen Schaukelpferde sowie den kleinen Lesetisch an den Rand geschoben. In der Mitte des Raumes standen jetzt ein paar Stuhlreihen, die auf einen altmodischen Ohrensessel mit grellem Blumenmuster blickten, und wenn ich ehrlich war, sah es hier eher aus wie zu einer Märchenstunde. Wer in dem rosengeblümten Ungetüm saß, war nämlich zusätzlich gerahmt von pinken Lillifee-Puppen über seiner linken und einem grienenden Plüschdrachen über seiner rechten Schulter. Doch Aniel nahm wenig später völlig unbeeindruckt von Tabaluga und dem wilden Blumenmuster in dem exponiert stehenden Sessel Platz und schlug die Beine übereinander. Er lächelte entspannt vor sich hin, während er in seinem Exemplar des Buches blätterte. Ich schätzte ihn auf Mitte fünfzig mit dem graumelierten Haar und den leichten Falten um Mund und Augen. Er hatte sich ein seidenes Halstuch mit Paisleymuster um den Hals geschlungen und sah unbestritten gut aus – was ganz offensichtlich auch anderen schon aufgefallen war. Denn in der Buchhandlung drängelten sich so viele Frauen wie sonst nur bei Ausverkäufen in Schuhgeschäften, an deren Schaufenster steht: »Nimm drei Paar, zahl eins!«

In der ersten Reihe hatte sich eine Rubensschönheit mit rosigen Wangen und leicht zerzausten rotblonden Locken niedergelassen. Sie strahlte Aniel aus großen runden Augen an und schob nervös ihre riesige petrolfarbene Handtasche auf ihrem Schoß herum. Bei jeder ihrer Bewegungen flatterte etwas Glitterstaub von ihren Haaren und ihrer Stola auf den Boden, und um sie herum glitzerte der Teppich schon in allen Regenbogenfarben. Man konnte auch leicht den Weg nachvollziehen, den sie gekommen war.

Als das Licht endlich gedimmt wurde, schlug Aniel

ruhig eine markierte Seite in seinem Buch auf und begann leise zu lesen: »Das Ende des Bindfadens stahl sich in meine Sicht, und genau konnte ich, auf den Knien liegend, die Augen schmerzhaft überanstrengt, die einzelnen Fadenstränge voneinander unterscheiden.«

O nein. Der Bindfaden.

»Die Faser nuancierte im Licht der schwachen Kerzenflamme ins Gräulich-Weiße. Ins Rauchige. Ins Aschfarbene. Feine beigefarbene Akzente mischten sich unter das Weiß, und an den Stellen, an denen sich zwei Fäden überlappten, schimmerte gar ein Braunton durch. Nicht Reinweiß war die Faser...«, nuschelte Aniel und hob dann seine Stimme. »NEIN!«

Er stach mit dem Zeigefinger in die Luft, und die Rotgelockte zuckte erschrocken zusammen. Glitter rieselte leise zu Boden. Auch im Raum war es totenstill, während Aniel gedankenverloren in eine Ecke stierte. Direkt vor mir hatte sich einer der wenigen anwesenden Männer niedergelassen, und der massige Rücken in Tweed versperrte mir gerade mal wieder die Sicht. Ich dachte schon, für den Rest des Abends sämtliche Farben des Musters auswendig lernen zu müssen, als der braungrüne Berg doch noch zur Seite wegkippte und ich sah, wie der Mann seine Stirn grüblerisch in Falten legte und das Kinn gekonnt auf zwei Finger seiner linken Hand stützte. Er sah aus wie eine korpulentere Version von Rodins »Denker«. Oder als litte er unter sehr starken Kopfschmerzen.

Immerhin hatte ich wieder einen freien Blick auf den Autor, der in seinem Blumensessel wohl fand, die dramaturgische Pause genug ausgedehnt zu haben. Er las weiter: »Ein grauer Schleier legte sich über das Weiß... der Faden schimmerte fahlgrau... lichtgrau... wolkengrau, es war ein durchbrochenes Grau ... zum Weiß hin.« Pause. Aniel blickte mit gefurchter Stirn über uns hinweg, bevor er unvermittelt mit kräftiger Stimme neu ansetzte: »Aber es war kein Weiß!«

Der Kerl nutzte sein gutes Aussehen weidlich aus, wenn man mich fragte.

»Wie fandet ihr es?«, wollte Simon wissen, als wir nach der Lesung in dem kleinen französischen Restaurant am Markt saßen, in das ich schon immer mal hatte gehen wollen. Eigentlich ein kleines Wohnhaus mit überdachtem begrüntem Innenhof, fühlte man sich wie in einem verwunschenen Garten – in dem auch Stillleben in Barockrahmen hingen, die von Kristalllüstern angestrahlt wurden.

»Askia? Wie hat dir die Lesung gefallen?«, hakte Simon nach, als ich mich immer noch fasziniert umsah.

Nach kurzem Überlegen entschied ich mich dafür, es auch einmal mit meinem Vater zu halten und ehrlich zu antworten: »Ich halte das Buch für deutlich überschätzt. Das Beste heute Abend war für mich keine Stelle aus *Der Garten Lu*, sondern als die Frau mit der Rubensfigur bei der Fragestunde wissen wollte, ob man aus der Anlage der Hauptfigur herauslesen könne, dass Aniel korpulentere Frauen bevorzuge.«

Ich lächelte ihm zu und nahm einen Schluck von dem fabelhaften Chardonnay. Simon stellte sein Glas zurück auf den Tisch und sah mich verständnislos an.

»Was? Das Buch gefällt dir nicht? Aber Aniel wurde doch sogar schon mit Proust verglichen!«, sagte er.

Er war ehrlich überrascht.

»Na, bei Aniel bin aber dann ich auf der Suche nach dem verlorenen Stil«, meinte ich grinsend.

Er verzog keine Miene. Klasse, schon wieder blamiert. Dann lag ich wohl doch falsch mit meiner Einschätzung des ehrwürdigen Gartens Lu. Ich sollte bei lustigen Romanen bleiben, da konnte ich wenigstens mitreden. Aber vielleicht würde Simon eine lustige Geschichte mit einer von Taschas Autorinnen auch gut gefallen, auf alle Fälle wären wir dann von dem heiklen Thema Aniel weg, dachte ich mir und fragte sie: »Erinnerst du dich noch an das Manuskript, bei dem du irgendwann fast die Nerven verloren hast? Die Autorin ist doch auch immer auf einem Bild herumgeritten und wollte Gartengestaltung mit Esoterik verknüpfen. Wie hieß sie noch gleich? Hatterer? An die musste ich heute Abend öfter mal denken.«

»O ja…«, Tascha verzog das Gesicht.

»Sie hat Tascha ständig angerufen und zu ihr gesagt, sie müssten nun zusammen noch einmal ganz tief in die Worte hineinspüren«, erzählte ich Simon.

»Ja, sie meinte, ›vielleicht meditieren wir auch besser noch ein weiteres Mal gemeinsam darüber‹«, ergänzte Tascha.

Wir mussten beide grinsen bei der Erinnerung an die Telefonate, aber Simon sah uns an, als kämen wir von einem anderen Stern. Einem sehr schrägen. Er war aber sicher nur noch nicht richtig in der Geschichte drin.

»Ich geb dir mal ein Telefongespräch von ihr im Originalton wieder«, sagte ich und fuhr mit salbungsvoller Stimme fort: »Ich lese Ihnen schon mal vor, was ich bis jetzt habe, Frau Fuchs. Ich wollte schreiben: Zum Wechsel in ein neues Zeitalter – und ›Zeit-Alter‹ müssen wir mit Trennungsstrich schreiben, un-be-dingt. Sonst geht ja der ganze Sinn verloren! Das habe ich in meiner Vision auch ganz deutlich so gesehen, da liegt der Duden einfach falsch mit seiner Schreibweise, das muss ich leider so sagen. Also, wo war ich? Ah, ja... Zum Wechsel in ein neues Zeitalter spreizen wir unsere feinstofflichen Schwingen, erheben uns adlergleich über die deformierte Gesellschaft unserer Zeit – und hier schreiben wir ›Zeit‹ in Großbuchstaben, Frau Fuchs. In Großbuchstaben! Ja, also... ah, hier... Zeit – groß! –, und im Durchqueren der Schleier des Verstandes, die vor den elysischen Feldern des Paradieses flattern, tauchen wir eisvogelgleich ein in die herrlichen Gefilde der anderen Welt – Welt immer kursiv, Sie wissen ja, um den Vorwärtsdrang in ein neues Zeitalter auch in der Schrift abzubilden – wo war...? Ach hier... der anderen Welt, wo wir uns wie die Vögelchen den ganzen Tag am bezaubernden Duft der Blüten berauschen im neuen Bewusstsein unserer Seele und unserer Seelenidentität. Na, was sagen Sie?«

»Ja, was soll man dazu sagen?«, fragte Tascha kichernd in die Runde.

»Vielleicht: Werte Frau, Sie spreizen wohl eher fledermausgleich Ihre Schwingen, um Ihrer Lektorin den letzten Lebenssaft auszusaugen, habe ich recht? Oder: Sie haben eine große Affinität zu Vögeln, richtig? Oder nein, ich weiß: Werte Frau, Sie *haben* einen Vogel«, lachte ich.

Simon lachte immer noch nicht. Nicht ein bisschen. Ein schwieriger Fall. Auf dem Nachhauseweg ließ ich ihn erzählen und erfuhr so einiges über die Vögel beim Golf und flatternde Segel, wenn er mit ein paar Freunden ein Wochenende lang über das IJsselmeer schipperte.

Nachdem Tascha sich verabschiedet hatte, stand ich etwas unschlüssig vor meiner Tür herum und wusste nicht so recht, was ich tun sollte. Bat man einen Mann wie Simon nach dem ersten richtigen Treffen in die Wohnung? Kochte man tatsächlich Kaffee? Oder hielt man ihm sittsam die Wange hin und verschwand dann hinter der Tür? Ich verfluchte meine mangelnde Erfahrung sowie die Entscheidung, den Artikel »Sei kein Depp beim ersten Date!« in der *Freundin der Frau* überblättert zu haben, und entschied mich dafür, einfach wieder ihm das Feld zu überlassen.

»Wenn du noch weiter rückwärtsgehst, stößt du mit dem Rücken an die Tür.«

Er lächelte entwaffnend, und ich merkte, wie mir das Blut ins Gesicht schoss.

»Darf ich dich küssen?«, fragte er und neigte den Kopf. Ich tat es ihm fasziniert gleich. Leider kippte ich meinen Kopf in die falsche Richtung, und als ich das merkte und korrigieren wollte, stieß ich unsanft gegen seine Nase. Zwischen meiner Gesichtsfarbe und der roten Wand hinter mir war jetzt bestimmt kein Unterschied mehr zu erkennen. Es sei denn, ich war roter. Simon sah mich kurz irritiert an, dann nahm er mein Gesicht in beide Hände und gab mir den besten Kuss, den ich bis dahin bekommen hatte. Und ich war froh, dass ich die Tür im Rücken hatte.

8

Ich hatte es an diesem Morgen vielleicht etwas übertrieben mit dem Glanzspray, das nicht nur auf den Haaren, sondern auch sonst überall klebte, aber man sollte sehen, dass es mir einfach blendend ging. Als die rabenschwarze Katze der Nachbarn lässig von links meinen Weg kreuzen wollte, packte ich sie blitzschnell und drückte sie an mich, bis wir auf der anderen Straßenseite angekommen waren. Das war gerade noch mal gut gegangen, denn heute würde nichts meinen Tag kaputtmachen! Ich setzte den jetzt leicht golden funkelnden Kater, der so verdutzt war, dass er sogar vergessen hatte zu kratzen, hinter mir ab und schritt gut gelaunt von dannen.

Auf dem Weg ins Büro rief ich Svenja an. Nach dem zweiten Klingeln war sie dran und fragte: »Und?«

»Erst mal vielen herzlichen Dank für deine Hilfe...«, sagte ich.

»Jetzt sei doch nicht eingeschnappt...«, setzte Svenja an.

»Stopp! Wirklich danke. Ohne dich hätte ich so einen tollen Mann wie Simon nie kennengelernt. Ich habe noch richtig Schmetterlinge im Bauch, wenn ich nur an ihn denke!«

»Ach, ich wusste doch, der könnte was sein!«, freute sie sich. »Erzähl mal von ihm, wie ist er?«

Ich holte zu einer eher detailreichen Version meiner Treffen mit Simon aus, und Svenja hörte geduldig zu.

»Na, was sagst du?«, wollte ich von ihr wissen, als ich fertig war.

»Dass er wohl gut küssen kann, aber ansonsten scheint ihr nicht wirklich auf einer Wellenlänge zu liegen.«

Bitte? Ich blieb mitten auf dem Gehweg stehen.

»Wie kommst du denn darauf?«, fragte ich.

»Das mit denselben Interessen, von wegen Kochen, Golf und Segeln, ist mein Fehler gewesen, aber ich dachte, wenn ihr euch kennenlernt, dann entdeckt ihr schon noch ein paar Gemeinsamkeiten. Nur ich sehe ehrlich gesagt keine«, sagte sie.

»Wieso? Wir lesen zum Beispiel beide gern«, warf ich ein.

»Aber offensichtlich geht euer Geschmack, was Literatur angeht, etwas auseinander.«

»Ach was.«

»Kia, du warst auf einer Lesung für das Buch, das du direkt am Bahnhof noch in den Müll geworfen hast. Du kannst nicht du selbst sein, denn nicht nur euer Sinn für Literatur, sondern auch euer Sinn für Humor ist offenbar sehr unterschiedlich ausgeprägt. Und du unterhältst dich übers Golfen!«

»So kannst du das nicht sehen«, sagte ich bestimmt. »Welches Paar kennst du denn, das exakt dieselben Interessen hat? Und Golf wollte ich schon immer mal lernen.«

»Du bist bei diesem Firmen-Feldhockey doch regelmäßig vom Platz geflogen, weil der Schläger häufiger mit den Schienbeinen der anderen Mannschaft in Berührung kam als mit dem Ball. Was du mit einem Golfschläger anstellen könntest, will ich mir gar nicht ausmalen. Wobei ich bei dem Gespräch über Golf gerne dabei gewesen wäre!«, lachte sie.

»Er hat mich nur blöd erwischt, weil er so völlig unvermittelt und ohne dass es auch nur im Entferntesten um Golf gegangen wäre, wissen wollte, welches Handicap ich habe«, sagte ich leise.

»Und?«, prustete Svenja.

»Na, ich habe ihm gesagt, dass mir gar nichts fehlt.«

»So was habe ich mir schon gedacht! Aber, wie gesagt, überdenk das Ganze noch mal. Süße, ich muss leider wieder rein, sonst hängt mir dieser englische Leonhard wieder seine alten, fleckigen Wandteppiche auf! Ich rufe dich später noch mal an – und *think pink*!«

Damit hatte sie aufgelegt, und meine gute Laune hatte einen erheblichen Dämpfer erhalten. Hatte sie recht? Verbog ich mich gerade, weil ich mich durch eine schöne Verpackung blenden ließ? Aber ein souveräner, kultivierter Mann war doch das, was ich immer gewollt hatte. Und wie gesagt: Bei wem passten schon die Interessen so genau zueinander? Man musste nur meine Eltern nehmen, die hatten garantiert nicht dieselben Hobbys, aber obwohl Kuppelei und Steinzeitforschung definitiv nicht zusammengingen, waren sie seit fast 40 Jahren glücklich verheiratet. Also meistens.

Den perfekten Mann gab es nicht, so weit war ich doch schon gewesen. Aber wenn einer nah dran war, dann ja wohl Simon. Ich hatte immer schon einen Mann haben wollen, der sicher, gelassen und weltgewandt wirkte, wusste, wie man sich benahm, Erfahrung hatte und, klar, mich schlicht toll fand. Im Grunde eine Art pazifistischer, monogamer James Bond. Und Simon wäre die Idealbesetzung für die Rolle.

Bei Raffael und Christopher hatten die Maler schon die Folien ausgelegt und alles abgeklebt. Ich hatte im Büro noch die Pläne für die Wandgestaltung ausgedruckt und war gerade bei der ehemaligen Industriehalle angekommen, in der die beiden ihr Architekturbüro aufmachen wollten, als der alte Piet fast in die Farbeimer gefahren wäre. Auf einem Fahrrad, das eines der ersten gewesen sein muss, die je gebaut wurden, näherte sich in bedenklichen Schlangenlinien einer der Maler, der aussah, als seien er und das Rad ein Jahrgang. Der abgewetzte Rucksack, den er um den Lenker geschnallt hatte, stammte sicher noch aus dem Nachlass von Luis Trenker, aber statt des Berges hatte ihn wohl mal wieder nur der Frühschoppen gerufen. Vera war strikt dagegen, dass Piet weiterhin für sie arbeitete, aber er brauchte das Geld und war selbst angetrunken noch besser als die meisten anderen, weswegen ich es meistens irgendwie schaffte, Piet unterzubringen.

»Das Rad muss aber draußen bleiben«, sagte ich ihm, als er Anstalten machte, das rostige Teil in den Vorraum zu stellen.

»Aber das ist antik!«, beschwerte er sich.

»Das glaube ich sofort, aber trotzdem – wir brauchen da drin Platz zum Arbeiten. Das Rad klaut schon keiner, lass es draußen stehen.«

»Wenn du meinst…«

Piet wirkte nicht überzeugt, schob das Rad aber wieder vor die Tür und kam dann mit seinem Rucksack rein, in dem es verdächtig klirrte. Das Nächste, was ich hörte, war ein lautes Fluchen, und als ich wieder zum Eingang ging, sah ich Raffael, der der Länge nach auf dem Boden lag. Unter strahlender Sonne. Und unter Piets antikem Fahrrad.

»O Mist!«, rutschte es mir raus.

»Genau«, kam es von unten.

»Hast du dir wehgetan?«, fragte ich und versuchte, das Rad unter ihm vorzuziehen.

»Askia?«

»Ja?... Oh, du müsstest bitte mal ein bisschen zur Seite... ja, genau so, dann kann ich es... bisschen nach links, bitte... wegziehen. So liegst du gleich besser.«

»Vielen, vielen Dank.«

»Nur noch der Lenker in der Rippe... Vorsicht... so.«

»Askia?«

»Ja, was ist denn?«, fragte ich etwas außer Atem und sah ihn an.

»Tust du mir einen Riesengefallen?«, wollte er sehr ruhig wissen.

Ich beugte mich zu ihm runter und fragte freundlich: »Ein Pflaster?«

»Nein. Kein Pflaster.« Er seufzte. »Würdest du mir bitte einfach aus dem Weg gehen, ja? Möglichst weiträumig.«

»Dafür konnte ich aber doch jetzt wirklich nichts...«, setzte ich an.

»ASKIA!«

Es war wohl besser, die Sache auf sich beruhen zu lassen. Ich trollte mich zu meinen Handwerkern und ließ Raffael erst mal in Ruhe. Zwischendurch bekam ich aber immer wieder mit, wie er kleine Witze mit den Malern machte oder Telefonate mit Kunden führte, um sich dann wieder mit Christopher in ein halbwegs fertiges Büro zurückzuziehen und über Plänen zu brüten. Es war seltsam, dass jemand so fremd wirken konnte, mit dem ich früher fast jeden Tag verbracht und für den ich unserer Erdkundelehrerin die Cola gestohlen hatte – um sie einem langsam wieder zu sich kommenden Raffael einzuflößen, für den der bloße Anblick einer Spritze bei der Schuluntersuchung einfach zu viel gewesen war. Wenn er jetzt vor mir stand, hätten wir uns aber genauso gut erst gestern kennengelernt haben können. Was wohl auch daran lag, dass wir uns sehr lange nicht gesehen hatten, und er hatte sich einfach verändert. Nur nicht zu seinem Vorteil, dachte ich mir, als er den armen Piet aufscheuchte, der Raffael den Pinsel ein bisschen zu meditativ schwang.

Irgendwann konnte ich ihm allerdings nicht mehr aus dem Weg gehen, sondern brauchte sein Okay für die Farbgestaltung seines eigenen Büros.

»Es gibt nichts Sterileres als weiße Wände«, sagte ich ihm auf seinen Vorschlag hin, alles einfach weiß zu streichen.

»Jetzt übertreib mal nicht«, meinte er.

Raffael hatte sich nicht umgedreht, sondern stand mit dem Rücken zu mir über ein paar Statikerpläne gebeugt und nestelte entnervt an einem überlangen Ärmel seines seltsam lavendelfarbenen Pullovers herum. Es war mir sonnenklar, dass er mich hier nur duldete und lieber jemand anderen für den Job gehabt hätte. Wahrscheinlich wäre ihm sogar Leonhard mit seinen ausgestopften Dachshunden unterm Arm lieber gewesen als ich. Das war das Problem mit ihm: Er nahm mich einfach nicht ernst, für ihn war ich wahrscheinlich immer noch das kleine Mädchen. Aber abwimmeln lassen würde ich mich nicht.

»Kaltes Weiß ist nicht wohnlich. Wie wär's denn mit zarten Pastelltönen an den Wänden? Das ist immer noch hell, aber freundlich und stimmungsvoll.«

»Wir sind hier keine Zuckerbäckerei, sondern ein Architekturbüro. Hier wird es keine bonbonrosa Wände geben, ist das klar?«, fragte er schroff.

»Niemand spricht davon, das Ganze in ein kitschiges

Eiscafé zu verwandeln. Aber wie wäre es mit Blassblau? Der Raum wirkt dann weiter, offener«, versuchte ich es.

»Es ist geräumig genug hier drin«, kam es gelangweilt.

»Silbergrau? Sehr elegant und auch futuristisch.«

»Und ich verkleide mich jeden Morgen als Captain Kirk oder was?«

»Vanille. Wirkt freundlich, einladend und regt den Geist an.«

Er seufzte tief. Gott, der Mann war nervtötend. Und sturer als vier Mulis vor fünf Bergen.

»Gut, dann nehmen wir den Vorschlag von Christopher und streichen komplett in Metallicpink mit Streifen in Limonengrün, sehr im Trend«, teilte ich ihm mit.

Der Mann beherrschte die Drehung aus dem Stand. »Das ist ein schlechter Witz, oder?«, fragte er argwöhnisch.

»Schon. Aber immerhin habe ich jetzt deine Aufmerksamkeit. Also, was ist jetzt mit hellen Farben?«, wollte ich wissen.

»Kia, das klingt für dich sicher furchtbar, aber ich will gar nicht, dass es hier heimelig oder besonders nett aussieht. Was diese Räume auf unsere Kunden ausstrahlen sollen, ist unser Stil: Klarheit und strenge Modernität. Also übersetzt in deine Sprache: Chrom, Stahl, harte Kontraste, klare Linien, Schwarz, Weiß, Grau.«

»Also das Architekten-Standardprogramm«, maulte ich.

»Ganz genau«, sagte er und schob unwillig die Ärmel seines dünnen Pullis hoch. »Und weil du es bist: dieses Orange, das du mit Christopher ausgesucht hast.«

Ich lächelte erfreut. Aber nur kurz, denn ich hatte sofort einen warnenden Finger unter der Nase, und der erste Ärmel schlackerte schon wieder um sein Handgelenk.

»Du wirst einzig und allein normales Orange an die

Wand pinseln, hörst du? Und wenig davon! Kein Lachsrosa, Aprikosengedöns oder was es sonst noch an Brautjungfernfarben gibt!«

Ich nickte zufrieden, rückte meine Farbfächer unterm Arm zurecht und trollte mich wieder zu meinen Malern.

Ich stand auf einer Leiter und malte mit verschiedenen Farbtönen Probestellen an eine Wand, als unter mir der Tupperware-Express vorbeilief. Jana hob mit spitzen Fingern die Malerfolie vor einem Durchgang an und achtete penibel darauf, dass nichts ihren Mantel berührte. Mich hatte sie wohl nicht gesehen, aber Raffael fand sie sofort, denn von nebenan hörte ich sie »Raffi-Schatzi« flöten und »Aber du *musst* etwas essen. Ich habe auch schon einen Tisch bei Frédéric bestellt.«

»Ich kann hier jetzt unmöglich weg, Chris und ich gehen noch ein paar Sachen durch. Ich lass mir was kommen«, sagte Raffael zu ihr, als sie zusammen zu mir in den Vorraum kamen.

»Ach, das geht doch ganz schnell, ein kurzer Lunch, Liebling. Wir hüpfen rüber, essen einen kleinen Salat und besprechen kurz die Details für unsere Verlobungsfeier«, erklärte Jana.

Was denn, Lord Mürrisch und Miss Penibel wollten sich verloben? Das würde sicher ein rauschendes Fest werden.

»Jana, ich kann jetzt wirklich nicht weg, ich muss…«, sagte Raffael noch einmal.

»Papperlapapp.«

In welchem Mädchenpensionat hatte sie denn den antiquierten Ausdruck aufgeschnappt? Sie hakte Raffael unter und legte ihre andere Hand auf seine. Von oben auf der Leiter sah es aus, als würde sie ihm auf die Finger schlagen.

»Meine Eltern warten schon im Restaurant auf uns. Komm jetzt bitte.«

Janalein trug ihre Röcke wohl nur als Tarnung, denn offensichtlich hatte sie lieber die Hosen an. Raffael wusste das scheinbar auch, seufzte resignierend und rief Christopher über die Schulter zu, dass er in etwa einer Stunde wieder da sei. Jana wischte an einem Minifleck auf ihren Pumps herum und warf dem Farbeimer in der Ecke einen angeekelten Blick zu. Der hellte sich aber sofort wieder auf, als sie Raffael musterte.

»Der lila Pulli, den ich für dich ausgesucht habe, steht dir übrigens ganz wunderbar!«

Raffael lächelte matt. Als er hochblickte und mich auf der Leiter sah, grinste er und sagte: »Askia, rechts am Kinn ... Orange«, er deutete auf sein eigenes stoppeliges, um mir die Stelle zu zeigen.

Ich wischte heftig in meinem Gesicht herum und fragte mich, wie ich es geschafft hatte, Farbe dorthin zu schmieren.

»Askia? Wo kommt denn der Name her?«, fragte Jana in dem Moment geziert.

»Das ist ein Vulkan auf Island, also reiz sie lieber nicht, sonst sprüht sie nicht nur Farbe.« Raffael lächelte zu mir rauf. »Tropf nicht so viel Farbe auf dein Gesicht und den Boden, dafür mehr an die Wand.«

Für dieses nervtötende Lachen würde jemand Jana mal noch den Hals umdrehen.

»Und denk dran: keine Pastellfarben, Pinselchen!«, sagte Raffael noch, und während er Jana die Tür aufhielt, hörte ich: »Sie hat schon immer gerne gemalt.«

»Sie hat schon immer gerne gemalt«, äffte ich Raffael nach, als ich Svenja später am Telefon davon erzählte. »Als wäre ich eine Dreijährige, der er einen Eimer Farbe und ein paar Pinsel zur Beschäftigung hingestellt hat!«

»Diesen Raffael würde ich ja gerne mal näher kennenlernen«, sagte Svenja.

»Aber nur weil du ihn noch nicht kennst. Oberlehrerhafter Architektenschnösel! Tut immer so authentisch, dabei hat er die letzten Jahre für *Stansky & Michael* gearbeitet.«

»Wow!«, machte Svenja.

»Nix ›wow‹. Er wollte ja schon immer Architekt werden, aber früher hat er ständig getönt, er würde nie und nimmer solche reinen Prestigebunker bauen, sondern auf erneuerbare Energien achten, auf ökologische Standards und auf individuelle Bauweisen. Was ist denn damit bei einem Hotelklotz mit Pool in der Wüste, na?«, wollte ich wissen.

»Er musste eben einfach mal Erfahrungen sammeln, ich finde das nicht so schlimm. Es kommt darauf an, was er jetzt mit seinem eigenen Büro so treibt. Oder hast du gedacht, er baut nur süße, bunte Kindergärten, für die er abends selbst noch Wimpelchen aus Recyclingpapier bastelt?«, fragte Svenja, und ich hörte sie lachen.

»Natürlich nicht, jetzt verdreh es nicht so. Aber er tut auch so furchtbar durchorganisiert«, regte ich mich auf. »Aber dazu passt diese Jana, die er da hat. Fügt sich sicher genau in sein Schema ein: zielstrebig, Karriereweibchen, klassisch angezogen, aus gutem Stall.«

»Was macht sie denn?«, wollte Svenja wissen.

»Ach, Christopher hat erzählt, sie arbeitet bei einer Unternehmensberatung und muss wohl ziemlich gut sein in ihrem Job. Arbeitet zehn Stunden am Tag, und ihr entgeht angeblich kein einziger Fehler in einer Bilanz. Wundert mich nicht, bei der liegt noch nicht ein Haar falsch«, sagte ich.

»Ach, die Schwesternschaft der Kostüm- und Aktentaschenträgerinnen... Die klingt genauso farblos wie ihre grauen Leibchen«, meinte Svenja.

»Sie ist anders als wir. Für sie sind wahrscheinlich wir die Spinner mit einem unnötigen Beruf«, nahm ich sie in Schutz. »Aber wirklich sympathisch ist sie mir auch nicht, und ich verstehe nicht so ganz, was Raffael in ihr sieht.«

»Ich denke, sie sieht immerhin richtig gut aus?«

»Schon. Meine Mutter würde sagen ›eine aparte Erscheinung‹.«

Ich verzog unwillkürlich das Gesicht.

»Aber langweilig?«, bohrte Svenja weiter.

»Nicht unbedingt, nur für einen kreativen Menschen wie Raffael vielleicht nicht die Richtige. Oder er braucht gerade so eine nüchterne Frau als Gegenpol...«, überlegte ich.

»Du machst dir ziemlich viele Gedanken um ihn«, sagte Svenja.

»Weil er ein alter Freund ist!«, verteidigte ich mich. Früher war er das zumindest gewesen. Da war ich ständig bei ihm gewesen, und Raffael hatte mir so wichtige Dinge beigebracht wie Tintenpatronen mit den Zähnen aufzumachen, auf dem Hintern die Holzstufen runterzurutschen und alle Stifte im ganzen Haus zu verteilen, damit man an jeder Stelle immer einen griffbereit hatte – oder eben nie mehr einen fand. Und er brachte mir bei, auf Apfelbäume zu klettern. Leider lernte ich von ihm nicht, wie man wieder runterkam, und ich musste anderthalb Stunden auf einer Astgabel sitzen, bis mein Vater nach Hause kam und mich vom Baum klauben konnte. Aber Raffael hatte die ganze Zeit darunter gesessen und mir Comichefte vorgelesen. Er war mein bester Freund und wie ein netter Bruder als Ausgleich zu Oliver gewesen, und da sollte es mir egal sein, wenn er drauf und dran war, eine herrische Trine wie Jana zu heiraten?

»Ja... von Simon habe ich aber noch nichts gehört in diesem Gespräch«, wandte Svenja ein.

»Da gibt's ja auch nichts Neues.«

»Er hat sich den ganzen Tag noch nicht bei dir gemeldet?«, fragte sie.

»Nein, aber er arbeitet ja auch.«

»Natürlich.«

»Wie ein Mensch in ein einziges Wort so viel hineinlegen kann, ist schon erstaunlich«, sagte ich.

»Eine Gabe«, lachte Svenja. »Du, ich muss wieder aufhören, aber diese englische Ausgabe von Leonhard ist noch um einiges schlimmer als unser Original. Er ist hier der Kurator, und bevor ich dich angerufen habe, hat er einen Herzanfall simuliert und sich in dramatischer Geste das Ascotschälchen vom Hals gerissen, weil ich das klassische *Irish Georgian Blue* durch eines – und jetzt halt dich fest – mit mehr Grünanteil ersetzen wollte.«

»Nein!«, entrüstete ich mich.

»Doch! Ich muss jeden Moment damit rechnen, wegen der Schändung öffentlicher Stätten in den Tower abgeführt und hingerichtet zu werden«, sagte Svenja munter.

Sie fehlte mir, und gerade jetzt hätte ich sie hier gebraucht, um länger mit ihr zu reden als immer nur fünf Minuten am Telefon. Mit ihr zusammen wäre es auch deutlich lustiger, Jana zu beobachten, und sie könnte wahrscheinlich mit einem Blick sagen, wie Simon einzuschätzen war. Aber ich würde noch eine Weile allein klarkommen müssen, weil Svenja noch ein paar Tage den englischen Leonhard auf Trab halten würde, der sich wohl noch ein paar Mal mit seinem Halstuch Luft zufächeln müsste. Ich steckte das Handy wieder in die Tasche und winkte Piet hinterher, der auch Feierabend machte. Er und das Rad setzten sich ächzend in Bewegung, aber nach ein paar Metern drehte er sich noch einmal in einem halsbrecherischen Manöver im Sattel um und rief: »Fährt sich jetzt irgendwie viel besser als heute Morgen!«

Ich winkte ihm zum Abschied zu und war nur froh, dass Raffael ihn nicht gehört hatte.

»Ach, Frau Fuchs, richtig? Das tut mir jetzt wirklich leid, der Herr Wagner ist gar nicht da.«

Simons Haushaltshilfe stand mit einem schlecht gelaunten Nicki in der Tür. Ich war auf dem Nachhauseweg in der Nähe von Simons Haus vorbeigekommen und hatte gedacht, dass er sich vielleicht über einen spontanen Besuch freuen würde.

»Nicht schlimm, wissen Sie, wann er kommt?«, fragte ich.

»Nein, normalerweise wäre er ja schon da. Er hat allerdings angerufen, dass sie noch mal einen Notfall reinbekommen haben, und ich soll das Essen nicht warm halten. Da weiß man nie, wie lange es dauert«, sagte sie. »Aber kommen Sie doch erst mal rein, es regnet ja schon wieder. Manchmal geht es auch schnell, und er ist bald wieder da. Wollen Sie mit Nicki und mir einen Tee trinken?«

»Danke, gern. Askia und du reicht übrigens völlig.«

In der modernen Küche mit den Hochglanzfronten und Unmengen an blinkendem Edelstahl wirkten sowohl Gerda als auch ich etwas deplatziert. Wir quetschten uns trotzdem auf zwei der zierlichen Barhocker, und ich musste nur darauf achten, dass meine Teetasse auf dem schmalen Tresen nie genau Gerdas gegenüberstand, weil sonst eine der beiden eine Etage tiefer gelegen hätte. Davon abgesehen war das hier aber so ziemlich die chicste Küche, die ich seit langem gesehen hatte. Ich hatte auch viel Zeit, mir alles ganz genau anzusehen, und nach zwei Stunden waren Gerda und ich nicht nur per Du, sondern auch in Familienzweige von ihr vorgedrungen, die so weit vom Stammbaum entfernt waren, dass man nur noch von einem arg dürren Ästchen von Verwandtschaft sprechen konnte. Aber von Simons Wagen in der Einfahrt noch keine Spur. Dafür erzählte Gerda noch ein bisschen über ihre Verwandtschaft, über Verwandtschaft im Allgemeinen und über Allgemeines. Und von ihrem verstorbenen Mann.

»Weißt du, ich habe zu meinem verstorbenen Erich, Gott hab ihn selig... meine Güte, das ist jetzt auch schon acht Jahre her. Acht Jahre! Gottchen. Wie die Zeit vergeht. ›Fliegt‹, sagt ja der Engländer, nicht? Meine kleine Nichte war ja auch gerade in England. Mit der Schule. Sehr schön soll's gewesen sein. Aber das Wetter! Das Wetter hat natürlich nicht mitgespielt. Was will man auch erwarten von einem Land, wo drum herum nichts als Wasser ist, frage ich dich? Da muss es ja von oben in regelmäßigen Abständen wieder runterkommen, oder? Die haben bestimmt eine ganz, ganz schreckliche Luftfeuchte da drüben, was meinst du? Fast tropisch soll's da ja an den Küsten sein... obwohl tropisch ja schon wieder gut ist, ja. Ich denke da nur an die Kokos-Mandarinen-Torte von der Hessinger Magda aus dem Landfrauenverein. Hat sie selbst erfunden! Na ja, wenigstens mal etwas Sinnvolles, denn ihre handgeknüpften Wandteppiche würde ich mir nicht mal aufhängen, um das Graffiti eines Farbenblinden zu verdecken! Gut, man will nicht schlecht reden, gell, aber...« Gerdas Busen setzte auf dem Tresen auf, als sie sich vertraulich zu mir rüberbeugte. »Von der Tochter der Hessinger Magda sagt man ja, dass die ihr Dorf noch nicht aufgegeben hat. Nein! Die kämpft aktiv gegen die rückgängige Geburtenrate an. Und das zur Sicherheit gleich mit der Hilfe von mehreren Männern...«

Ich nutzte die Pause, in der sie Luft holen musste, um sie zumindest wieder an den Anfang des Gespräches zurückzubringen: »Was hat dein Mann immer gesagt?«

»Wie? Ach, der Erich, ja, Gott hab ihn...«

»Selig.«

»Genau. Er hat es weiß Gott nötig.«

»Und?«

»Was ›und‹? Heilig war der ja nun mit Sicherheit nicht, dafür fehlte noch so einiges bei ihm. Einiges, sag ich dir! Geschichten könnte ich dir da erzählen...«

Nachdem ich noch die ein oder andere Anekdote über den nicht so heiligen Erich erfahren hatte, hörte ich draußen in der Einfahrt endlich Simons Wagen und lief ihm strahlend und sehr erleichtert entgegen.

»Oh, Askia. Das ist ja eine Überraschung«, er lächelte schwach.

Aber wohl keine besonders schöne?

»Ich muss allerdings gleich wieder los, ich wollte heute Abend mit einem Kollegen noch eine Runde Squash spielen«, sagte er.

Ich war etwas vor den Kopf gestoßen. Gut, ich war unangemeldet gekommen, aber ehrlich: Squash war wichtiger als eine Frau, die er gerade kennengelernt hatte und offensichtlich nicht so schlecht fand?

»Aber das Mädchen hat seit fast zwei Stunden auf Sie

gewartet!«, warf Gerda ein. Sie hatte die Lage mal klar erfasst.

»Ja, tut mir leid. Morgen, hm?«

Hatte der mich gerade auf den Kopf geküsst? War ich sein Hund oder was?

»Er ist schon etwas eingefahren in seinen Gewohnheiten«, versuchte mich Gerda zu trösten, als wir gemeinsam in der Tür standen und Simon dabei zusahen, wie er seine Sporttasche ins Auto lud und wieder wegfuhr.

Eingefahren? Großer Gott, der Mann war 45! Was stellte der denn an, wenn er mal die 60 überschritten hatte? Machte er dann Häkchen an einen Plan, der neben seinem Frühstücksteller lag und ihm anzeigte, zu welcher Minute er das Ei köpfen musste?

Ich kannte mich, und ich wusste: Wenn ich jetzt nach Hause fahren würde, machte ich mir den Rest des Abends Gedanken um Simon und ob ich ihn einfach nur überrumpelt hatte… oder ob er noch stoffeliger war, als ich ihn in Erinnerung hatte… oder ob… Da ich aber auch wusste, dass das rein gar nichts bringen würde, fuhr ich lieber noch mal zur Baustelle raus. Wenn schon ein verdorbener Abend, dann wenigstens ein produktiver.

Aber im Grunde war Simon einfach nur authentisch, überlegte ich mir auf der Fahrt. Wie gern hätte ich Leuten schon gesagt, dass ich jetzt nicht könne, weil ich lieber ins Kino gehen würde, als unangemeldeten Besuch zu bespaßen. Konnte ich es Simon dann übel nehmen, wenn er ehrlich war und machte, was er wirklich wollte? Ich sollte mir eher ein Beispiel an ihm nehmen und einer nervigen Bekannten von mir das nächste Mal deutlich sagen: »Nein, ich will definitiv nicht mit dir ins Gartencenter fahren und drei neue Minifarne für die Fensterbank deines Bügelzimmers aussuchen!«

Als ich im Industriegebiet angekommen war und auf den Hof fuhr, erfasste der Lichtkegel der Scheinwerfer kurz die Fassade des Gebäudekomplexes, in dem Raffael und Christopher ihr Architekturbüro ausbauten. Die alten Backsteingebäude waren außen komplett renoviert worden, und man hatte, wenn auch noch nicht auf allen Stockwerken, sogar die Geländer der schmiedeeisernen Balkone mit den verschlungenen Pflanzenmotiven den Originalen nachempfunden. Auf einem Balkon, der rund um die zweite Etage führte, fehlte zwar das Geländer, aber... dafür turnte ein dunkel gekleideter Mann darauf herum. Ein dunkel gekleideter Mann, der versuchte, eine der Glastüren mit einem Schraubenzieher oder etwas Ähnlichem aufzubrechen!

Ich schaute ein zweites Mal hin, aber ich hatte mich nicht getäuscht, der Typ stocherte mit irgendetwas metallisch Blinkendem am Türgriff herum.

Ich bin wahrlich nicht die mutigste Haut auf Gottes Erdenrund, und mal ehrlich, was hätte ich auch groß anstellen sollen? Mich heldenhaft auf dem Hof aufbauen und den Kerl zum Duell fordern? Ich entschied mich für das schnelle Abstellen des Motors, den er bisher Gott sei Dank noch nicht gehört hatte, und einen Anruf bei der Polizei. Dann machte ich mich so klein wie möglich im Sitz und behielt immerhin die Fassade im Auge.

Während ich den Einbruch beobachtete, stellte ich nach einer Weile zuerst fest, dass sich der Kerl selten dämlich anstellte und auch nicht besonders unauffällig zu Werke ging, sondern laut vor sich hinfluchte. Und kurz danach kam mir die Stimme doch ziemlich bekannt vor. Ich wusste erst mal nicht, ob ich mich freuen sollte, weil es kein Einbrecher war, oder ob ich mich lieber gleich in Luft auflösen sollte, weil ich das Donnerwetter nicht erleben wollte, wenn ich Raffael gleich die Polizei auf den Hals hetzen würde. Und ziemlich schlecht drauf war er ja schon, wie man an seinem Fluchen hörte.

Ich entschied mich spontan für Lösung C: Blas die Aktion ab – und zwar schnell!

»Ist da die Polizei von eben?... Nein, nein, ich habe nichts getrunken. Hören Sie, ich habe vor ein paar Minuten schon mal bei Ihnen angerufen und... so viele Einbruchsmeldungen werden Sie ja nun auch nicht reinkriegen!... Bitte? Ja, der Einbruch im Industriegebiet, genau... Was damit ist? Na, das ist gar keiner... Nein. Ich will Sie nicht auf den Arm nehmen, bestimmt nicht. Nein, mir war auch nicht langweilig, und ich dachte... Nein! Hab ich doch gerade gesagt, keinen Tropfen!... Ich wollte nur mal hören, ob schon jemand unterwegs ist deswegen... Wie, es ist noch niemand losgefahren? Obwohl ich hier allein mit einem Kriminellen sitzen könnte?! Das ist grob fahrlässig, das sag ich Ihnen! Mir hätte sonst was passieren können, der Mann ist bewaffnet!... Schraubenzieher, glaub ich... Hören Sie, es sind schon schlimme Sachen passiert mit Werkzeugen als Tatwaffe!... Ich bin mir absolut sicher, dass ich nüchtern bin, ja... Nein, jetzt müssen Sie auch nicht mehr losfahren... Ich Ihnen auch, auf Wiederhören.«

»Seit wann hast du umgeschult? Ich bin beeindruckt, dass du jetzt auf Balkone kletterst, statt von welchen runterzufallen«, rief ich zu Raffael rauf, nachdem ich ausgestiegen und zum Haus hinübergelaufen war.

»Pinselchen? Oh, Gott sei Dank!«

Raffael beugte sich über das Geländer und sah erleichtert zu mir runter.

»Wenn du nicht aufpasst, geht es für dich aber bald wieder in die andere Richtung! Geh von dem Holzgeländer weg, das ist doch nur provisorisch!«

Ich fuchtelte mit den Armen herum und bedeutete ihm, ein paar Schritte zurückzugehen. Er war aber offensichtlich in Plauderlaune: »Ich habe mich ausgesperrt«, fing er an und lehnte sich mit den Unterarmen entspannt auf den Holzbalken. »Weißt du, ich wollte nur mal kurz zum Auto, und dann kam ein Windstoß, meine Herren, der hat aber…«

»Raffael! Geh verdammt noch mal endlich von dem wackligen Ding weg!«

»Jetzt reg dich doch nicht so auf, es ist ja alles gut«, sagte er verständnislos und ruckelte etwas an der Brüstung.

»Alles gut? So langsam frage ich mich, ob da oben die Luft zu dünn ist für dich. Spinnst du?!«, rief ich zu ihm hoch und bedeutete ihm hektisch, ein paar Schritte zurückzugehen.

Raffael aber stand auf dem äußersten Rand des Holzbalkons wie seinerzeit Errol Flynn am Bug seines Schiffes, als er siegessicher gegen alle Flaggen gesegelt war. Ob die Nummer hier so siegreich ausgehen würde, wenn er weiter da oben rumturnte, wagte ich zu bezweifeln, denn es hing sicher nicht nur zur reinen Dekoration ein Schild dran mit der Aufschrift »Betreten verboten«. Aber Raffael erzählte ungerührt weiter: »Ich dachte schon, ich müsste die schöne neue Scheibe einwerfen, die so ewig nicht ankam, die haben aber auch Lieferzeiten, man…«

»Geh verdammt noch mal von dem Geländer weg! Ich komme hoch und lass dich rein. Gott sei Dank habe ich ja einen Schlüssel.«

»Hast du auch so einen Hunger? Ich hatte heute bisher nur Salat mit Soja-Gesprenkel.«

Raffael steckte den Kopf an dem Plastikvorhang vor der Türöffnung vorbei.

»Was zu essen? O ja! Ich hätte Lust auf eine Thunfischpizza, oder was wolltest du bestellen?«, fragte ich ihn und sah von meinem Laptop auf, auf dem ich nach Stühlen für den Besprechungsraum gesucht hatte.

»Pizza ist gut, ich such einen Lieferdienst raus«, sagte er und verschwand wieder in den Nebenraum.

Ich stand auf, um auf die Uhr am Telefon zu sehen. Es war schon 11, ich musste deutlich länger gearbeitet haben, als ich gedacht hatte.

»Kommt in zwanzig Minuten«, sagte Raffael wenig später und schleppte zwei große Sitzsäcke in den Raum. »Darin sitzen Chris und ich, wenn keiner hinguckt«, grinste er.

»So einen hatte ich früher auch«, sagte ich. »Ich hab das Ding geliebt!«

»Ich weiß, du warst die, die mit dem Anhänger am Fahrrad zum Campingausflug gefahren ist, nur damit das Teil mitkonnte«, erinnerte er sich.

»Ich saß immerhin gut an dem Wochenende. Willst du mal sehen, welche richtigen Stühle für euch zur Auswahl stehen?«, fragte ich und schob den Computer zwischen uns beide.

»Du meinst, wenn Leute kommen und ich nicht wie ein Zwölfjähriger in einem roten Riesenkissen hängen kann?«, fragte er lachend.

»Genau.«

Er suchte zielsicher die teuersten, aber auch die stylishsten Stühle aus, die ich insgeheim auch im Auge gehabt hatte, aber wegen des Preises eher nicht vorgeschlagen hätte. Wir einigten uns erstaunlich schnell noch auf den Rest der Ausstattung für den großen Besprechungsraum, und ich kritzelte gerade die letzte Anmerkung auf meinen Plan, als der Pizzabote an die Außentür klopfte.

»Was machen denn Taschas Ambitionen, Schriftstellerin zu werden?«, fragte Raffael wenig später zwischen zwei Bissen.

»Daran kannst du dich erinnern?«, fragte ich erstaunt.

»Sicher, du hast damals oft von ihr und ihren neuen Rührstücken erzählt«, sagte er.

»Mittlerweile ist sie auch wieder bei Liebesromanen angekommen. Na ja, mehr oder weniger. Dazwischen hat sie mal versucht, einen Krimi zu schreiben. Aber das hat ehrlich gesagt niemand ernst genommen, weil wir alle wissen, dass sie schon den *Tatort* nicht allein gucken kann. Selbst nach der Kinderserie *Der kleine Vampir* hat sie oft die halbe Nacht kein Auge zugemacht, weil sie mindestens eins offen halten musste, um das Fenster im Blick zu behalten.« Ich musste lachen bei der Erinnerung an Tascha, die morgens völlig übermüdet gewesen war und mit ihren roten Augen ausgesehen hatte wie ein Albinokaninchen, weil Kindervampir Rüdiger ihr nicht geheuer war. »Die Handlung des Krimis war dann auch in etwa so spannend wie eine Geisterbahn für Dreijährige. Er hatte aber immerhin den treffenden Titel *Die Gisela, die Gisela, auf einmal war sie nicht mehr da*«, erzählte ich.

Raffael lachte und fragte: »Worum ging's denn, oder wie ist die gute Gisela ums Eck gekommen?«

»Tja, das weiß keiner. Noch nicht mal Tascha. Die musste beim Schreiben selbst häufiger mal überlegen, warum das Opfer eigentlich umgebracht wurde. Als sie schlussendlich sogar den Täter wechseln musste, weil sonst der Handlungsstrang nicht mehr gestimmt hätte, ließ sie den Krimi in der berühmten Schublade verschwinden. Dabei hatte mir der Anfang des Manuskriptes ganz gut gefallen:

Im Vorgarten der ehemaligen Rektorin Renate Winkler lagen fein säuberlich aufgereiht nach Farben sortierte Tulpenzwiebeln, drei verschieden große Handschaufeln und ein Pflanzplan. Hübsch parallel dazu lag eine Leiche.«

»Finde ich auch nicht schlecht«, sagte Raffael. »Wie ist sie denn überhaupt auf die Idee gekommen, einen Krimi zu schreiben, wenn sie schon Angst vor Kinderserien hat?«

»Im Nachbarort unserer Oma – die lustige, runde, die auf einer Schulfeier dachte, der Direktor mache ihr ein unmoralisches Angebot, weißt du noch?«

Er nickte schmunzelnd.

»Also, da hat es vor einiger Zeit tatsächlich einen ungeklärten Todesfall gegeben, den sie mit ein paar Abwandlungen als Basis nehmen wollte. Da in dem Kaff neben dem außerplanmäßigen Zusammentreffen der Landfrauen und der halbjährlichen Änderung des Busfahrplans nicht viel passiert, konnte sich auch noch jeder an den Fall erinnern, und das wollte Tascha nutzen.«

»In dem Dorf deiner Oma gab's einen Mord? Nicht wirklich, oder?«, fragte er ungläubig.

»Nee, natürlich nicht. Schlussendlich haben sie rausgefunden, dass es kein Mord, sondern ein Selbstmord war, der etwas aus dem Ruder gelaufen ist. Die arme Frau hatte sich Schlaftabletten besorgt, war auf dem Weg zu einem melodramatischen Ort gewesen und hatte sich passend dazu in ihr langes Abendkleid gestürzt. Gestürzt ist sie dann zusätzlich über dessen Saum, wodurch sie mit dem Kopf auf der Bordsteinkante aufschlug und starb. Wer sie anschließend im Tulpenbeet des nächsten Vorgartens arrangierte, weiß man bis heute nicht – und die lokale Presse wusste ihrerseits nicht, wie sie das Ganze nennen sollte. ›Missglückter Selbstmordversuch mit überraschend tödlichem Ausgang‹ oder ›versuchter Selbstmord mit kurzfristig geänderter Methode‹ waren die beiden häufigsten Schlagzeilen gewesen.«

Ich grinste und Raffael auch.

»Man muss Natascha vielleicht nur mal mit den richtigen Leuten zusammenbringen. Die Schwägerin oder deren Schwester oder die Tante von beiden... ach, keine Ahnung, auf alle Fälle eine weibliche Verwandte von Christopher hat eine Literaturagentur und bietet ihren Autoren auch Unterstützung an. Ich frage ihn mal nach ihrer Nummer, wenn du willst«, sagte er.

»Sehr gern! Das ist ehrlich nett von dir, da wird sich Tascha sicher freuen. Ich glaube wirklich, dass sie nur mal jemanden braucht, der sie bei der Stange hält und in die richtige Richtung schubst.«

»Hm«, machte er nur. Raffael war damit beschäftigt, konzentriert seine linke Seite abzutasten.

»Bekommst du wieder einen deiner hypochondrischen Anfälle?«

»Ich glaube, ich habe mir vorhin an dem Holzgeländer einen Splitter geholt«, antwortete er stirnrunzelnd.

»Himmel! Ich rufe sofort den Notarzt.«

»Jetzt hör auf, blöde Bemerkungen zu machen, und sieh dir das mal an, ich komme nicht richtig hin. Wenn sich so was entzündet, kann das böse ausgehen, habe ich mal im Fernsehen gesehen! Da...« Er hatte sein Shirt hochgezogen und bemühte sich redlich, sich so zu verrenken, dass er auf eine Stelle auf seinem Rücken deuten konnte.

»Seit wann bist du denn so trainiert?«, fragte ich, ohne nachzudenken.

Meine Güte, hatte der schon immer so gut ausgesehen?

»Seit wann bist du denn charmant zu mir?«, wollte er wissen und grinste mich breit an.

Leere. In meinem Kopf herrschte eine gähnende Leere. Ich sah Bilder von verlassenen Einöden, über die der Wind Staub und einen Ball aus Präriegras trieb. Aber sonst nichts.

»Kia? Was ist jetzt? Siehst du den Splitter? Er müsste dahinten an der Seite...« Raffael wand sich wie ein Fisch am Haken, kam aber nicht an die Stelle ran. Ich schüttelte kurz den Kopf, um wieder klar denken zu können, und merkte zu spät, dass Raffael mir bei dem ganzen Gezappel immer näher kam. Mein Arm streifte seinen Oberkörper, und ich zuckte zurück, als hätte ich mich verbrannt. Arm an Brust, meine Güte, Kia, wies ich mich selbst zurecht, das war jetzt wirklich nichts, weswegen man rot werden musste. Trotzdem hatte ich gerade einen Puls wie kurz vor einem Herzinfarkt, und ich war plötzlich sehr verlegen. Aber ich hatte ihn einfach auch noch nie ohne Kleider gesehen.

»Oh, 'tschuldigung. Hab ich dich gestoßen? Hast du nun gesehen, was es ist? Eine offene Wunde?«, fragte er mit schreckgeweiteten Augen.

Ich hatte gesehen, wie gut er mit nacktem Oberkörper aussah, das ja. Sportlich, mit schönen breiten Schultern. Und er hatte mal nicht nur so eine kleine, lichte Hallig auf der Brust, sondern richtig schöne Haare. An den richtigen Stellen. Nicht zu viele, aber auch nicht zu wenige. Ich sah noch mal genauer hin...

»Kia! Was ist nun?«, fragte er ungeduldig und versuchte immer noch, auf seine Rückseite zu spähen.

Gott, der Mann hatte ein Timing! Da sah man seit langer Zeit endlich mal wieder etwas Schönes, und er suchte nach imaginären Holzstückchen! Aber vielleicht war das ganz gut, immerhin war Raffaels Oberkörper Janas Reich. In dem ich nichts zu suchen hatte. Auch nicht nur zum Gucken.

»Da ist nichts«, sagte ich fest. »Es ist wie damals, als du sofort und ohne Aufschub zum Arzt musstest, weil du an deinem kleinen Finger einen verdächtigen schwarzen Punkt gefunden hattest.«

»Ich dachte, das ist ein Melanom!« Raffael vergaß kurzfristig sein aktuelles Leiden und blickte entrüstet auf. »Krebs!«

Er sah mich eindringlich an.

»Wenn ich mich richtig erinnere, war es ein Blutpfropf, den der Arzt in zwei Sekunden mit einer Nadel weghebeln konnte«, meinte ich.

»Man muss vorsichtig sein«, beharrte er und zog sein dunkelblaues Polo wieder nach unten.

Schade, aber sicher besser so, ermahnte ich mich.

»Also du siehst dahinten nichts, ja?«

»Nichts, was eine halsbrecherische Fahrt über rote Ampeln zur nächsten Klinik rechtfertigen würde. Es ist einfach nur ein Kratzer«, sagte ich bemüht ernsthaft. »Von etwa zwei Millimetern«, nuschelte ich mehr für mich als für ihn.

Raffael setzte sich daraufhin mit einem zufriedenen Seufzer beruhigt wieder bequemer hin und fragte im Plauderton: »Ich weiß jetzt, wie es deiner Oma und deiner Schwester ergangen ist, aber was ist mit dir? In welche Richtung läufst du?«

»Ach, da gibt's nicht viel zu erzählen. Ich arbeite als Inneneinrichterin, wie du weißt, und außerdem verarbeite ich meine Familie – und das war's auch schon ziemlich«, sagte ich.

»Na komm, was ist mit deinem Traum, einmal eine eigene Firma zu haben?«, hakte er nach. »Wenn man dich früher gefragt hat, war das Erste, was kam, immer: ›Ich will einmal mein eigenes Büro haben.‹«

»Den Traum… den gibt es noch«, lächelte ich. »Und vielleicht wird er sogar bald wahr. Svenja, eine Kollegin, und ich überlegen schon seit Längerem, uns selbstständig zu machen als Inneneinrichter. Aber ohne Kundenstamm und erste Aufträge ist das einfach zu riskant.«

»Vielleicht bekommt ihr ja welche, wenn du dich bei uns ein bisschen anstrengst«, meinte er mit einem Grinsen. »Zeig, was du kannst, dann ist das doch die ideale Werbung. Denn die Leute, die hier reinkommen, brauchen über kurz oder lang auch eine Inneneinrichtung – so schön unsere Steinwände auch gemauert sein mögen«, meinte er.

»Ich strenge mich an!«, sagte ich angekratzt.

»Pinselchen, ich weiß, fahr die Krallen wieder ein«, lachte Raffael. Er hatte immer schon dieses unglaublich offene, ansteckende Lachen gehabt. »Ich bin so langsam ehrlich gespannt, wie es am Ende aussehen wird mit deinem Orange, den Lederteppichen und so weiter. Obwohl ich das anfangs ja alles für ein bisschen abenteuerlich gehalten habe. Gelinde gesagt…«

»Ich weiß«, schmunzelte ich.

»Direkt hier nebenan werden übrigens auch noch Büroräume vermietet…«, sagte er und sah mich bedeutungsvoll an.

»Ja und?«, fragte ich verständnislos.

»Denk doch mal nach, Kia. Architektur und Inneneinrichtung *neben*einander können *von*einander profitieren. Wenn ihr euch selbstständig machen wollt, wäre das doch der ideale Ort dafür, oder?«

»Stimmt...«

Das wäre genial! Ich kannte die Mietpreise in dem Komplex, und das könnten Svenja und ich uns sogar leisten.

»Ein paar Klienten, die jetzt bei *Decoresse* sind, würden mit Sicherheit zu uns wechseln, und wenn dann...«

»Ich sehe, du denkst darüber nach«, sagte Raffael zufrieden.

Ich lächelte verlegen.

»Hm, aber ich muss das zuerst mit Svenja besprechen, und wir müssen das durchrechnen.«

Ich schälte mich etwas mühsam aus dem Sitzsack.

»Ich werde alt«, grinste ich, »und ich werde jetzt so langsam mal gehen.«

»Ja, machen wir Schluss für heute, ich sehe dich übermorgen«, sagte Raffael.

»Was ist morgen?«, fragte ich.

»Sorry, das habe ich ganz vergessen, dir zu sagen. Ich werde morgen nicht hier sein, ich bin den ganzen Tag auf der Baustelle im Erlenfeld.«

»Oh, alles klar, dann bis übermorgen«, verabschiedete ich mich von ihm und suchte in den Untiefen meiner Tasche nach meinem Autoschlüssel.

»Ein Magnet würde helfen. Oder einfach eine kleinere Tasche statt des Müllbeutels da«, meinte er und winkte mir mit den beiden Pizzakartons zum Abschied zu.

Zu Hause blinkte mein Anrufbeantworter, und ich spurtete sofort hin, um auf den Knopf zu drücken. Bestimmt hatte Simon angerufen und... Ja, was und? Seine Meinung geändert? Wollte mir mitteilen, dass er ein Idiot war? Hatte den Squashschläger in die Ecke gefeuert und war auf dem Weg hierher? Denn wenn ich ganz ehrlich war, war ich schon ziemlich sauer, dass er lieber in einem geschlossenen Raum Bälle gegen die Wand dreschen wollte, statt Zeit mir mir zu verbringen. Ich hörte die Nachricht ab und ließ mich schon nach den ersten Worten enttäuscht in den Sessel in der Diele fallen.

»Kia-Kind, hier ist deine Tante Lina! Ruf mich direkt zurück, wenn du das hier abhörst, es ist wichtig! Nein, Francesca, sie ist nicht da... Habe ich doch gerade... ja, ich *habe* ihr gesagt, dass es wichtig ist! Ist das da draußen UPS? Francesca, geh doch mal vorm Fenster weg. Ah, mein junger Freund! Halt doch mal bitte den Hö...« Piep.

9

Ich wartete bis zum nächsten Morgen, bevor ich die Nummer von zu Hause wählte, und hatte sofort Tante Lina am Apparat, die mir ohne lange Vorrede mitteilte: »Kia, gestern Abend war ein Mann für dich da!«

»Wie hieß er?«, fragte ich sie.

»Keine Ahnung. Siehst du, ich wusste doch, da war noch was. Na ja, aber der sah auch zu schnuckelig aus, da habe ich glatt vergessen, nach seinem Namen zu fragen.«

»Beschreib ihn mal.«

»Relativ groß, braune Haare.«

Super.

»Nettes Jackett hatte er, würde mir auch gut stehen«, fuhr sie fort.

»Was für einen Wagen fuhr er denn?«, fragte ich.

»Ach, weißt du: das Bein. Mein Bein macht ja seit Jahren nichts als Ärger.«

Das Objekt des Anstoßes erntete sicher wieder einen anklagenden Blick.

»Deswegen war ich einfach nicht schnell genug um die Hausecke, um das genau sehen zu können. Aber lass mich mal das Motorengeräusch beschreiben, das ich gehört habe, als er wegfuhr.«

Lina sammelte sich wohl, denn ein paar Sekunden hörte ich nichts. Dann sagte sie: »Also, es war so ein tiefes *Brummrumm*, weißt du? Allerdings weniger dröhnend als bei einem LKW. Aber ich möchte doch sagen, mehr als bei einem normalen Wagen. Sogar wenn es ein Van gewesen wäre.«

Ich verdrehte die Augen. Ich war anscheinend die beliebteste Anlaufstelle für Leute mit einer Neigung zu detaillierten Beschreibungen. Erst Gerdas ungebremster Redefluss, und jetzt musste ich Tante Linas phänomenale Autokenntnisse über mich ergehen lassen.

»Nein, einen Van möchte ich definitiv ausschließen.«

Lina legte noch einmal eine Pause ein und dachte nach, bevor sie bestimmt verkündete: »Aber ein Kleinbus könnte es gewesen sein! Denn das war so ein halbsonores *Rmmmm*...«

Sie röhrte noch etwas im unteren Oktavbereich.

»Lina, ich wollte nur die Marke wissen«, versuchte ich das Ganze abzukürzen.

»Die Automarke meinst du? Ja, also, da muss ich zugeben, dass ich mich damit noch nie so wirklich beschäftigt habe. Ich bekomme wohl mit, wenn Mercedes seine Ente neu auflegt – du weißt schon, dieses seltsame runde Auto, das es schon ewig gibt. Sind die Hippies früher mit rumgekurvt, Blumenväschen auf dem Armaturenbrett. Bitte, wenn man's mag. Ja, also das weiß ich, ich lese schließlich Zeitung. Jeden Tag! Ich bin geistig fit! Beim Bingo samstags in der Residenz macht mir keiner was vor. Nur der Heinrich aus der Springerstraße – aber ich sage seit Jahren, dass der betrügt. Ganz sicher sogar, wenn du mich fragst! Schummelt, ohne rot zu werden. Ich meine auch, dass die Ellie aus der Gartenstraße – das ist nur ein paar Ecken weiter – ebenfalls nicht immer ganz koscher spielt. So viele Treffer kann man unmöglich an einem Abend haben. Ich merke das! Nur weil ich 80 bin, heißt das nicht, dass ich blind wie ein Maulwurf, stocktaub und mit einem Dachkämmerchen gesegnet bin, in dem es sich Altersstarr- und Irrsinn gemütlich gemacht haben! Und aus demselben Viertel, denk dir nur, da gibt es auch noch die...«

Um nicht noch ein paar Straßen weiter gezerrt zu werden und noch mehr vom eigentlichen Thema abzudriften, unterbrach ich sie mitten im Satz.

»Bei den vielen Automarken ist es wirklich schwierig, sich alle Modelle zu merken. Aber kannst du dich an die Farbe des Wagens erinnern?«

»Dunkel.«

Top-Antwort. Hundert Punkte für Tante Lina.

»Aha. Dunkelblau oder ganz schwarz?«

»Kia, jetzt bringst du mich ganz schön zum Nachdenken. Also ich möchte sagen, es war ein blaustichiges Grau. Wie ein Sturmwetterhimmel, weißt du? Unter genau so einem Himmel haben mein verstorbener Heinz und ich seinerzeit... Ach, das kann ich dir nicht erzählen. Himmel, ich werde schon ganz rot! Rot war das Auto aber nicht. Fast ins Schwarze tendierend, das war es. Aber es schien mir doch noch einen Ton heller zu sein.«

»Dunkelblau also?«

»Eher Grau.«

»Grau?«

»Mit schwarzblauen Einschlüssen.«

Wenn ich nicht bald eine Auszeichnung für engelsgleiche Geduld verliehen bekäme...

»Etwa so wie dein Lieblingsmantel?«

»Nein. Eher so wie dein kleines Taschentelefon.«

Mein Handy war silbern.

»Lina, du warst eine große Hilfe.«

»Gerne, Kind.«

Jetzt war ich so schlau wie vorher. Außer Simon fiel mir nur noch Raffael ein, der vielleicht etwas vorbeibringen wollte, was ich vergessen hatte, und mich bei meinen Eltern gesucht hatte, weil ich noch nicht in meiner Wohnung gewesen war. Ich ging im Kopf kurz alles durch, aber Tasche, Laptop, Pläne, Schlüssel, Schal – alles da. Ob es Simon war, wusste ich eben nicht, und ich konnte auch schlecht bei ihm anrufen. Dann käme der Mann noch auf die Idee, ich sei eine irre Stalkerin, die zuerst zwei Stunden bei ihm zu Hause auf ihn wartet und ihm dann noch hinterhertelefoniert. Wusste er überhaupt, wo meine Eltern wohnten? Ich hatte es mal erwähnt, ja, aber... Das Beste würde sein, ich vergaß das Ganze einfach. Denn wie ich Lina kannte, könnte es genauso gut ein Zeuge Jehovas gewesen sein, der in einem Tretauto vorgerollt war und nur nach mir gefragt hatte, weil er das alte Namensschild von mir richtig ablesen konnte, das noch an der Klingel zur Einliegerwohnung klebte.

Ich wollte gerade meine Runde durch die keramische Abteilung drehen, als das Telefon wieder klingelte. Vorsichtshalber schaute ich auf das Display, weil ich für Lina und ihre Extravaganzen heute wirklich keinen Nerv mehr übrig hatte. Aber es war eine unbekannte Nummer, und ich nahm ab.

»Askia Fuchs?«

»Simon hier.«

Ach was.

»Ich hoffe, du hast noch nicht geschlafen und ich habe dich geweckt?«, fragte er.

»Nein.«

»Ich war gestern Abend auch schon bei dir und deinen Eltern gewesen, aber du warst leider nicht da.«

»Wieder nein. Wie war dein Squash?«

Ich brachte den Satz sogar mit nur einem Hauch Zickigkeit rüber. Aber selbst der schien angekommen zu sein.

»Es tut mir wirklich leid. Ich habe einfach nicht nachgedacht, sondern war so in meinem Trott, dass ich gar nicht bemerkt habe, dass ich dir empfindlich auf die Füße getreten sein muss.«

Man hätte es schöner formulieren können, aber der Wille zählte. Wenn ich ehrlich war, war ich sogar ein bisschen froh, dass ich nicht mehr das Monopol auf Fehler hatte, sondern dass Simon auch mal einen gemacht hatte und nicht durch und durch perfekt war.

»Wir hatten von Anfang an keinen guten Start«, sagte ich mit einem Schulterzucken, auch wenn er das nicht sehen konnte.

»Na ja, die Cocktailgeschichte in der Bar zähle ich eigentlich nicht als erstes Treffen«, meinte er.

»Nein, ich denke an die allerersten Mails, ganz am Anfang...«, plapperte ich, stoppte – aber leider nicht schnell genug.

»Was war denn daran verkehrt?«, fragte Simon verwirrt.

Was damit nicht stimmte? Dass dir eine ganz andere Frau geschrieben hat und dass die haltlos gelogen hat, was mich anging. Das konnte ich ihm allerdings schlecht sagen – aber was sonst? Wirklich einfach die Wahrheit? Vielleicht war genau das ein guter Test, um zu sehen, wie er tickte. Wenn er mir die Schummelei am Anfang verzeihen würde, könnte ich auch endlich mal ich selbst sein bei den Treffen und müsste mir vorher nicht jedes Mal eine Viertelstunde lang auf Wikipedia das Basiswissen über Golf anlesen. Mehr schlecht als recht.

Ich erzählte ihm also von Svenjas Idee, mich über ein

Internetportal zu verkuppeln, und davon, dass sie die ersten Mails geschrieben hatte, wobei sie meine wirklichen Hobbys leicht verfehlt hatte.

»Ich habe absolut keine Ahnung von Golf«, schloss ich.

Am anderen Ende der Leitung war es still. Mist. Ehrlichkeit zahlt sich wohl doch nicht immer aus.

»Danke«, sagte Simon nach einer Weile.

Danke?

»Wofür?«, fragte ich unsicher.

»Na, dass du ehrlich warst. Ich weiß das zu schätzen, das war sicher nicht leicht für dich«, sagte er und schwieg dann wieder. Ich hielt den Atem an und wartete, was noch kommen würde. Schön, dass du ehrlich warst, aber leider zu spät? Ich will eine, die meine Interessen teilt, das tust du aber leider nicht, also mach's gut, Mädel? Nach gefühlten fünf Minuten Schweigen war es mir fast egal, was er sagen würde, wenn er nur endlich den Mund aufmachen würde. Diese Warterei machte mich noch kirre!

»Das mit dem Golf dachte ich mir übrigens schon«, lachte er da plötzlich. »Spätestens als du gesagt hast, einen Birdie hättest du auch schon getrunken.«

»Und? Schlimm?«, fragte ich vorsichtig.

»Dass wir keine gemeinsamen Hobbys haben? Nein, überhaupt nicht«, sagte er, und ich atmete erleichtert auf.

»Wie sieht es denn bei dir mit Feiern aus, magst du das?«, fragte er.

»Klar! Wer mag das denn nicht?«, sagte ich erfreut und fragte mich schon, wohin er gehen wollte.

»Mein Abschlussjahrgang veranstaltet jedes Jahr eine Party, auf der wir uns alle noch mal treffen. Hast du Lust, mich zu begleiten? Es wäre allerdings mal wieder spontan – schon heute Abend.«

Das nannte man wohl kurzfristig, aber ich sagte zu. Auch wenn ich mir ehrlich gesagt etwas Schöneres vorstellen konnte, als auf ein Treffen alter Schulfreunde zu gehen, die nicht meine eigenen waren. Aber er würde da sein, das reichte mir.

Vorher schob ich allerdings einen Bürotag ein, um meine anderen Projekte zu betreuen und – o Freude – Vera Bericht zu erstatten über die Fortschritte auf Raffaels Baustelle. Als ich die Tür zum Empfang aufstieß, bemerkte ich sofort Birgits neuen Katy-Perry-Haarschnitt und den Mief einer Horde Moschusochsen, die vor Kurzem hier vorbeigetrabt sein musste.

»Vera ist schon da?«, fragte ich Birgit.

»Ja, gerade eben reingekommen.«

Ich sollte als Spürhund anheuern.

»Sie wartet schon auf dich, und Madame haben heute nicht allzu gute Laune, also beeil dich lieber.«

»Askia! Komm sofort zu mir!«

Das mit dem Spürhund konnte man sich bei Vera auch sparen, ihre liebliche Stimme hörte man sowieso über zwei Kontinente. Als ich in ihr Büro kam, warf sie mir einen unzufriedenen Blick zu und plusterte die paar Unterlagen auf ihrem Tisch ein bisschen auf, indem sie unkontrolliert darin herumwühlte und einzelne Blätter in die Luft warf. Dieselbe Prozedur ließ sie dann ihren ohnehin schon aufgebauschten Haaren angedeihen. Birgit hatte irgendwann mal erwähnt, dass man eine große Nase durch geschicktes Ablenken wunderbar kaschieren könne, und seitdem trug Vera nicht nur Helmfrisur, sondern zog den Kajal bis einen guten halben Zentimeter unter die Augen und malte ihren Mund großzügig mit einem schreiend orangeroten Lippenstift aus.

Auf dem oft noch eine extra Ladung Gloss thronte. Man schaute so definitiv nicht mehr auf die Nase, das war richtig.

»Ich war eben kurz bei dem Architektur-Projekt, um mal zu sehen, wie es vorangeht«, teilte sie mir mit.

»Und? Gefällt es dir?«

»Ja, ja, ganz hübsch… Dieser junge Mann ist aber auch sehr ansehnlich!« Vera schürzte unvorteilhaft die heute auch noch braun umrandeten Lippen und warf mir einen eindringlichen Blick zu. »Aber kein Techtelmechtel, Askia!«

»Bitte?«

»Man weiß ja, wie Italienerinnen so sind.«

»Sie wohnen südlich der Alpen?«

»Lassen nichts anbrennen!«, ereiferte sich Vera.

Anbrennen? Bei mir köchelte ja noch nicht mal was. Und wie kam sie überhaupt auf so eine Idee? Wann hatte ich einem Klienten jemals etwas anderes angeboten als bunte Wände?

»Ich habe nicht vor, Herrn Schumann zu packen, ihn auf den Tapeziertisch zu werfen und mich hinterherzuschwingen«, versuchte ich es.

»Kein Grund, patzig zu werden, Askia!« Vera hob warnend eine dunkelrot lackierte Kralle. »Aber gut, gut, dann hätten wir das ja geklärt.«

Damit war die Audienz beendet, und Vera zerrte ihre Parfümflasche aus ihrer überdimensionalen Handtasche mit dem Tigermuster. Ich ging gerne. Und schnell.

»Ach, Askia, das hätte ich fast vergessen!«

Ich ließ die Tür lieber offen, als ich noch mal zu Vera ins Büro lief.

»Eine Jana Pelheimer hat angerufen und gesagt, dass Herr Schumann sich für eine hellorangefarbene Wand in seinem Büro entschieden hat.«

»Sicher?«, fragte ich ungläubig und runzelte die Stirn.

»Glaubst du, ich hätte etwas an den Ohren?« Vera hielt in ihrer Sprüherei inne.

»Nein, natürlich nicht! Gut ... dann machen wir das.«

Apricot? Raffael?

»Es muss aber schnell gehen und darf nicht den Plan aufhalten. So eine Wand ist ja aber fix gestrichen«, sagte Vera. »Sag den Malern Bescheid.«

Mit einem letzten huldvollen Armwedeln war ich dann endgültig entlassen.

An meinem Schreibtisch suchte ich alle passenden Farbtöne heraus und konnte mir bei keinem wirklich vorstellen, dass Raffael den freiwillig an seiner Wand haben wollte. Ich versuchte, ihn zu erreichen, hatte aber nur die Mailbox dran.

»Hallo, Raffael, Vera hat mir gerade Bescheid gegeben. Pastellfarben? Wirklich? Aber wenn wir die Wand in deinem Büro noch streichen wollen, müssen wir das heute machen, solange die Maler da sind. Bitte ruf mich bis etwa vier kurz zurück, damit wir die genaue Farbe absprechen können.«

Die nächsten Stunden verbrachte ich mit meiner Lieblingskundin Frau Eberle, deren Haus sicher bald ein Punkt auf der Stadtführung für beispiellose Kuriositäten sein würde, wenn sie damit weitermachte, meine Ratschläge zu ignorieren, Vera trotzdem Geld dafür zu zahlen und ihre Hauswände innen wie außen mit selbstgepinselten Szenen zu verunstalten. Neben schlecht gemalten lukullischen Gelagen waren dort toskanische Hügellandschaften und seit Neuestem eine Horde – angeblich original italienische – Trüffelschweine zu sehen.

»Ich hatte gestern Nacht einen genialen Einfall, Frau Fuchs!« Lindi Eberle rutschte aufgeregt auf ihrem Stuhl herum. »Mein Egon ist noch nicht so überzeugt, aber der wird Augen machen!«

Dem armen Egon würden die Augen übergehen, wenn er live und in Farbe sehen würde, was mir seine Frau gerade unter die Nase hielt.

»Das ist ein italienischer Schafhirte – als Gartenzwerg!« Frau Eberle war ganz aus dem Häuschen. »Na, was sagen Sie?«

Ich legte den Kopf schief.

»Der Schafhirte ist ein Fan von Lazio Rom?«, fragte ich und deutete auf das Trikot der Figur.

»Ah, nein.« Lindi schüttelte unwillig den Kopf. »Das ist ja nur der Prototyp. Ich musste improvisieren und habe eine alte Plastikfigur meines Sohnes benutzt. Aber hier, den Hütestab hat er schon in der Hand!«

»Ist das ein Kochlöffel?« Ich ging noch näher ran, um mir das scheußliche Männlein genauer anzusehen.

»Das ist der Prototyp, sagte ich doch«, erklärte mir Frau Eberle ungeduldig. »Aber wenn ich erst mal in Produktion gehe, wird das alles noch viel professioneller aussehen.«

»Es soll mehrere davon geben?«, fragte ich und wollte die Antwort eigentlich gar nicht hören.

»Aber ja doch! Ich denke daran, ganze Szenen nachzustellen mit den Figuren. Im Vorgarten – und im Wintergarten!«

»So eine Art Krippenspiel mit verkleideten Gartenzwergen?«, fragte ich entsetzt.

»Frau Fuchs, das ist es! Ach, Sie haben immer so tolle Ideen – das muss ich mir sofort aufschreiben.«

Und ich musste mal lernen, bei Gesprächen mit ihr

nicht laut zu denken. Während Frau Eberle sich über ihr Notizbuch beugte und mit vorgeschobener Unterlippe eifrig die Seiten vollkritzelte, klingelte mein Telefon.

»Guten Tag, *Decoresse*, Askia Fuchs. Was kann ich für Sie tun?«

»Hier ist Jana Pelheimer. Hallo, Askia, ich habe Raffaels Mailbox abgehört und wollte dir nur schnell Bescheid geben, dass du einfach selbst eine schöne Farbe aussuchen sollst. Irgendetwas Helles, ins Rosé Gehende wäre gut.«

»Rosa?!«

»Na ja, zartes Pastell eben, ja? Ich bin in Eile, und Raffael wird heute auch nicht mehr auf der Baustelle sein können, also leite das bitte direkt in die Wege.« Tut.

Nettes Mädchen mit makellosen Manieren, hatte ich doch gleich gewusst.

Nachdem ich Frau Eberle zumindest vorerst von der Idee mit den Theater spielenden Gartenzwergen abgebracht hatte, fuhr ich auf dem Heimweg auf der Baustelle vorbei und brachte den Malern die Farbe für Raffaels Büro. Als ich ihnen erklärte, welche Wand gestrichen werden sollte, hatte ich wieder ein grundungutes Gefühl, obwohl die Farbe immerhin noch zum Gesamtkonzept passte. Aber Raffael vor dieser Wand? Nur wenn ich die Kosten nicht zusätzlich in die Höhe schrauben und noch den Puffer für die chicen Stühle im Eingangsbereich behalten wollte, konnte ich die Maler nicht noch mal extra antanzen lassen, und so sah ich im Weggehen, wie sie anfingen, das zarte Hellorange aufzupinseln.

Das Nächste, was ich hörte, war ein dumpfes »Puff«. Dann stieg noch eine kleine Rauchsäule auf, und das war's. Der Föhn hatte seine letzte heiße Luft ausgehaucht. Ein Klassiker. Mein Terminkalender platzt wahrlich nicht aus allen Nähten, und ich gehe abends nicht so oft weg. Aber wenn ich mal wohin will, dann stehe ich unter Garantie mit klatschnassen Haaren und einem stinkenden Föhn im Bad. Ich ließ die nassen Haare also sein, was sie waren – nass –, und schnappte mir Mantel, Hundeleine und Hund. Ich stopfte alle Haare unter eine Kappe, schnallte meine Tasche um und machte mich mit Whisky auf den Weg zu meinen Eltern. Es regnete mal wieder still vor sich hin, womit es letztendlich auch egal war, ob meine Haare nun trocken waren oder nicht. Immerhin hatte Whisky seinen kleidsamen Regenumhang an. Weil ich ganz und gar nicht immun bin gegen seinen Hundeblick, hat er allerdings eine leicht kompakte Statur. Damit friert der Hund im Winter zwar sicher nicht, aber der Bauchgurt an seinem Regencape geht eben auch nicht mehr zu.

Seit einiger Zeit trägt er das rote Teil daher wie Superman um den Hals gebunden, der Rest flattert frei hinter ihm her. Wenn er sich beim Schnüffeln dann besonders konzentriert und einen Reißzahn über die Lippe schiebt, mutiert er mit dem wehenden Cape sogar zu einer 1a-Kopie von Graf Zahl. Nachdem wir so ein paar Passanten erfreut hatten, bogen wir in die Straße meiner Eltern ein, wo Tante Lina schon die Eingangstür aufriss, kaum hatten wir das Gartentor berührt.

»Du hast ja wieder keinen netten jungen Mann mitgebracht!«

Lina lehnte sich enttäuscht an den Türrahmen.

»Die gibt's leider noch nicht im Mitnahmemarkt.«

Ich schloss betont ruhig die Gartenpforte, ließ Whisky von der Leine und ging ins Haus. Lina hatte in dem Moment das Interesse an unserem Besuch verloren, als wir ohne fesches Mannsbild aufgekreuzt waren, und informierte drinnen gerade meine Mutter über die missliche Lage.

»Francesca, sie ist immer noch allein!«

»Ja, und ich lebe trotzdem noch!«, warf ich ein.

»Ach, aber wie... du musst sexuell ja schon völlig frustriert sein«, stellte Lina fest und wandte sich wieder meiner Mutter zu. »Das Kind kriegt nie einen ab, nie! Denk an meine Worte, Francesca.«

»Na, mit der Frisur sicher nicht, nein. Wie siehst du denn wieder aus?«

Meine Mutter musterte missbilligend meine Haare, die unter der Kappe nicht schöner geworden waren.

»Mein Föhn ist kaputtgegangen.«

»Du kriegst auch alles klein, oder?«

Mein »Der war schon sehr alt« verhallte ungehört, weil Ma bereits wieder Richtung Küche unterwegs war. Ich folgte ihr, um zu sehen, ob sie noch Hilfe brauchte, und wäre auf dem Weg dorthin fast über Schrödinger gefallen, der offensichtlich wieder die Witterung von Tante Linas *Edlen Tropfen in Nuss* aufgenommen hatte. Wenn er die Pralinen fände, würde er wenigstens bedusselt in seiner Kiste liegen und sein gut gepolstertes Hinterteil auf noch weichere Kissen betten, statt Leute zu Fall zu bringen – oder die Zimmerpflanzen ums Eck, weil er die Töpfe als sein persönliches Pissoir betrachtete.

In der Küche war noch das Gemüseputzen zu vergeben, und beim Karottenschälen grüßte ich durchs Fenster meinen Vater im Garten, der sich sofort wieder geschäftig über irgendwelche Holzbretter beugte, einen Hammer in der Hand. Kein gutes Zeichen.

»Askia, jetzt gib ihm doch nicht so viele Leckerchen! Ich denke, der Hund soll abnehmen.«

»Ja, sicher.«

Whisky setzte sich irritiert zwischen uns beide und sah abwechselnd Ma und meine Hand mit den Hundekeksen an.

»Hat er denn schon abgenommen?«

»Bestimmt«, sagte ich.

»Wiegst du ihn denn nicht?«

»Das sehe ich auch so. Guck, um die Schnauze herum ist er schon ganz schmal geworden.«

Meine Mutter verdrehte die Augen.

»Sollte er nicht sowieso nur eine Belohnung kriegen, wenn er etwas Tolles macht?«

»Hat er doch gerade«, verteidigte ich den Hund und mich.

»Ach ja? Was denn?«

Meine Mutter sah Whisky kritisch an.

»Er stand mit den Vorderpfoten auf dem Stuhl und hat dabei mit dem Schwanz gewedelt«, erklärte ich ihr.

Sie seufzte nur und schlug ihr Kochbuch auf.

»Willst du eigentlich den ganzen Tag mit dieser Vogel-WG auf dem Kopf rumlaufen?«

Sie reichte mir die Schale mit den Karotten.

»Nein, ich brauche sogar gerade heute eine gute Frisur.«

»Warum?«, fragte meine Mutter sofort hoffnungsvoll.

»Ich treffe mich später mit jemandem«, antwortete ich vage.

»Einem Mann?«

Ma ließ vor Aufregung fast den Topf fallen, den sie gerade aus dem Schrank geholt hatte.

»Ja, schon.«

»Wo hast du ihn kennengelernt? Wie alt ist er? Wo kommt er her? Wie sieht er aus? Was macht er beruflich?«, kam es wie aus der Pistole geschossen.

Da ich vor allem die erste Frage ungern beantworten wollte, warf ich ihr den in ihren Augen sicher saftigsten Brocken zu: »Er ist Unfallchirurg.«

»Ein Arzt!«

Jetzt lag der Topf auf dem Boden, weil meine Mutter in theatralischer Geste die Hände gen Himmel gerissen hatte. Ich weiß nicht, welchem Heiligen sie damit für das Erhören ihrer Gebete dankte, aber immerhin fing sie sich schnell wieder. Und sie brauchte genau vier Minuten, um genauso viel über Simon zu wissen wie ich.

Nachdem nichts mehr zu tun war, ging ich nach draußen zu Pa. Er musterte mich von oben bis unten und wollte wissen: »Kia, wie siehst du denn aus?«

Ich sagte wieder mein Sprüchelchen auf: »Mein Föhn ist kaputtgegangen.«

»Und da dachtest du, statt des Steckers die Finger in die Steckdose zu stecken wäre eine gute Idee? Deine Haare stehen ja wirklich in alle Richtungen ab!«

»Danke, Papa.«

»Ich bin wie immer nur ehrlich. Willst du lieber angelogen werden?«

»Nein, Papa«, antwortete ich auch wie immer.

Ich betrachtete dann erst mal schweigend Pas neueste Kreation, ein vermutlich aus Obstkisten zusammengenageltes Gebilde.

»Dass du dieses Mal aber auch eine derart windschiefe Bretterkonstruktion zusammengenagelt hast... Und was soll überhaupt das Gehörns da obendrauf?«, wollte meine Mutter wissen, die auch rausgekommen war.

In der Mitte der obersten Kiste thronte, wohl als Blickfang, das alte Rehbockgeweih, das wir vor Jahren im Wald gefunden hatten und das jetzt anscheinend seinen finalen Bestimmungsort gefunden hatte.

»Du hast einfach keinen Sinn für Wertarbeit mit einem kreativen Touch. Außerdem ist es für dich, das ist dein neues Schuhregal«, informierte sie mein Vater.

»Also ich finde ja, wenn du das Teil ›abstrakten Gegenstand aus Naturmaterialien‹ nennst, kannst du es vielleicht unserer kunstunsinnigen Nachbarin schenken«, meinte meine Mutter abschätzig.

»Das Design für das Regal ist mir heute Nacht im Traum erschienen, und es sah gut aus!«, beharrte mein Vater.

»Na, das war dann mal kein Wahrtraum.«

»Ah, Madame Stil! Hast du nicht erst letzte Woche dem Nachbarsmädchen lila Strähnen in die Haare gefärbt?«

»*Das* sah ja auch gut aus.«

»Da irrst du dich.«

Ich wollte mich gerade unauffällig ins Haus zurückziehen, als sich meine Mutter zu mir umdrehte.

»So willst du aber nicht zu dem Treffen mit dem Arzt gehen, oder?«

»Er heißt Simon, wie du weißt. Und nein, ich dachte, ich könnte mir hier die Haare machen.«

»Na, ich weiß nicht… sei mir nicht böse, Kia, aber bei dir endet das doch meistens in dem Modell ›Vom Winde verweht‹.«

Charme ist in unserer Familie wirklich ein Fremdwort.

»Sie sieht doch wieder aus wie ein Vogel in der Mauser.« Die Ehrlichkeit von Pa konnte einem manchmal schon auf die Nerven gehen.

»Mein Gott, es gibt Frauen, die fallen morgens aus dem Bett und sehen aus wie Gisele Bündchen. Ich eben nicht. Ich seh aus wie Catweazle. Nachdem ihm seine Kröte auf dem Kopf rumgehopst ist. Ohne mühsames Föhnen und Sprühen mit zwei Bürsten und vier Festigern ist nun mal nichts zu machen«, rechtfertigte ich mich.

Ich muss allerdings zugeben, dass ich wirklich nicht sonderlich begabt bin, wenn es darum geht, meine Haare in irgendeine tragbare Form zu bringen. Der Überschrift eines Zeitschriftenartikels, die lautete: »Sind Sie unzufrieden mit Ihrer Frisur?«, habe ich daher erst letzte Woche mit gequältem Gesichtsausdruck zugestimmt.

»Verlieren Sie viel Zeit im Badezimmer beim Frisieren?« Ich hatte heftig genickt.

»Stopp! Zwingen Sie Ihr Haar nicht mehr in starre Formen!«

Nichts hatte mir je ferner gelegen!

»Akzeptieren Sie seine natürliche Beschaffenheit.« Supertipp. An diesem Punkt hatte ich die Zeitschrift wieder zugeklappt.

»Du gehst zu Fernandés«, sagte meine Mutter, »ich schenk dir das. Du wirst sehen, das tut dir mal richtig gut. Und der Mann vollbringt wahre Wunder!«

Meine Mutter war beim letzten Satz schon auf dem Weg ins Haus. Kurze Zeit später tauchte sie wieder auf, drückte mir eine Karte in die Hand und meinte, sie hätte direkt in anderthalb Stunden einen Termin für mich bekommen. Vielleicht keine schlechte Idee, denn mir war schon klar, dass bei meinem Kopf ein Profi ran müsste. Allein aufgrund unseres eher angespannten Verhältnisses sehe ich mich nicht in der Lage, meinen Haaren auch nur vorurteilsfrei zu begegnen.

Die Stunde bis zu dem Termin wollte ich mit Arbeiten für die Gestaltung von Raffaels Büro nutzen. Ich zog mir eine Gartenliege auf den Rasen, legte zwei Auflagen übereinander und mich mit meinen Unterlagen in die Herbstsonne. Ich war gerade dabei, die Preise für die Sessel zu vergleichen, die ich für den Besucherbereich ausgesucht hatte, als ich aus dem Augenwinkel Kater Schrödinger aus dem Rhododendron auftauchen sah, der sich zufrieden eine Feder aus den Schnurrhaaren leckte.

»Schrödinger ist hochintelligent«, sagte meine Mutter in dem Moment und stellte eine Tasse Kaffee neben mir auf den Boden.

An Schrödingers Intelligenz hatte ich nie gezweifelt.

»Ich glaube, der clevere Kater hat gerade einen Vogel erlegt«, meinte ich.

»Er würde niemals auch nur auf die Idee verfallen, einen seiner Tierfreunde anzufallen, geschweige denn ihm eine Feder zu krümmen!«

Meine Mutter schüttelte es richtig bei der Vorstellung. Ihr Blick wanderte zu dem unschuldigsten Kater des Jahrhunderts, der mit einem Ausdruck auf seinem Katzengesicht dasaß, als müssten die Nächsten in der Liste zur Heiligsprechung noch ein bisschen warten, weil St. Schrödinger hier sicherlich vorgezogen würde wegen besonderer Verdienste an der Vogelgemeinde.

»Nein, nein, Schrödi lebt für sein Biofutter mit gedämpftem Gemüse, nicht wahr?«

Mama kraulte den hinterhältigen Schrödinger liebevoll unterm Kinn, und der Kater hatte doch tatsächlich den Nerv, mich hämisch anzugrinsen, als meine Mutter es nicht sehen konnte. Die tätschelte dem Kater noch einmal den Kopf, nickte zufrieden und entschwebte wieder, bevor ich noch etwas sagen konnte. Kaum hatte sich aber die Terrassentür hinter ihr geschlossen, wechselte, und darauf hätte ich viel Geld verwettet, Schrödingers Ausdruck augenblicklich von Mamas-niedliche-Puschelkatze zu Killerkater. Er maß mich aus zusammengekniffenen gelben Augen.

»Wenn Pa dich jemals dabei erwischt, wie du einem der Vögel nachstellst, gibt's Katzengulasch!«, fauchte ich ihn an.

Schrödinger merkte man an, dass er mich nicht ernst nahm. Er sah mich nur abfällig an und stolzierte selbstbewusst und mit einem arroganten Schwung seines buschigen Schweifes in Richtung Fischteich davon.

»Woran arbeitest du denn gerade?«

Mein Vater hatte seinen Werkzeugkoffer wieder sicher verstaut und setzte sich neben mich.

»Ich darf die Einrichtung eines Architekturbüros übernehmen!«, strahlte ich.

»Also viel Rosa, Rüschengardinen und kleine Häkeldeckchen unter den Telefonen, richtig?«, sagte Pa.

»Genau, aber du hast die Blumenbezüge auf den Stühlen und die pinkfarbenen Flauschteppiche vergessen.«

»Stimmt. Es muss aussehen wie vom Konditormeister glasiert«, er guckte selbst übertrieben glasig.

»Ein Raum wie ein Petit Four!«, ergänzte ich.

»Ich sehe, du wirst das prima machen«, lachte Pa. »Was war das vorhin mit irgendeinem Arzt? Mit wem triffst du dich denn da?«

Ich erzählte ihm von Svenjas Aktion, und er schien die Idee anfangs genauso bescheuert zu finden wie ich, über eine Partnerbörse im Internet die Liebe zu finden.

»Ich sehe ein, dass es heute auf ganz andere Dinge ankommt als zum Beispiel damals in der Eiszeit«, sagte Pa.

»Papa, bitte nicht. Seit damals sind ungefähr zehn Millionen Jahre vergangen.«

»2,6. Vor 2,6 Millionen Jahren begann die letzte Eiszeit«,

sagte mein Vater automatisch. »Doch erst vor rund 20.000 Jahren...«

Mein flehender Blick ließ ihn abbrechen.

»Die Vergleiche mit den Flintstones helfen mir nicht, Papa, denn es ist in jedem Fall viel Zeit vergangen seit damals. Viel Zeit, in der sich auch die Partnerschaften etwas gewandelt haben. Es reicht heute nicht mehr, einen Kerl zu haben, der mit einem halben Baumstumpf oder einer Keule so gut umgehen kann, dass er in der Lage ist, Essen beizuschaffen«, sagte ich.

»O nein, die Menschen damals hatten bereits primitive Äxte und natürlich Faustkeile und...«

»Papa!«

Der Mann liebte seinen Beruf wirklich, aber manchmal verstand ich auch meine Mutter, die nur noch mit den Augen rollte, wenn das Thema Steinzeit auf den Tisch kam. Sie hatte nach einem längeren Vortrag über die Vereisungsperioden im Präkambrium und Paläozoikum schon damit gedroht, das Fellkleid, das Pa ihr mal mit seinen Studenten genäht hatte, in den Altkleidercontainer zu werfen, wenn sie noch einen Satz zum Klima bei den Feuersteins hören müsste. Wenn sie gewusst hätte, dass die Studenten das Leder quasi nach Originalrezept mit der Hirnmasse von Tieren aus dem Schlachthof gegerbt hatten, hätte sie gleich die Scheidung eingereicht.

»Tascha meint, ich wäre einfach zu eitel, zu stolz und mir mehr oder weniger zu schade, um mich auf ein Onlinedate einzulassen«, sagte ich zu Pa.

»Es würde mir ehrlich gesagt auch schwerfallen, aber ich bin auch eine ganz andere Generation. Doch der Gedanke, schon eine Art Vorauswahl zu treffen, ist gar nicht so schlecht, finde ich.«

»Ist das dein Ernst?«, fragte ich ihn ungläubig.

»Ja doch. Sieh mal, damals in den Sippen wählten die Frauen ihre Männer auch schon nach bestimmten Kriterien...«

»Papa, bitte«, flehte ich.

»Schon gut, aber vielleicht kann man so tatsächlich den idealen Partner für sich finden. Man erstellt ein Profil von sich und sieht sich an, welcher Kandidat aus der Datenbank dazu passt, ja?«, fragte er.

»Ja, man muss angeblich nur noch aussuchen, statt sich selbst auf die Socken zu machen, um einen zu finden«, sagte ich.

»Na, das klingt doch nicht so schlecht, und du hast ja offenbar auch schon einen ausgewählt, oder?«

»Svenja hat ihn ausgesucht«, gab ich zu bedenken.

»Sieh ihn dir einfach noch mal in Ruhe an, du vergibst dir ja nichts. Vielleicht funktioniert dieses Online-Dating ja wirklich und er ist es... Ich drücke dir auf alle Fälle die Daumen.«

Mein Vater tätschelte mir aufmunternd die Schulter und ging in weitem Bogen um sein Holzgebilde herum ins Haus.

So langsam wurde es auch für mich Zeit, mich auf den Weg zu machen, wenn ich noch zum Friseur wollte. Ich packte also meine Sachen zusammen, räumte die Gartenmöbel wieder weg und holte meinen Mantel. Whisky ließ ich bei meinen Eltern, und als ich ging, schwamm er gerade mit seinen Entenfreunden im Teich und ließ sich von ihnen in den Schwanz beißen. Abfällig beobachtet von Schrödinger, der am Ufer saß, probeweise seine Krallen ausfuhr und sie in der Sonne blitzen ließ. Als Whisky eines der Entenkinder sanft anstupste, um es zurück in die Reihe zu bringen, fuhr der Kater seine Krallen frustriert wieder ein und stelzte zum Haus zurück, um einen Verbündeten ärmer.

Ich hatte gerade meine Sachen verstaut und wollte ins Auto steigen, als mir meine Mutter aus einem der oberen Fenster aufgeregt zuwinkte.

»Wo willst du denn hin?«, rief sie. »Komm hoch!«

Ich fand Ma in ihrem Heiligtum, dem Ankleidezimmer. Dort hatte sie schon fast alle Türen aufgerissen und lief hektisch von einer Schublade zur anderen.

»Ah, da bist du ja endlich. Jetzt suchen wir erst mal aus, was du anziehen wirst«, sagte sie und schob mich geschäftig in die Mitte des Raumes.

»O Freude! Du bist auch hier«, sagte ich zu Oliver, der sich in den kleinen Sessel in der Ecke geflätzt hatte.

»Ach Schächtelchen, als Ma sagte, du wirst umgestylt, musste ich doch einfach noch ein bisschen bleiben, um zuzusehen, oder?«, sagte er.

Die kleinen Freuden des Alltags, sie sind nie gering zu schätzen. Die Askja ist leider nicht nur ein Vulkan auf Island, sondern heißt übersetzt auch noch »die Schachtel«, was sich besonders Olli dankenswerterweise gemerkt hatte. Er stand auf und drehte sich ein bisschen vorm Spiegel. »Macht irgendwie fett, die Hose…«, sinnierte er und betrachtete seine schlanken Hüften.

»Entdeckst du gerade deine weibliche Seite?«, fragte ich ihn. »Sollen wir gleich noch besprechen, was du morgen anziehen könntest, oder schaffst du das alleine?«

Olli warf mir nur einen abschätzigen Blick zu und setzte sich wieder in seinen Sessel.

»Nein, Oliver, du verschwindest.«

Meine Mutter wedelte ihn Gott sei Dank mit ein paar Handbewegungen aus dem Stuhl.

»Aber ich könnte dir ein paar gute Modetipps geben«, sagte er zu mir, während er sich widerwillig erhob.

»Du? Woher willst du denn Ahnung von Damenmode haben?«, wollte ich wissen, obwohl er wie immer extrem stylish unterwegs war mit roter Chino und edlen Sneakers zu hellgrauem Pullover. Seine Haare lagen im Gegensatz zu meinen auch immer, aber dafür kam Olivers monatliche Friseurrechnung fast an meine Mietkosten heran. Was so mühelos und leicht verstrubbelt aussah, war ein aufwendiger Schnitt vom Nobelfriseur der Stadt, der dabei auch gleich noch das Surferblond auf Ollis Haupt zauberte. Ich hatte ihn außerdem im Verdacht, auf die Sonnenbank zu gehen.

»Ich war mit ein paar Models zusammen«, erklärte er.

»Hoffentlich nacheinander«, sagte ich.

Ein Grinsen.

»Oliver, raus!«

Meine Mutter schlug ihm die Tür vor der Nase zu und hielt mir einen ihrer hellen Hosenanzüge hin.

»Und?«, strahlte sie.

»Mama, das ist dein Stil, nicht meiner, das passt einfach nicht zu mir.«

»Quatsch. Das ist chic und zeitlos!«

»Zeitlos, ja, aber nicht typlos – und wirklich nichts für mich«, wand ich mich.

Mit einem tiefen Seufzer hängte Ma den Anzug wieder in den Schrank und zerrte nacheinander einen grauen Blazer, Kostüme in allen Farben und einen Trenchcoat raus. Mit jedem Teil, das sie aus den Schränken zog, wehte der Duft von Cartiers *So Pretty* durch den Raum, der so typisch ist für meine Mutter. Aber genauso wenig wie er zu mir passte, konnte ich mich in einem ihrer Kleider sehen. Nur wie ihr das klarmachen?

»Ma, für mich wäre wohl etwas weniger Elegantes, sondern ein bisschen was Locker-Lässiges gut, meinst du nicht?«

»Kann ich auch!« Ma wirbelte herum und verschwand bis zur Hüfte zwischen Sommerkleidern. »Ich bin Italienerin, da hat man das Lockere im Blut!«, hörte ich es gedämpft aus dem Schrank.

»Mama, du kommst aus Turin. Das hat mit Dolce Vita und lustigem Strandleben so viel zu tun wie Bad Oeynhausen mit Tabledance.«

Meine Mutter wischte diesen schwachen Einwand mit einer lässigen Handbewegung beiseite, als sie wieder aufgetaucht war.

»Ach was. Lass erst mal sehen, womit wir arbeiten«, sagte sie.

»Wie arbeiten? Womit?«, fragte ich.

»Na, mit dir! Zieh mal diese schreckliche Kluft aus, die du da anhast. Letzte Woche habe ich eine Dokumentation im Fernsehen gesehen über Halloween. Die Kostüme von den Kindern sahen ganz ähnlich aus wie dein Teil da.«

Ich bezweifelte stark, dass die Kiddies furchterregende Ringelpullis trugen zu ihren Kürbismasken.

»So, jetzt wollen wir mal sehen, was deine Figur am besten unterstreicht«, rief meine Mutter und rieb sich die Hände.

Ich wusste, es hatte keinen Sinn zu argumentieren oder gar einen Fluchtversuch zu unternehmen. Also zog ich mich bis auf die Unterwäsche aus – und sah meine Mutter, die mühsam nach Luft rang.

»Was ist denn das?«, wollte sie wissen und zeigte anklagend auf meinen Lieblings-BH aus transparentem Netzstoff mit Drachentattoomotiv.

»Originell, oder? Sieht von Weitem aus, als hätte man ein Tattoo«, erklärte ich ihr.

»Von Nahem wird dich darin auch niemand lange ansehen, weil er vorher schreiend wegläuft«, erwiderte sie. »Und was soll *der* Unsinn?«, fragte sie und nahm eine meiner Hände, um sich mit weit aufgerissenen Augen die türkisgrünen Fingernägel anzusehen. »Das sehe ich ja jetzt erst! Dio mio...«

Meine Mutter sah mittlerweile aus, als brauche sie ein Sauerstoffzelt. Als ich entnervt zur Decke blickte, sah ich Schrödinger oben auf der Hutablage liegen. Er hatte sich wie ein Band um einen von Mas ausladenden Strohhüten gewickelt, die Schwanzspitze wippte lässig über der Kante. Wenigstens er konnte in diesem Haus tun und lassen, was er wollte, dachte ich. Ich jedoch offensichtlich nicht, und meine Mutter zwang mich, ein hellblaues Etuikleid mit leicht ausgestelltem Rockteil anzuprobieren. Und ich hatte gedacht, das letzte dieser unseligen Dinger hätte man spätestens nach den 70ern verbrannt.

»Noch so ein Kompotthütchen, und ich sehe aus wie Doris Day in ihren besten Zeiten«, motzte ich.

»Ah! Einen KA-potthut meinst du...«

Na super! Jetzt dachte sie ernsthaft über die Idee nach, und wie ich sie kannte, hatte sie irgendwo auch noch so ein Marmeladenhütchen rumfliegen. Wahrscheinlich in mindestens fünf verschiedenen Farben.

»Nein, leider... Aber die Tasche hier hat genau denselben Farbton wie das Kleid. Schön, da guck mal!«

Ich guckte. Auch bleu. Top.

»Mama, wie lange dauert das hier denn noch? Ich habe nicht viel Zeit, und mir ist kalt«, drängelte ich.

»Gleich...«

»Na ja, wenn meine Lippen blau anlaufen, passt es wenigstens zum Gesamtbild.«

»Askia, sei nicht so undankbar!«, ermahnte mich meine Mutter.

»Obwohl du doch immer nur das Beste für mein Aussehen im Sinn hast«, sagte ich. »Papa hat mir mal erzählt, dass du mir im zarten Alter von zwei Jahren die Ohren mit Tesafilm angeklebt hast, damit ich mich im Schlaf nicht mehr darauflegen und womöglich bleibende unweibliche Schäden zurückbehalten konnte.«

»Und sieh sie dir jetzt an: eng anliegend! Aber bist du mir dafür dankbar? Nein.«

Die Frau machte mich wahnsinnig. Ohne einen Funken Unrechtsbewusstsein fuhr sie fort: »Hier sind sie ja... die Slingpumps zum Kleid.«

Mit einem zufriedenen Lächeln hielt sie mir ein Paar Schuhe entgegen, die selbst Oma Magda mit ihren knapp 90 als zu altbacken abgelehnt hätte. Ich suchte noch nach einem guten Grund, warum die auf gar keinen Fall gingen, als Lina hereingeschlendert kam. »Lasst euch durch mich nicht stören«, sagte sie und steuerte auf die Hüte zu. Sie suchte sicher noch nach dem i-Tüpfelchen für ihre neue Zusammenstellung aus kniekurzem dunklem Wollrock, knöchelhohen veilchenblauen Stiefeletten und grobem Norwegerpullover. Sternförmige Strassohrringe baumelten über einer räudigen Pelzstola.

»Und über das blaue Kleid ziehst du ein hübsches Kurzjäckchen, warte mal...«, sagte meine Mutter.

Sie war wieder auf Tauchstation. Wahrscheinlich auf der Suche nach etwas Blauem. Lina hatte sich in der Zwischenzeit für einen gestreiften Sonnenhut entschieden und probte damit verschiedene Posen, als sich unsere Blicke im Spiegel trafen.

»Wenn ich so was Kreuzbiederes anhätte, würde ich genauso belämmert gucken wie du«, teilte sie mir mit. Ich grinste, aber Ma drehte sich erbost zu ihr um.

»Nicht jeder kann deinen Stil tragen, Lina«, sagte sie pointiert.

»Das ist wahr«, erwiderte die ernst. »Aber sie trifft sich doch mit einem Mann, oder? Da musst du sexy wirken, Kind! Ich hab noch ein Paar tolle Strumpfhosen mit Handschellenaufdruck, die könnte ich dir leihen«, meinte sie.

Und wieder kam mir der Gedanke an ein Nonnenkloster, in dem ich nur die Wahl hätte zwischen langen und halblangen schwarzen Kutten, sehr verführerisch vor.

»Danke, aber ich glaube, das steht mir nicht so gut wie dir, Lina.«

»Ja, wahrscheinlich«, meinte sie gedankenverloren. »Aber denk wenigstens immer daran: Lebe wild und gefährlich, Kind. Wild und gefährlich!«

»Sicher. Ich werde mir Mühe geben.«

Schön wär's. Mein Leben war in etwa so wild und gefährlich wie ein Ausflug in den Streichelzoo.

»Und versuch mal, ein bisschen graziler zu laufen!«, ermahnte mich meine Mutter.

»Ach, Francesca, sie läuft doch immer so nett auf ihre unnachahmlich individuelle Art… ein bisschen wie ein tapsiger Panda«, meinte Lina und legte lächelnd den Kopf schief, um mich wohlwollend zu mustern.

Mit dem Hinweis, ich müsse jetzt so langsam wirklich los, wenn ich zu Hause sein wollte, bis Simon kam, ließ mich meine Mutter mit einer Reisetasche voller Kleider endlich gehen. Ich wuchtete das Teil hoch und folgte Lina aus der Ankleide.

»Askia, soll ich dir noch ein bisschen unter die Arme greifen?«, fragte sie mich, als wir den Gang entlangliefen.

»Ich muss mich wirklich beeilen, aber danke für das Angebot«, versuchte ich mich aus der Affäre zu ziehen.

»Wir könnten doch mal schnell die Karten befragen, wie es so in deiner Zukunft aussieht mit den Männern, he?«

Sie zwinkerte mir zu.

»Ein andermal, Lina!«

Askia, lauf!

Ich rannte los zum Friseur und hatte nach der Session gerade noch genug Zeit für eine Dusche und Make-up, da klingelte es.

»Simon?«

»Ich bin etwas zu früh, aber scheinbar genau richtig«, lächelte er und sah an mir runter, wie ich das Badetuch um mich krallte.

»Ich muss mich nur noch anziehen, dann können wir los«, nuschelte ich und deutete fahrig in die ungefähre Richtung des Schlafzimmers.

Simon sah umwerfend aus in einem lässigen dunkelblauen Anzug mit dunklem Hemd, bei dem er die oberen beiden Knöpfe offen gelassen hatte. Keine Krawatte, kein Schnickschnack, dafür eine todschicke Uhr von der Sorte, die gleichzeitig kostspielig und schlicht wirkte. Dass Männer es so einfach hatten. Ich wusste noch nicht mal ansatzweise, was ich anziehen sollte, um nur halb so gut auszusehen wie er.

»Lass dir Zeit, wir haben keine Eile«, sagte er, als ob er meine Gedanken lesen könnte, schloss ruhig die Tür und sah sich interessiert um. Genau so hatte ich mir seinen ersten Besuch bei mir vorgestellt: im Eingang die Säcke für die Altkleidersammlung, auf dem Weg ins Schlafzimmer die Kleider, die ich eben angehabt hatte, im Schlafzimmer die Klamotten, die ich aus dem Schrank gezerrt hatte als Auswahl für die Feier und dazwischen ich im *Hello-Kitty*-Badetuch, das mir die kleine Frida verehrt hatte. Unter der rosa Miezekatze lugten meine frisch lackierten Füße mit den Wattetrennern zwischen den Zehen vor. Damit trat ich in eines von Whiskys Quietsche-Spielzeugen.

»Nett hast du es hier«, sagte Simon.

Höflich war er ja. Er schlenderte ein bisschen herum und sah sich um. Auf meine Wohnung an sich bin ich wirklich stolz: Stilaltbau mit wunderschönem Parkett, hohen Fenstern und Stuck, alles da. An Grundausstattung. Leider gibt es daneben noch nicht so viel zu sehen, weil ich mir selbst verboten habe, Teile zu kaufen, die nicht wirklich hochwertig sind. Ich wusste auch ganz genau, was ich wollte und was zum Rest passte, nicht wie manche Leute, die Geld, aber keinen Stil haben.

Bei mir war es eben nur umgekehrt. Deshalb war ich bisher noch nicht über den Fußhocker des Eames Chairs hinausgekommen, wenn ich nicht die Rücklagen für den Traum vom eigenen Büro antasten wollte. Also verkaufte ich die überschaubare Ausstattung der Wohnung meistens als Purismus und erzählte gerne, dass nur bei einer wohlkalkulierten Leere die Dinge im Raum richtig miteinander kommunizieren könnten. Manche glaubten mir, und manchmal glaubte ich mir sogar selbst – bis ich dann irgendwann wieder in der Küche stand, mein Blick auf die leere Essecke fiel und ich meinen Teller auf der Couch und auf den Knien balancieren musste. Die Sofakissen, die ich vor die Flecken gestellt habe, sind aber allesamt sehr sorgfältig ausgesucht.

»Warum hast du denn Prilblumen auf das Sofa geklebt?«, fragte Simon, und ich war nicht schnell genug, um ihn daran zu hindern, eine davon abzuziehen. Ich war noch nicht dazu gekommen, ein neues chices Kissen zu kaufen.

»Ah, ich sehe, was der Sinn ist... Aber woher stammen denn diese seltsamen grünen Flecken?«

»Flecken?«, fragte ich mit erstauntem Gesichtsausdruck, um wenigstens ein paar Sekunden Zeit zu schinden.

Was sollte ich auch sagen? ›Ach, da ist mir der Algentee übergeschwappt, den ich gebraucht habe, um meinen Busen aufzupimpen. Dummerweise hat die Kakaobutter, die ich mir über den kompletten Oberkörper geschmiert habe, an der Decke festgeklebt – zusammen mit dem Buch über die Akupressurübungen. Die Tasse mit dem Algengebräu ist mir aber erst dann runtergefallen, als ich mir zu guter Letzt noch den Zeigefinger ins Brustbein gerammt habe.‹ Er könnte die falschen Schlüsse ziehen. Ich entschied mich daher für: »Das ist grünes Weizengras. Sehr gesund. Trinke ich jeden Morgen einen halben Liter von.«

Simon guckte angemessen beeindruckt.

»Aber bei meiner Yogaübung bin ich mit den Beinen an das Glas gestoßen, als ich freihändig balancierte«, erklärte ich und verfluchte mich im selben Augenblick. Zu schnell geredet und zu langsam gedacht. Mist.

»Mit beiden Beinen... freihändig?«

Er schien Probleme zu haben, sich das vorzustellen. Ich im Grunde auch, aber wenn ich etwas bin, dann konsequent, daher fuhr ich fort: »Auf dem Kopf stehend.«

»Das kannst du?«

Simon sah mich mit runden Augen an.

»Ach...« Ich winkte bescheiden ab. »Jahrelange Übung.« Und das von einer Frau, die sich selbst im Supermarkt nur zum untersten Regal bückt, wenn dort das letzte *Yes Torty* liegt. Eine Frau, die ihrer Schwester bereitwillig geglaubt hatte, dass es im Yoga die Übung »Das mit dem Gesicht nach unten fliegende Känguru« gibt.

Bevor er noch weiter nachfragen konnte, bot ich ihm etwas zu trinken an und lotste ihn in die Küche.

»Es nennt sich ›Devil in Disguise‹. Ist mit Chili«, sagte ich, als ich ihm die Tasse hinhielt.

»Chili? Devil?«, hustete er, nachdem er probiert hatte.

»Ja, schöner Name dafür, oder?«

»Passend.« Simon wischte sich dezent die Tränen aus den Augenwinkeln. »Da ist außer dem Höllenpulver was drin?«

»Eigentlich ist es ein doppelter Espresso – aber die Tasse war noch so leer, und da habe ich einen vierfachen draus gemacht. Aber dafür ist auch doppelt so viel Schokoladensoße und die doppelte Menge an Chili drin. Ich dachte, das gleicht sich wieder aus.«

Er hatte immer noch einen leicht roten Kopf und keuchte etwas, während ich zusah, dass ich so schnell wie möglich im Badezimmer verschwand, um endlich aus dem rosa Handtuch zu kommen. Als Simons Gesichtsfarbe wieder im rosa Bereich war und sein Zuckerpegel wieder Normalnull erreicht hatte, hielt ihn aber leider nichts mehr in der Küche, sondern er pilgerte ins Schlafzimmer zurück und spähte ins Bad.

»Kann ich?«

»Äh... ja.«

Eigentlich: nein! Aber er schlenderte schon mit den Händen in den Hosentaschen entspannt durch den Raum und schien ein ehrliches Interesse an Damenkosmetik zu haben. Er sah sich mehrere Tiegel genauer an und hielt mir dann eine Tube hin.

»Augencreme für die Frau ab 50?«

Es hatte einen Grund, warum Männer, die nicht mit einem zusammen waren, es aber mal sein sollten, nichts im Badezimmer einer Frau verloren hatten.

»Wofür brauchst du die denn?«

»Prophylaxe.«

»Ah«, er lächelte. »Wirkt.«

Damit küsste er mich leicht auf die Schläfe, legte die Creme zurück auf die Ablage und spazierte zurück ins Schlafzimmer.

Wenn ich es mir recht überlegte, hatte es eigentlich etwas sehr Schönes, fast schon Vertrautes, wie er da durch die Wohnung lief, während ich mich fertig machte. Ich sah ihm verträumt zu, als er schließlich vor dem hellblauen Alptraumkleid stehen blieb, das ich achtlos aufs Bett geworfen hatte.

»Wirst du das hier anziehen?«

»Soll ich?«, fragte ich kritisch.

»Ja, das finde ich sehr schön.«

»Schön...«, wiederholte ich ungläubig und suchte in der Reisetasche dann eben auch noch die passenden Uroma-Schuhe und die seltsame kleine Koffertasche raus, die Ma mir eingepackt hatte, denn von meinen Sachen würden ohnehin keine zu dem Teil passen. Aber Simon schien tatsächlich begeistert zu sein, als ich komplett in Blau und mit einem schiefen Lächeln aus dem Bad trat. Dass meine Mutter diesen Moment nicht miterleben durfte...

Das Jahrgangstreffen fand in einer alten Jugendstilvilla statt, die wirklich schön gewesen wäre, wenn man innen nicht krampfhaft versucht hätte, alles Stilvolle zu verstecken. Kitschige Statuen standen in Lebensgröße jedem im Weg, der mehr als fünf Schritte auf einmal tun wollte, düstere Gemälde hingen an den Wänden, und die mit schwarzem Leder bezogenen Sessel glänzten schwach im schummrigen Licht der wuchtigen Kronleuchter, die die Bezeichnung Leuchter eigentlich nicht verdienten.

Der ersten blassen Lady im bodenlangen Schwarzen, die mir mit einem Tablett entgegenkam, schenkte ich eher wenig Beachtung, und genauso hielt ich den Typ am Eingang noch für eine arme, fehlgeleitete Seele in seiner schwarzen Kutte mit farblich passendem Lippenstift. Aber auch innen hatte man sich streng an ein Farbkonzept gehalten: Schwarz. Da drin sah es aus, als hätte good old Dracula zur Vollversammlung gerufen, und all seine Jünger hatten ihre Umhänge ausgepackt und waren in die Villa geflattert. Es war offensichtlich, warum die Veranstaltung hier »Ruf der Finsternis« hieß, wie ich auf dem Banner lesen konnte, das quer über den Eingang gespannt war. Nur den Ruf hatte ich ja mal nicht vernommen.

»Wusstest du, dass das hier eine Vampirmottoparty ist?«, fragte ich Simon, der neben mir stand und auch eher verwundert aussah.

»Ich habe ehrlich gesagt gar nicht darauf geachtet, was außer der Uhrzeit noch auf der Einladung stand«, gab er zu und fingerte unbehaglich an seinem Hemd herum.

»Ich habe noch eine dunkle Sonnenbrille in der Tasche, vielleicht rechnet man uns die positiv an.«

Ich lächelte ihn an, nahm mir vor, Tascha hiervon zu erzählen für ihren Roman, und drückte mich mit meinem hellen Kleid etwas enger an die Wand, um Freundschaft mit den Schatten zu schließen.

»Ich hole uns mal was zu trinken, das hilft sicher. Bin gleich wieder da«, sagte Simon und machte sich auf den Weg zur Bar. Hoffentlich gab es nicht nur Bloody Marys.

So langsam gewöhnten sich meine Augen an das

Schummerlicht, und ich wagte mich ein bisschen tiefer in den abgedunkelten Salon vor. Ein paar Herren waren wohl in der Folterknechtära stecken geblieben, und für manche Damen wäre eine Straßenlaterne das passende Accessoire gewesen, aber der Rest gab sich très chic. Queen Victoria im Trauerflor war nichts gegen diese Ansammlung von verhinderten, schwarz gekleideten Vampirchen.

»Uh! Marni!«

Die Frau, die plötzlich wie aus dem Nichts vor mir aufgetaucht war, lächelte verzückt.

»Äh, nein. Askia, hallo.«

Ich hielt ihr meine Hand hin, die sie ignorierte. »Kindchen, ich meinte das Kleid…«, säuselte sie. »Das ist von *Marni*. Letzte Saison, aber immerhin.«

Na, die war ja mal sympathisch.

»Und so passend für unsere Mottoparty!« Sie zupfte bedeutungsvoll an ihrem eigenen schwarzen Spitzenkleid herum. »Das Himmelblau passt ja ganz wunderbar zu unserem Schwarz…«

Ich hasste mein Kleid gleich noch ein bisschen mehr.

»Ich sehe, ich sehe, dass du mit dem guten Simon hier bist«, flötete sie weiter und musterte mich unverhohlen vom Scheitel bis zur großen Zehe.

Der gute Simon kam dankenswerterweise in diesem Augenblick mit zwei Gläsern Rotwein wieder und reichte mir eines davon. Gott sei Dank.

»Simon!«

Mindestens eines meiner Trommelfelle hatte gerade den Dienst quittiert, und ich wunderte mich, wie Simon ein entspanntes Lächeln zustande brachte bei der Tonlage, in der die Frau ihn angeschrien hatte.

»Melissa! Schön, dich zu sehen.«

Küsschen links, Küsschen rechts. Sieh an. Madame konnte Leute begrüßen, wenn sie wollte.

»Ich habe gerade ganz nett mit deiner kleinen Freundin geplaudert«, sagte sie und warf mir einen Blick zu, den zu deuten man nicht viel Übung brauchte.

»Ihr habt euch also schon bekannt gemacht? Schön. Melissa...«

Weiter kam er nicht.

»Ich entführe ihn nur ganz, ganz kurz«, hauchte sie mit einem zuckersüßen Lächeln und zerrte Simon dann mit einer Kraft, die ich so einer zierlichen Person gar nicht zugetraut hätte, mit sich. Ich sah den beiden völlig perplex hinterher und wusste gar nicht so richtig, ob ich eher wütend oder verwirrt sein sollte. Ich hob erst mal die Flyer vom Boden auf, die Melissa bei ihrer schwungvollen Drehung von einem der Stehtische gefegt hatte. Als ich wieder stand und hochschaute, sah ich mich direkt den kohlrabenschwarz umrandeten Augen einer nebenberuflichen Vampirin gegenüber. Ihr Gesichtsausdruck war farblich passend.

Es ist ja bekannt, dass ich wirklich nicht die mutigste Haut auf Erden bin, was auch meinen beeindruckenden Satz von einem guten Meter zur Seite erklärt. Aus dem Stand. Direkt in die nächste düstere Leinwand.

Als ich mich möglichst elegant wieder hochgerappelt hatte und die Sachen, die aus meiner Handtasche geflogen waren, wieder einsammeln wollte, bemerkte ich, dass die Schattendiva vor mir mit gerümpfter Nase die Luft einsog. Mist. Den Aufprall gegen das Bild »Marode gotische Mauerreste vor bleiernem Himmel« hatte meine Parfümflasche nicht überlebt. Jetzt roch es in dem Tempel der Finsternis nicht mehr nach leichtem Grabeshauch, sondern nach meinem neuen Duft mit Kokosnuss und Mango, bei dem man sofort einen astreinen tropischen Strand inklusive Liegestuhl, Cocktails und Bongo-Bongo-Trommeln vor dem geistigen Auge hatte. Es war zwar dunkel, aber ich hätte schwören können, Miss Nightmare on Elm Street vor mir bleckte die unechten Eckzähne. Also bemühte ich mich, so zu tun, als wäre das Ganze nicht mir passiert, schnüffelte selbst wie ein Bluthund und guckte dabei so entrüstet, als hätte man mir im Moment das steinerne Flughündchen von der Gruft geklaut. Als die Gothlady desinteressiert wegblickte, gab ich Fersengeld und sah mich hektisch nach Simon um. Dass es so verdammt duster war, half nicht wirklich.

»Ah, da bist du! Warum stehst du hier?«, fragte ich ihn, als ich ihn endlich in einem Raum im Obergeschoss gefunden hatte. Im angeregten Gespräch mit Melissa und ein paar anderen. »Ich habe übrigens Morticia getroffen.«

»Morticia?«, fragte er verwirrt.

»Der entscheidende Teil war eigentlich ›Warum stehst du hier?‹. Ich habe dich gesucht.«

»Jetzt hast du mich ja gefunden.« Er legte mir den Arm um die Schultern. »Es wird dich interessieren, dass ihr dasselbe Hobby habt«, sagte er und deutete mit der freien Hand auf Melissa.

Hatten wir? Ich sah sie mir genauer an. Lange blonde Haare mit einem geraden Pony, eine Nase, die sehr unnatürlich und wahrscheinlich gerade deswegen sehr hübsch aussah, und ein arroganter Zug um den Mund, bei dem auch nicht nur der blutrote Lipgloss teuer gewesen war. Die Gute entsprach leider so genau dem Typ Frau, bei dem man mit Vorurteilen nicht sparsam sein muss. Und die sollte meine Interessen teilen?

»Melissa dekoriert schon seit Jahren all unsere Partys mit immer sehr originellen Ideen.«

Soso. Silikon mal in Kissen statt in Lippen? Und warum hatte ihr noch keiner gesagt, dass das Vampirthema schon so alt und verstaubt war wie mancher Blutsauger selbst?

»Ach, Simon...« Melissa verdrehte Augen, Hals und Beine in einer gymnastischen Höchstleistung und warf ihm unter halb gesenkten Wimpern einen schmelzenden Blick zu. »Das bisschen... Das mache ich doch gerne nebenbei.«

»Nebenbei?«, fragte ich betont und sah Simon direkt in die Augen.

»Ja, die Dekoriererei, die du auch machst.«

Sprach's und trank seelenruhig einen Schluck Wein. Ich atmete konzentriert ein und aus.

»Kennt ihr euch denn schon lange?«, wollte Melissa wissen, wobei sie nur Simon ansah.

Sie erinnerte mich ein bisschen an die Schlange Kaa, aber ob das alberne Geblinzel auf irgendjemanden hypnotisch wirkte?

»Nein, erst ganz kurz«, antwortete Simon.

Sicher, es stimmte, dass wir uns erst kennengelernt hatten. Aber musste man das so verkaufen? Vor dieser Frau? Die mir jetzt halb den Rücken zudrehte und Simon am Arm ein Stück mit sich zog. Sie erzählte ihm irgendeinen Unsinn von einer umfangreichen Wellnessbehandlung und wie stressig die gewesen war – und er ließ sich mitziehen. Wieder. Und ich sah den beiden schon wieder verdutzt hinterher. Spielten wir hier »Such den Simon« oder was?

»Als wer hast du dich denn verkleidet? Jackie O.?«

Auf einmal stand Raffael neben mir und musterte mich mit belustigtem Blick. Ich ließ vor Schreck fast das Glas fallen.

»Was machst du hier?«, fragte ich, als ich mich wieder etwas gefangen hatte.

»Glaub mir, freiwillig bin ich sicher nicht hier. Aber eine der Nasen hier überlegt, uns ihr neues Ferienhaus an der Ostsee bauen zu lassen«, sagte Raffael und hob leicht sein Glas, um jemandem am anderen Ende des Raumes zuzuprosten. »Ich frage mich eher, was du auf so einer Feier treibst, wenn du nicht denkst, dass es eine Karnevalsveranstaltung ist?«

»Das ist *Marni*«, teilte ich ihm mit und deutete würdevoll auf mein Kleid.

»Schön, dass dein Kleid auch einen Namen hat«, sagte er. »Aber wie kommst du hierher?«

»Ich bin mit einem Bekannten hier. Mit dem Mann da drüben im dunkelblauen Anzug«, sagte ich und nickte in Simons Richtung.

Raffael sah in die Richtung, in die ich deutete, und fragte: »Woher kennst du denn den Onkel Doktor? Hast du dich zur Abwechslung mal selbst verletzt und musstest auf die Unfallstation?«

»Nein, wir… wir kennen uns von woanders her«, erwiderte ich ausweichend.

Den Teufel würde ich tun und ausgerechnet Raffael erzählen, dass ich Simon über ein Onlineportal kennengelernt hatte. Das wäre ja die reinste Steilvorlage für den Mann.

»Woher kennst du ihn?«, fragte ich zurück. Sehr gut, Askia. Immer schön den Ball zurückspielen.

»Er hatte Dienst, als ich von der Laternennummer eingeliefert wurde.«

Oh. Eigentor.

»War wirklich kompetent und nett«, sagte Raffael. »Er…«
»Raffi-Schatz! Raffi, hier drüben!«

Jana war also auch hier. Und sie wartete nicht, bis er zu ihr kam, sondern steuerte selbst schnellen Schrittes auf uns zu.

»Ach, Saskia, du bist auch hier«, begrüßte sie mich.

Ich nickte gnädig.

»Raffi-Schatz, ich will dir jemanden vorstellen, den *musst* du kennenlernen. Man sagt, es sei der zweitgrößte Bauherr in der Region und...«

Und damit zog sie ihn quer durch den Raum zu einer Gruppe an einem der Stehtische. Heute war wohl der Tag der weggezogenen Männer. Ich ließ meinen Blick durch den Saal schweifen auf der Suche nach ein paar Canapés oder einem kleinen Büfett, denn was sollte ich allein auch sonst groß tun? Man sollte es nicht glauben, aber diese Vampirparty hier war todlangweilig. Die rangierte dicht hinter Onkel Erwins Zwei-Stunden-Diashow »Die Unterwasserwelt in unserem Gartenteich«.

Alle anderen standen in Grüppchen zusammen und amüsierten sich scheinbar prächtig. Nur ich kannte ja nun niemanden hier außer Simon, der Gott weiß wo war, und Raffael, der mit Jana verschwunden war. Erst nachdem sich ein netter älterer Herr und seine Frau, wohl ehemalige Lehrer der Truppe, erbarmt hatten und sich mit mir zuerst über die Polenta, deren Farbe und dann übergangslos sehr angeregt über Vermeers Gelb unterhalten hatten, tauchte Simon neben mir auf. Ihm auf dem Fuß folgte die falsche Schlange. Kaa war viel zu nett für sie... Blindschleiche... nee, irgendwas Giftiges... Kreuzotter, Viper... Viper war passend!

»Ich habe gerade zu Simon gesagt, dass wir unbedingt mal alle zusammen in dieses neue Resort fahren müssen«, züngelte Melissa, während sie sich anstrengte, Simons Jackenärmel speckig zu streicheln.

»Das wäre schön«, log ich höflich. »Wer sind denn alle?«

»Ach, mein Mann...«

Die hatte einen Mann? Der arme Kerl.

»Konnte er heute Abend nicht mitkommen?«, unterbrach ich sie mit einem Blick auf Simons Arm, an dem sie sich nun mit beiden Händen festkrallte.

»O, doch, Torsten steht irgendwo da drüben.«

Melissa wedelte mit der Hand unbestimmt in Richtung Garten.

Der arme, arme Kerl. Aber vielleicht war man das in Simons Kreisen so gewöhnt, denn er schien auch nichts Ungewöhnliches daran zu finden, dass die Schlangenfrau sich jetzt mit mehreren Gliedmaßen um ihn gewickelt hatte wie um einen Ast.

»Ach, und Janachen und Raffael kommen natürlich auch mit!«, kreischte sie begeistert, als sich uns die beiden näherten.

Raffael sah man an, dass er gerne sofort wieder in die entgegengesetzte Richtung gerannt wäre, aber Jana strahlte die Viper an und fiel ihr um den Hals.

»Melissa! Das ist ja schön!«

Einfach wunderbar. Immerhin hatte sie Simon losgelassen.

»Warum lässt du dich denn wegziehen, mich hier Ewigkeiten allein rumstehen und dich bekrabbeln von oben bis unten?«, zischte ich ihm leise zu, als er dezent seinen Arm lockerte.

»Ach, sie ist eine alte Bekannte und ein bisschen angetrunken. Das darf man nicht so eng sehen«, sagte er und nickte der Betrunkenen freundlich zu.

Die deutete auf mich und schrillte: »Jana, ich habe vorhin schon zu Simon gesagt, dass die Kleine da nicht seine

Kragenweite ist. Ein bisschen Spaß, aber passen tut sie ja nun nicht zu uns, oder was meinst du?«

Jana hatte immerhin so viel Anstand, rot zu werden. Ich sah zu Simon hoch und wartete. Ein Schulterzucken. Ein Schulterzucken?! Mehr kam da nicht? War der etwa auch betrunken? Ich war völlig vor den Kopf geschlagen. Was bei mir leider immer mit völliger Sprachlosigkeit einhergeht. Für treffende Bemerkungen war keine Energie mehr übrig, weil alles dafür draufging, vor Wut regelrecht zu zittern. Aber sagen musste ich was, denn so würde mir diese Giftschleiche nicht davonkommen! Irgendwas... Was Zynisches... was genauso Bissiges wie ihre Bemerkung... was... nur was?

»Nein, passen tut sie zu dir garantiert nicht, Melissa«, sagte Raffael in diesem Moment ruhig. »Das liegt vielleicht daran, dass sie sich ihr Hirn noch nicht komplett weggesoffen hat. Möglicherweise ist der Grund auch, dass sie im Gegensatz zu dir überhaupt genug Grips hat, den sie sich wegtrinken könnte. Komm, Pinselchen, wir gehen.«

»Kannst du in den Tretern laufen?«, fragte Raffael mit einem Blick auf die himmelblauen Slingpumps, als wir fünf Minuten später auf der Straße vor der Villa standen.

»Ja, sie sind zwar nicht sonderlich chic, aber dafür sehr bequem«, sagte ich leise.

»Dann lass uns doch laufen, es ist wahrscheinlich einer der letzten lauen Abende in diesem Jahr. Und da wir ja – zum Glück, wie ich finde – nicht allzu lange in Transsylvanien waren, ist es auch noch hell genug. Ist dir warm genug mit dieser Picknickdecke?«

»Das ist eine Stola! Und ja, geht.«

Ich war einige Zeit still und versuchte, das leichte Zittern unter Kontrolle zu kriegen, das wirklich nicht an der

Kälte lag. Ob ich nun aber aus Wut oder Scham innerlich bebte, wusste ich nicht so genau. Raffael sah nach einer Weile zu mir herüber, wie ich neben ihm herschlich, legte mir einen Arm um die Schultern und zog mich an sich.

»Komm, versuch, es zu vergessen. In solche Situationen kommt man immer wieder mal, hak es einfach ab unter ›Zeitverschwendung‹. Mache ich auch«, grinste er und ließ mich wieder los.

»Hm.«

Ich ließ immer noch den Kopf hängen und starrte auf meine Schuhe.

»Warum geht dir das so nah?«, wollte er wissen und beugte sich vor, um mein Gesicht sehen zu können.

»Mir ist das ziemlich peinlich«, gab ich zu und blickte weiter auf meine himmelblauen Schuhspitzen.

»Peinlich? Dir? Das verstehe ich nicht. Du musst doch nicht vor Scham im Boden versinken – unter Melissa hätte er sich auftun müssen… dann wäre sie wenigstens direkt wieder zu Hause gewesen«, fügte er mit einem boshaften Lachen hinzu.

Ich lächelte schwach zurück, fühlte mich aber immer noch elend. Minderwertig. Weil Simon in mir offenbar nur eine kleine Dekorateurin sah. Und die Bemerkung »nicht seine Kragenweite« war auch nicht spurlos an mir vorbeigegangen, sondern hatte sich hartnäckig in meinem Kopf festgesetzt. Ich wusste nicht, warum es mir so peinlich war, gerade mit Raffael darüber zu reden, aber vielleicht weil ich mir damals genauso minderwertig vorgekommen war oder nicht mehr gut genug für ihn. Damals, als er beim Schwimmunterricht mit den Mädels in den knappen Bikinis geschäkert hatte, während ich mich wegen meiner nicht vorhandenen Kurven in ein überdimensionales orangefarbenes

Badetuch gewickelt und als buddhistischer Mönch verkleidet das Becken umrundet hatte. Das wollte ich ihm auch heute noch nicht sagen, aber ich versuchte ihm zumindest zu erklären, warum die Sache mit Simon so an mir nagte.

»Aber wieso fühlst du dich denn jetzt schlecht?!«, fuhr er mich fast wütend von der Seite an. »Du hast dich doch nicht so danebenbenommen, dass man meinen könnte, du hättest eine gute Kinderstube noch nie von innen gesehen! Ich möchte echt mal wissen, was sie den Mädels auf diesen sauteuren Internaten ins Essen mischen, damit solche übergeschnappten Zicken aus denen werden. Wobei Melissa noch ein besonderer Härtefall ist – schon seit ich sie kenne, ist sie ein unsensibler Trampel. Und ungefähr so hell wie ein Tunnel. Von so einer lässt du dir etwas einreden? Echt, Kia!«

»Ich hab mich schon immer ein bisschen zweitklassig gefühlt neben diesen High-Society-Mädels«, sagte ich kleinlaut.

»Meine Güte, dein Selbstwert hat sich aber auch zitternd in die hinterste Ecke verkrümelt und sich die Decke über den Kopf gezogen, oder?«

Ich nickte stumm.

»Vielleicht liegt es ja auch an deiner Verkleidung?«, meinte er mit einem schiefen Lächeln. »In dem Taufkleidchen hätte ich auch Probleme, mich gut zu fühlen.«

Ich versuchte ihm zuliebe ein Lachen, es klang aber, als würde es im Sterben liegen und gleich seinen letzten Japser von sich geben.

»Selbstbewusstsein kann dir keiner geben, Pinselchen. Aber du hast doch allen Grund, welches zu entwickeln, meinst du nicht?«

Jetzt versuchte ich wirklich mal ein Lächeln.

»Es hängt im Prinzip nur davon ab, was ich von mir

denke, oder?« Irgendetwas hatte endlich klick gemacht. »Egal, was ich erlebt habe, was in meiner Kindheit war oder was jemand zu mir sagt: Es ist alles nur in meinem Kopf.«

Ich schaute mit pastoralem Blick gen Horizont, während Raffael mich irritiert von der Seite ansah. Ja, er hatte eben nicht gewusst, wie tiefgründig ich sein konnte! Und ich war noch nicht fertig.

»Wenn ich daran hängen bleibe und mich in Gedanken kleinmache, wird sich nie etwas ändern.«

Ich holte tief Luft und lächelte ihn milde an, während er mich immer noch intensiv musterte. Tiefsinnig und weise, das war ich wohl.

»Ist das ein Käfer oder Dreck in deinen Haaren?«, fragte er.

Wir liefen jeder in seine Gedanken versunken weiter, und ich ließ den Abend aus seiner Sicht noch einmal Revue passieren. Ich fühlte mich nach und nach tatsächlich etwas besser, bis Jana in meinem Kopf auftauchte wie der Kasper aus der Schachtel.

»Bekommst du jetzt keinen Ärger mit deiner Jana?«, fragte ich Raffael unvermittelt. Er schaute verwirrt auf.

»Doch, wahrscheinlich schon«, sagte er nach kurzem Nachdenken.

»Tut mir leid.«

»Wieso tut dir das jetzt wieder leid? Und davon abgesehen, sie wird auch Ärger mit mir bekommen für die Nummer heute Abend«, sagte er. »Nicht nur die Sache mit Melissa. Es sind in letzter Zeit ein paar Dinge passiert, die mich gestört haben«, kam er meiner Frage zuvor.

»Hast du deshalb James Bond gespielt und Martinis gebechert an dem Abend, als du vom Balkon gefallen bist?«, fragte ich.

»Manchmal ist Alkohol eben doch eine Lösung«, grinste er. »Ich habe nur leider den Absprung verpasst, bevor es zu viel wurde.«

»Dafür vom Balkon zu springen war natürlich die perfekte Lösung...«

Jetzt ging es mir wirklich wieder gut.

Als ich mit Raffael am Haus meiner Eltern vorbeikam, war aus dem ersten Stock gedämpftes Chanting zu hören.

»Wohnt deine Tante Lina wieder hier?«, fragte er.

»Ja, nachdem sie Ehemann Nummer drei sieben Jahre seines Lebens und sicher unzählige Nerven gekostet hatte, war sie wieder da«, sagte ich.

»Ich kann mich erinnern, dass sie manchmal auf Schulfeiern dabei war. Bisschen exzentrisch, aber ich mochte sie immer gern«, lächelte Raffael.

»Sie dich auch«, lachte ich. »Traust du dich?«

»Wie?«, fragte er.

»Na, Lina gegenüberzutreten. Sie würde sich wahrscheinlich wirklich freuen, dich mal wiederzusehen. Tascha scheint auch da zu sein, ihr Auto steht da vorne.«

»Ja, warum eigentlich nicht?«

Der Mann traute sich tatsächlich was.

In der Diele begegnete uns meine Mutter, die gerade, den Kater dicht auf den Fersen, eine Platte mit Fisch an uns vorbeitrug. Und fast hätte sich Schrödingers heimlicher Traum von Lachs auf Dielen erfüllt, aber Ma schaffte es, sich schwungvoll uns zuzuwenden und dabei die Platte gerade zu halten.

»Askia! Wer ist das?«, fragte sie, während sie Raffael lächelnd die Hand hinhielt.

»Na, Raffael kennst du doch noch. Er stand früher meistens vor mir auf Fotos und hat mich fast komplett verdeckt.«

Nichts.

»Wir waren zusammen in einer Klasse.«

»Ach ja! Ich erinnere mich«, sagte Ma. »Der Raffael, in dessen Auffahrt Askia mal ein magisches Trommel-Liebes-Ritual veranstaltet hat, oder? Sie hatte ja mal eine echte Schwäche für dich.«

Wunderbar, auf einmal funktionierte ihr Gedächtnis also wieder sehr gut.

»Du bleibst natürlich zum Essen«, und damit verschwand sie hinter der nächsten Tür.

Ich aber stand immer noch mit Raffael in der Diele, lächelte unsicher und betete, dass er die Bemerkung über das peinliche Trommelritual sofort wieder vergessen würde.

»Ach, ist das der berühmte Kater Schrödinger?«, wollte er wissen und ging zu der Kiste hinüber, über deren Rand ein buschiger Schweif hing.

»Vorsicht! Im Gegensatz zu dem Physiker Schrödinger wissen wir ganz sicher, dass die Katze in unserer Kiste lebt«, warnte ich ihn.

»Und er hat scharfe Krallen«, sagte mein Vater, der jetzt an uns vorbeipilgerte, freundlich nickte und es scheinbar völlig normal fand, dass in seiner Diele ein fremder Mann herumstand.

»Und chronisch schlechte Laune hat er auch, was eine eher ungute Kombination mit den Krallen ergibt«, sagte ich.

Raffael hatte zwischen mir und der Kiste hin- und hergesehen, zuckte dann mit den Schultern und streckte die Hand aus, um Schrödinger zu streicheln. Er hatte Glück, dass der noch nicht ganz wach gewesen war. Abende bei meiner Familie gehen meistens nur für mich nicht gut aus, aber heute mussten wir auch den Besuch noch vor dem Essen verarzten, was immerhin ein Novum war. Als Raffael mit bandagierter Hand in großem Bogen um Schrödinger herumging, der sich keiner Schuld bewusst war und mit dem Schwanz einen trägen Beat auf die Dielen klopfte, lächelte er aber schon wieder, und ich dachte mir, ab jetzt würde es schon werden. Das Schlimmste war sicherlich vorbei.

Man ist manchmal so naiv. Im Nachhinein weiß ich, dass meine Alarmglocken sofort hätten läuten müssen, als sich Tante Lina neben Raffael setzte. Aber selbst als Tascha die Serviette gleichzeitig mit ihren Tarotkarten auffächerte, klingelte nichts bei mir. Erst als meine Mutter mit dem großen Terminplaner und einer Flasche Sekt anrückte, wusste ich, dass da einiges schieflaufen würde. Ich brachte einmal ein männliches Wesen mit, und die Familie war sofort so sehr auf dem Holzweg, dass man es schon knarzen hörte. Aber der Einzige außer mir, der zu dem Zeitpunkt erkannt hatte, worauf der Abend hinauslief, war Salvatius, der leicht fatalistische Papagei meiner Eltern, gewesen, der in gewohnter Manier lautstark den Weltuntergang verkündete.

Das ist in der Regel immer Schrödingers große Stunde, der mit berechnendem Blick unter der Vogelstange auf der Lauer liegt und nur darauf zu warten scheint, dass Salvatius einen Schritt zu viel macht oder sich in seiner Depression gleich selbst in den Freitod stürzt. Wir haben alles versucht, aber selbst fröhliche Musik hat den Vogel dermaßen aufgeregt, dass wir dachten, er hyperventiliert gleich, und bei anhaltendem Gelächter lässt er sich von seiner Stange fallen, stellt sich tot und streckt die Beine in die Luft. Selbst seine eher halbherzigen Flugversuche hat er mittlerweile aufgegeben, seitdem er seine Berufung gefunden hat als Verkünder der Apokalypse. Ich weiß nicht, ob ein Abendessen im Kreis der Familie ohne Salvatius' gequälten Ausdruck und seine regelmäßigen Leidensseufzer, wenn jemand mehr als einmal lacht, dasselbe wären. Wir würden womöglich vor lauter Frohsinn den Weltuntergang verpassen, hätten wir den Vogel nicht.

Nach einer halben Stunde, in der ich vergeblich versucht hatte, das Missverständnis aufzuklären, schloss ich mich der Leidensmiene des Papageis an, prostete ihm zu und hoffte, dass Raffael gute Nerven und Humor hatte.

»Ich schätze, Raffael ist ähnlich gebaut wie mein seliger Eduard... oder war es Heinz?«

Lina tippte sich mit dem Zeigefinger gedankenverloren gegen die Unterlippe und beäugte weiter konzentriert Raffaels Schoß. Whisky drehte sich mehrmals um die eigene Achse und suchte das Zimmer dabei wohl nach etwas Essbarem ab.

»Was machst du denn beruflich?«, fragte meine Mutter.

»Ich bin Architekt«, sagte Raffael.

»Aha, das ist ja schon mal besser als dieser überambitionierte Tierarzt, den Kia mal mitgebracht hat und der den halben Abend nicht am, sondern unter dem Tisch verbracht hat«, sagte meine Mutter.

»Er wollte den Grund für das apathische Verhalten und die sicherlich bald folgende massive Depression von Kater Schrödinger herausfinden«, klärte ich Raffael auf.

»Lass mich raten: zu viel Kirschkuchen«, sagte der.

»Nah dran, es war Käsesahne.«

»Oder dieser Umweltaktivist«, warf meine Mutter ein. Gott schütze die Frau und ihr gutes Gedächtnis. Wollte sie jetzt alle Männer abklappern, die sie mal an meiner Seite gesehen hatte?

»Wie hieß der noch gleich, Alexander?«

»Keine Ahnung, aber ich weiß noch, dass er die ganze Zeit abwechselnd böse Blicke auf die Teakholz-Kommode und auf uns geworfen hat«, sagte mein Vater. »Wir haben ihn dann irgendwann ins Nebenzimmer bugsiert. Auf einen Büffelledersessel. Es war kein schöner Abend«, grinste er.

»Ach, und da hatten wir doch noch den Sohn der achtköpfigen Nachbarsfamilie ein paar Mal hier, bevor die weggezogen sind.«

Jetzt kramte meine Mutter aber wirklich alles raus.

»Das war ein Spezialagent, ja. Der hat jedes Mal, wenn er bei uns war, den halben Wocheneinkauf vertilgt, was dann auch bei mir irgendwann Zweifel aufkommen ließ, warum er sich mit mir treffen wollte«, kürzte ich das Ganze ab.

»Noch Gemüse?«, fragte meine Schwester Raffael. Tascha, die mittlerweile bemerkt hatte, wie und wohin der Hase heute Abend lief, lächelte nervös und wartete die Antwort gar nicht erst ab. Sie schob, in der Absicht, Raffael von meiner Mutter und weiteren peinlichen Fragen abzublocken, sich und die Gemüseschüssel direkt vor sein Gesichtsfeld, um ihm einen kleinen Berg Spinat auf den Teller zu häufen. Ich lächelte sie dankbar an.

»Was für Sachen planst du denn? Sind da auch Kirchen oder Hochzeitspavillons dabei?«

Meine Mutter lehnte sich um Tascha herum und tauchte über der Schüssel wieder auf.

»Kann man denn davon leben?«, wollte mein Vater von

der anderen Seite aus wissen. »Kia braucht ja auch jemand Verlässlichen, der mit Geld umgehen kann«, vertraute er Simon in leidendem Tonfall an.

»Es ist nicht so, dass ich jeden Morgen das heilige Sparbuch im Toaster versenke und es dann in dem Kontostand angemessenem deprimierendem Schwarz wieder rausziehe!«, zischte ich.

Beleidigt begegnete ich meinem völlig unbeeindruckten Vater über der linken Schüsselhälfte. Der war aber noch nicht fertig: »Und sie ist so schusselig. Letztens erst hat sie wieder ihre Schlüssel verloren. Vor der Augenklinik.«

»Na, da hatte sie ja gute Chancen, dass sie keiner vor ihr gefunden hat, oder?«

Armer Raffael. Man hätte ihm sagen sollen, dass Witzchen nicht gut kommen, wenn die Familie bei ihrem Klagethema Nummer eins ist: die immer wieder heimgekehrte Tochter. Meine Mutter warf ihm daher auch nur noch einen letzten abschätzigen Blick zu und zog sich von ihrem Platz über der Gemüseschüssel zurück.

»Verwirrende Schwingungen liegen in der Luft«, bemerkte Tascha hilfreich und zupfte unbehaglich an ihrem Batikkittel.

Whisky hatte sich ein Zierkissen von einem der Sessel geschnappt und nahm gerade die Nähte unter die Lupe.

»Wir... verloren«, trug der Papagei seinen Beitrag bei. Gerade jetzt war ich nahe dran, dem Vogel einmal recht zu geben.

»Verloren!« Der Vogel regte sich mittlerweile so furchtbar auf, dass er fast von der Stange fiel.

»Oh!« Tascha beugte sich besorgt über die Tarotkarte, die sie eben aufgedeckt hatte. »Nervenaufreibende Gespräche und schwerwiegende Verwechslungen umgeben euch!«

›Wo nimmt sie's nur her?‹, dachte ich bei mir, während ich Raffael aufmunternd anlächelte. Meine Mutter starrte ihm stattdessen kampflustig in die Augen, und Tascha kippte, die schreckgeweiteten Augen immer noch auf die Tarotkarte geheftet, ihr Glas Wein in einem Zug runter, um mir danach mitfühlend den Arm zu tätscheln. Nur Tante Lina schien nichts von der allgemeinen Anspannung mitzubekommen. Sie starrte nach wie vor stirnrunzelnd auf Raffaels Mitte: »Nein, nein, dein Onkel Eduard war es nicht…«

»Verloren!«

Der Vogel rupfte sich selbstzerstörerisch eine Feder aus seinem Flügel. Dann kehrte eine unbehagliche Stille ein. Die meine Mutter meinte, ausfüllen zu müssen.

»Kia, wann ist denn nun deine Hochzeit? Du wirst auch nicht jünger…«, fragte sie.

In Gedanken strich ich das zusätzliche Weihnachtsgeschenk für sie wieder.

»Die Tochter von der Frau Severin ist in deinem Alter, und die hat schon vor drei Jahren geheiratet!«

»Mama, ich plane eigentlich, überhaupt nicht zu heiraten.«

Meine Mutter horchte auf.

»Ja, wie nun? Keine Heirat? Aber warum zum Geier ist der Kerl denn dann bei uns zum Essen?«

Sie wirkte ehrlich verwirrt. Whisky hatte mittlerweile ein Loch in sein Kissen genagt, aus dem er mit den Vorderzähnen die Füllung herauszog. Tascha hatte ihr Buch *Spirituelle Ratschläge für jeden Tag* aufgeschlagen und blätterte mit besorgtem Blick darin herum, und ich betete, dass sie nicht schon am Tisch ein Mantra für mich anstimmen würde. Es herrschte wieder peinliche Stille am Tisch.

»Raffael, erzähl doch mal von…«, startete ich einen letzten Rettungsversuch, wurde aber direkt unterbrochen von Lina, die triumphierend einen Finger in die Luft reckte.

»Ich hab's! Unser guter Raffael hier ist genauso gebaut wie Andrew Leroy aus meiner Zeit in England. Was für ein Mann!«

Tante Lina leckte verträumt den letzten Rest Soße von ihrer Gabel.

»Oh, Gott sei Dank! Es geht alles gut aus. Am Ende der Legung liegt eine durch und durch positive Karte.«

Tascha ließ sich geschafft in ihren Sitz zurücksinken.

»Echt?«, war alles, was ich dazu noch sagen konnte. Der Vogel ließ die Flügel hängen und wandte uns gramgebeugt den Rücken zu.

Vor dem Haus lachte Raffael immer noch.

»Dir wird das Lachen noch vergehen. Du weißt ja noch nicht, dass Tante Lina wieder malt, und wir alle hoffen auf einen baldigen Wechsel der Stilrichtung zur abstrakten Kunst«, sagte ich.

»Wieso?«, fragte Raffael und wischte sich über die Augen.

»Weil, wie dir vielleicht aufgefallen ist, über dem Esszimmertisch meiner Eltern seit Neuestem keine harmlosen Stillleben mehr hängen, sondern Männerakte. Sehr konkret.«

»Aha.«

»Ja, aha. Und ich denke, du wirst der Nächste sein, den wir von Suppe bis Nachspeise betrachten dürfen«, klärte ich ihn auf.

»Na dann... Wohl bekomm's!«

Er legte den Kopf leicht schief und sah mir direkt in die Augen. Suchte er wieder Dreck? Oder Käfer? Da war aber kein spöttisches Funkeln wie sonst.

»Ich fand diesen goldenen Kranz um deine Iris früher schon sehr faszinierend.«

Flirtete der mit mir?

»Flecken in dem Bereich der Iris sollen ja auf Nierensteine hindeuten«, sagte ich.

Mit gefühlsmäßiger Verwirrung konnte ich noch nie gut umgehen. Raffael sah mich an, als glaube er, ich hätte es eher am Kopf als an den Nieren. Und verdenken konnte man es ihm nicht, ich hätte mir ja selbst in den Hintern getreten, wenn ich hingekommen wäre.

»Aber vielleicht kann ich Lina auch noch davon abbringen, dich zu malen«, versuchte ich ihn abzulenken. »Es gibt Verwandtschaft, die ist bucklig«, plapperte ich weiter. »Aber Tante Lina ist der Quasimodo der Familie.«

»Sie ist... exotisch, ja«, grinste er, »aber auch unterhaltsam.«

»Sie hat es schon geschafft, einen Tantra-Kurs zu organisieren, von dem meine Eltern erst erfahren haben, als sie zum Abendessen im Esszimmer einliefen und dort rund zehn Frauen in verschiedenen Stadien der Entblätterung vorfanden, die unter Linas Anleitung sehr konzentriert nach ihrem Sexualchakra suchten.«

Während ich fröhlich vor mich hinpalaverte, hatte ich das dringende Bedürfnis, mir selbst an den Kopf zu greifen. Ich konnte fröhlich über Tantra und Sexualchakren erzählen, war aber nicht fähig, mit einem Mann zu flirten? War schwer geschädigt. Machte mir so langsam ernsthaft Sorgen um mich.

»Immerhin war es bei euch sicher nie langweilig, oder?«, fragte Raffael im Weitergehen.

»Nein«, sagte ich, dankbar dafür, dass er mein ungeschicktes Ablenkungsmanöver scheinbar nicht bemerkt hatte. »Und ich habe dank Lina früher einige nicht ganz jugendfreie Bücher gelesen, weil sie doch mal Groschenromane geschrieben hat«, grinste ich.

»Und du meinst, so wie sie mich angesehen hat, blüht mir bald ein Auftritt in einem ihrer Werke?«

»Nein, das macht sie ja schon länger nicht mehr, keine Angst«, lachte ich. »Die Zeit der lustvollen Piraten, bei denen nicht nur der Wind in den Segeln windig war, ist vorbei. Ich fand ja aber die kernigen Wikinger besser, die bei Lina immer so schön praktisch dachten und beim Raubzug in einem Fischerdorf die neue Frau gleich mit abstaubten.«

»Wussten deine Eltern, dass du ihre Geschichten liest?«, fragte er lachend.

»Nein, natürlich nicht. Wenn mein Vater wüsste, dass Lina Romeo und Julia mal in die Steinzeit verfrachtet und das ganze Drama im Lendenschurz hat spielen lassen, würde er noch nachträglich ausflippen!«

»Was wirst du jetzt eigentlich machen, wenn Anfragen nach einer Inneneinrichtung kommen? Macht ihr euch nun selbstständig, Svenja und du?«, fragte Raffael und sah mich aufmerksam von der Seite an.

»Es ist eigentlich eine Gelegenheit wie auf dem Silbertablett... und ich wollte das schon so lange...«, begann ich.

»Aber?«, hakte er nach.

»Es ist ein großer Schritt und auch ziemlich riskant. Was, wenn nach den Aufträgen nichts mehr nachkommt? Bei Vera kriege ich vielleicht mit der Zeit ein Magengeschwür, aber eben auch jeden Monat mein Gehalt.«

»Warum sollte nichts mehr nachkommen? Ihr seid gut!«, sagte er.

Ich blieb stehen und drehte mich zu ihm um.

»*Du* sagst, wir seien gut? Also ich auch?«

»Du auch, ja«, sagte er lächelnd. »Ich habe dich sogar schon einigen unserer Klienten empfohlen.«

Wenn man Svenja Glauben schenken darf, meinen Männer genau das, was sie sagen. Das mag manchem banal vorkommen, aber tatsächlich ist das eine bahnbrechende Erkenntnis für alle Frauen auf der ganzen Welt! Das macht die Hälfte aller Artikel in Frauenzeitschriften überflüssig und senkt die Telefonkosten drastisch, weil man die Freundin nicht mehr zwei Stunden am Apparat halten muss, um mit ihr nach der versteckten Bedeutung des Satzes »Ich mag Sushi« zu suchen. Es gibt auch keinen Interpretationsspielraum bei »Ich finde das grüne Kleid grün« oder »Mein Name ist Martin« – und leider auch nicht bei »Ich bin nicht an dir interessiert«. Das hieß dann aber auch, dass Raffael meine Arbeit wirklich gut fand.

»Mei... danke!«

»Gern. Wie sieht es jetzt aus mit eurer eigenen Firma? Das freie Büro neben unserem ist doch die perfekte Gelegenheit.«

»Meint Svenja auch...«

»Meine Güte, Pinselchen, trau dich! Chancen muss man nutzen, nicht zusehen, wie sie vorbeiziehen.«

»Ja, aber wenn es nicht klappt und wir nicht genug Kunden haben werden – was dann? Dann können wir gleich wieder zusperren, haben aber als Bonus auch noch Schulden«, jammerte ich. »Wieso hast du denn keine Angst, dass es mit eurem Büro nicht den Bach runtergehen wird?«

»Du bist so wunderbar optimistisch... Klar hab ich Bedenken, aber die wird's immer geben.«

»Jetzt sag nur nicht noch Tante Linas Lieblingsspruch: No risk, no fun.«

»Nein, aber Angst ist dazu da, dass man sie überwindet.

Du wirst erst dann keine Angst mehr haben, wenn du dich genau dem stellst, bei dem du kalte Füße bekommst. Wenn du der Angst aber immer wieder ausweichst, behältst du genau die, verlierst aber die Chance. Also eigentlich eine leichte Entscheidung, oder?«

»Warst du kürzlich in 'nem Ashram?«

Er lächelte nur.

»Denk noch mal über das eigene Büro nach, Pinselchen.«

»Dann hätte ich tatsächlich meine eigene Firma... und ein ganz neues Leben«, träumte ich.

»Aber Simon Wagner wird darin eher keine Rolle spielen, oder?«

Ich kam wieder hart in der Gegenwart an und kniff unvorteilhaft die Lippen zusammen. Meine Mutter wäre entsetzt, wenn sie mich sehen könnte.

»Nein, eher nicht«, sagte ich knapp, als wir vor meinem Haus angekommen waren.

»Gut.«

Er lächelte mich an, und mein Herz setzte sofort zum Trommelwirbel an. Raffael beugte sich leicht vor, bis sein Gesicht nur noch wenige Zentimeter vor meinem war. Ich schloss die Augen – und als ich sie wieder aufmachte, stand Raffael aufrecht vor mir, hatte mir aber netterweise die Gartentür hinter mir aufgemacht.

»Gute Nacht, Pinselchen.«

Er legte kurz eine Hand an meine Wange, lächelte mich an und drehte sich um. Ich sah ihm hinterher und fragte mich: War das Enttäuschung? Und warum hatte ich sofort die Augen zugeklappt? Wollte ich überhaupt, dass er mich küsste? Ich musste wirklich mal in Klausur gehen mit meinen diversen Gefühlen. Als ich etwas später noch auf dem

Balkon saß, hatte ich mich so weit sortiert, dass ich wusste: Raffael war mein Freund, immer schon gewesen, so etwas änderte sich nicht. Und mehr sah er in mir ja wohl auch nicht nach der Verabschiedung.

Aber von Simon hatte ich wirklich gedacht, er sei der Mann der Wahl, der, den ich immer gewollt hatte und mit dem ich mir vorstellen konnte, alt zu werden. Es war verrückt, dass Simon fast jeden Punkt auf der Liste erfüllte, die ich mal zum Spaß geschrieben hatte und auf der stand, wie mein Traummann sein müsste. Wenn ich Tascha wäre, würde ich sagen, es war fast wie ein himmlischer Wink, und wie zur Bestätigung lief auf der gegenüberliegenden Straßenseite der schwarze Nachbarskater vorbei, der immer noch funkelte wie ein Sternenregen. Selbst bei Nacht konnte man ihn problemlos ausmachen.

Aber Simon war eben auch der Mann, dessen Verhalten heute Abend nicht so richtig zu meinem Bild von Mr. Right passte. Gefunkel hin oder her.

10

Der Wecker klingelte mal wieder viel zu früh und riss mich aus einem äußerst angenehmen Traum mit Schwarzwälderkirschtorte und großen Gabeln. Davor hatte ich allerdings wieder diesen Traum von einer flügellahmen weißen Taube gehabt, von der Tascha behauptete, sie sei ein Hinweis auf zu große Erdverbundenheit. Ich glaubte aber mittlerweile eher, dass es ein eindeutiges Zeichen dafür war, dass eine Hochzeit bei mir so bald nicht stattfinden würde.

Meine Laune wurde nicht besser, als ich feststellen musste, dass ich gestern mit den nassen Haaren doch besser die rosa Strickmütze von der Oma mit dem Häschen drauf aufgehabt hätte, weil ich jetzt höllische Ohrenschmerzen hatte. Dummerweise scheine ich in der Stadt mit den längsten Wartelisten bei Ärzten zu leben, und einen Termin noch am selben Tag zu ergattern ist in der Regel nahezu unmöglich. Es sei denn, ich konnte der chronisch schlecht gelaunten Sprechstundenhilfe schon am Telefon glaubhaft versichern, dass der nächste dumpfe Ton mein zu Boden gesackter lebloser Körper sein würde.

Da mein Ohr wahnsinnig wehtat, beschloss ich, mir den Umweg über das Telefon zu sparen. Ich bemühte meinen schwarzen Beerdigungsmantel, ein bisschen violetten Lidschatten unter den Augen und meinen erbarmungswürdigsten Blick. So stand ich dann wie der Ritter von der traurigen Gestalt erst einmal etwas abseits der Rezeption, um die Lage abschätzen zu können. Dann schleppte ich mich betont mühsam näher, ließ ein leises Röcheln hören und mit scheinbar letzter Kraft wuchtete ich meine Handtasche auf den Tresen, über den ich der Sprechstundenhilfe einen gequälten Blick zuwarf. Ein Kontrollblick auf sie zeigte mir, dass die passende Grundstimmung für mein Sprüchlein geschaffen zu sein schien. Und nachdem ich unter einigen kläglichen Schmerzensseufzern endlich mein Krankenkassenkärtchen aus den Tiefen der Tasche befördert hatte, brachte ich meinen Antrag, in den erlauchten Kreis der Wartenden aufgenommen zu werden, vor. Ich wurde angenommen, und nach nur anderthalb Stunden Lesen in zerfledderten Zeitschriften, die mich darüber informierten, dass Prinz Charles seine Diana geheiratet hatte, durfte ich ein Rezept für Rheumasalbe mein Eigen nennen. Angeblich hilft das auch bei Ohrenschmerzen.

»Man kann es auch übertreiben mit den alternativen Heilmethoden«, meckerte ich, als ich wenig später Svenja am Telefon hatte. Sie hatte angerufen, um zu erfahren, wie der Abend mit Simon gelaufen war, und während ich ihr alles erzählte, verschlechterte sich meine Laune noch mehr. Sicher, den perfekten Mann ohne Macken und Haken gab es nicht, aber das, was sich Simon gestern Abend geleistet hatte, fiel doch schon unter die Kategorie kapitale Hammerhaken.

»Dabei war ich vorher extra noch beim Friseur. Dem Friseur meiner Mutter wohlgemerkt«, sagte ich düster.

»Komm, so schlimm kann es dann nicht ausgesehen haben. Francesca ist immer topgestylt«, meinte Svenja.

»Das dachte ich auch. Also bin ich brav samt unsortiertem Haupthaar zu Fernandés' Tempel, der *Haarkunst*, gelaufen. Bevor ich allerdings zum Meister vorgelassen wurde, haben sie mich zu den üblichen Wasserspielen gebeten. Und dafür haben sie mir einen Mann zur Seite gestellt, der gebaut war wie ein Preisboxer!«

»Ach, komm, Friseure sind doch meistens feingliedrig und...«, setzte Svenja an.

»Der Kerl nicht!«, unterbrach ich sie ungehalten. »Der hatte Hände, um die ihn Jack the Ripper beneidet hätte, und um seine Arme schlängelten sich nette Stacheldraht-Tattoos. Mit einem Magneten hätte man auch nicht in die Nähe seines Gesichtes kommen sollen bei der Blechsammlung, die ihm aus Augenbrauen, Nase und Kinn gesprossen ist, und die Stimme passte zum Rest. Als Begrüßung dröhnte er mir erst mal entgegen:

›WIRD'S GEWASCHEN? GUT, DANN KOMM HER, ICH BIN DER MARCEL. ALLAHOPP!‹«

»Hehe, mei, wär ich da gern dabei gewesen!«

Svenja kicherte vor sich hin.

»Das war nicht lustig, das kann ich dir sagen!«

Obwohl der Kerl ein Lächeln trug wie ein Cherub, war ich nicht so dumm, Marcel zu unterschätzen – oder ihm gar zu widersprechen. Ich habe gemacht, was man mir sagte: hinsetzen, Füße hoch, Kopf zurück. Nur den Gefallen mit dem Entspannen hatte ich ihm nicht tun können. Denn nach dem ersten Guss kochend heißen Wassers, bei dem ich dachte, er will mir den Skalp garen, saß ich schon wieder senkrecht und wedelte wie wild mit der Hand kühle Luft um meinen hochroten Kopf. Sofort tauchte neben mir ein ehrlich besorgter Marcel auf, der seine Pranke einmal prüfend auf mein Haupt fallen ließ. »Immerhin lag ich so direkt wieder«, sagte ich schlecht gelaunt.

»Na ja, Haarewaschen wirst du überstanden haben, da kann man nicht viel falsch machen.«

Svenja. Immer optimistisch.

»Ich hätte auch den Vollwaschgang bei Aral wählen und den Kopf aus dem Autofenster halten können! Wahrscheinlich hätte ich dabei sogar noch weniger Seife in Ohren und Nacken bekommen«, teilte ich ihr mit.

Langsam, aber sicher hatte sich ein mittelgroßer Schaumstrom seinen Weg von meinem Hals die Wirbelsäule abwärts gebahnt, bis er sein Ziel erreicht hatte: die Unterhose. Weil ich nicht auf einem Pool aus langsam wieder abkühlendem Seifenwasser sitzen wollte, wand ich mich so lange in dem Sitz, bis das glibbrige Zeug – wenn schon – auf meiner Schulter statt im Nacken landete.

»Ich hab mich gewunden wie ein Aal«, erzählte ich.

»Gut gemacht, Mädel!«, lobte Svenja giggelnd.

»Ja, aber davon wusste Marcel nichts. Nach einem beherzten Ruck und einem gönnerhaften Schultertätscheln hing ich wieder brav mittig auf dem Folterstuhl, wo er meinen Kopf gequält hat. Er hat ihn zuerst einen halben Meter von sich geschoben, dann mit Schwung wieder zurück gegen den Beckenrand gerissen und dabei immer schön Druck auf die Kopfhaut ausgeübt. Gleichmäßig. Überall. Fest«, jammerte ich.

»Meine Güte, hättest du eben was gesagt, damit er aufhört. Du musst auch den Mund aufmachen, Kia!«

»Ich hatte mich ja irgendwann endlich dazu durchgerungen, dem unwürdigen Gezerre ein Ende zu setzen und den Mund aufzumachen, aber da hat er sich zu mir runtergebeugt und mir mit einem beseelten Lächeln ins Ohr gebrüllt: ›KOPFMASSAGEN SIND MEINE SPEZIALITÄT. DAS MACHE ICH UNGLAUBLICH GERNE!‹ Wie sollte ich es denn da übers Herz bringen, dem Jungen zu sagen, dass er vielleicht eine kometenhafte Karriere als Knochenbrecher vor sich hat, aber dass ich für den Beruf des Friseurs doch eher tiefschwarz für ihn sehe? Ich kann das nicht.«

Also stellte ich mir vor, wie meine Sei-nett-zu-deinen-Mitmenschen-Bonuskasse kräftig klingelte, und litt still, als Marco und ich ins Schleuderprogramm übergingen.

»O Gott«, keuchte Svenja, »mein Bauch...! Mittlerweile musst du doch schon Druckstellen auf dem Kopf gehabt haben.«

»Natürlich. Plus mehrere blaue Flecken im Nacken. Und meine Fingernägel hingen nicht mehr an den Händen, sondern steckten in den Armlehnen. Aber von oben schalmeite es mir schon wieder entgegen: ›SO EINE MASSAGE TUT RICHTIG GUT, ODER?‹ Ehrlich, in dem Moment war ich einfach nur froh, dass ich Wasser in den Ohren hatte. Ich hab nur stumm genickt und die Tränen weggeblinzelt.«

»Und dann?«, fragte Svenja mit erstickter Stimme.

»Marcel hat mir einen leicht irritierten Seitenblick zugeworfen, als ich beim Handtuchfeststecken zusammengezuckt bin, hat aber sein fröhliches Naturell sehr schnell wiedergefunden, als er mich bestimmt in den Sitz gedrückt und zur Bürste gegriffen hat.«

»Bist du dann wenigstens weggerannt?«

»Nein, ich hab die Schultern hängen lassen«, sagte ich ehrlich. »Ich bin wirklich nicht sonderlich zimperlich, das weißt du. Beim Zahnarzt verzichte ich auf die Spritze, und ich hab wirklich nur kurz aufgeheult, als ich einmal nicht die Kokosnuss, sondern meinen Daumen getroffen habe mit dem Hammer. Aber wenn Marcel selbst nicht so laut vor sich hintrompetet hätte, wie sehr ihn der Beruf des Friseurs erfüllt, hätte er das Gewimmer vor sich bestimmt gehört, als er die Bürste mitleidlos durch meine verknoteten

Haare gezogen hat. Ich dachte echt, Kia, jetzt skalpiert er dich. Einfach so.«

»Erinnert mich alles ein bisschen an das Foltermuseum, in dem ich gestern war«, lachte Svenja.

»Kommt hin, denke ich«, meinte ich.

Als der Schmerz ein bisschen nachgelassen und ich probehalber ein Auge geöffnet hatte, habe ich den Maître de l'horreur forschen Schrittes, Glätteisen im Anschlag, seinem nächsten Opfer entgegenstapfen sehen. Die Frau tat mir jetzt noch leid. Aber immerhin hatte bei mir der Krampf in den Schultern langsam nachgelassen, und als ich wieder gerade saß, schwebte Fernandés – mit einem weichen S am Ende – hinter meinen Stuhl.

»Ah ja, ich mag den Teil, wenn der Friseur einem die Haare schon vor dem Schneiden liebevoll ums Gesicht drapiert, die Textur prüft und einem dabei wohlwollend im Spiegel zulächelt«, meinte Svenja.

»Es hatte immerhin genügend Haar Marcel und seine Bürste überlebt. Ich war gerade dabei, dem Meister ein Bild von Blake Livelys Mähne zu zeigen, als er schon angefangen hat, vehement das Haupt zu schütteln. ›No, no, amor. Du 'ast einfach nischt das 'aar, um ess lang su tragen. NO!‹«

Svenja amüsierte sich über meinen spanischen Akzent: »Du könntest, wenn alle Stricke reißen, auch den Kater in *Shrek* synchronisieren.«

»Besten Dank. Also der Meister schüttelte wie irre den Kopf, und ich habe völlig verunsichert eine Strähne befingert und sie gegen das Licht gehalten, um selbst mal zu sehen, was er meint. Da bekam Fernandés hinter mir fast ein Schleudertrauma. Als er sich wieder beruhigt hatte, meinte er echt im O-Ton des gestiefelten Katers: ›Ich zage dirr, was wirr machen. Eine sicer Kurs'aarsnitt – frech! Wild!‹«

»O Gott, kurz? Mit deinen Locken? Da siehst du ja aus wie eine Putte. Bei deinem Talent, mit einer Bürste umzugehen, wahrscheinlich sogar wie eine Putte, die durch eine Sturmfront geflogen ist!«

Ich war kurz etwas beleidigt, musste mir dann aber eingestehen, dass sie so unrecht nicht hatte. Das Schlimme war nur, das alles wäre nie passiert, wenn ich nicht so leicht zu überzeugen wäre. Aber ich falle ja schon regelmäßig auf jeden Werbetrick der Kosmetikindustrie rein.

Selbst wenn ich in der Mascarawerbung die angeklebten Wimpern des Modells einzeln zählen kann, finde ich mich trotzdem immer wieder leicht vorgebeugt auf dem Sofa, wie ich interessierten Blicks der Tuschebürste folge. Ich nicke zustimmend, wenn verkündet wird, dass die neuartige Gelformel einen nie gekannten Aufwärtsschwung der Wimpern ermöglicht, und ich staune über die Genialität, die es braucht, um auf den Gedanken zu verfallen, Teer nicht mehr in Straßenbeläge zu kippen, sondern ihn stattdessen in Mascara zu rühren – für ein Schwarz, schwärzer als die Seele der Bosse in der Kosmetikindustrie. Spätestens zwei Tage später stehe ich dann selbst mit ebendem Tuscheteil vorm Spiegel, klimpere wie Bambi in seinen besten Zeiten und versuche mir einzureden, dass ich ob des Volumens meiner Wimpern schon Mühe habe, die Augendeckel oben zu halten. Ich bin der Typ, der unter der Dusche gewissenhaft und mit Hingabe die Versprechungen auf den Shampooflaschen liest, und ich freue mich schon beim sorgfältigen Einmassieren auf das »kaum zu bändigende Volumen« und die »schon provokant zu nennende Geschmeidigkeit«. Ich bin ein sehr optimistischer Mensch. Oder eben einfach nur sehr leicht zu beeinflussen. Wie auch immer, die Vorstellung, auf einmal mit kurzen Locken wild und ungezähmt auszusehen, hatte mich in der *Haarkunst* alle Bedenken vergessen lassen.

»Fernandés hat mir noch etwas vom derzeit angesagten Rokokotrend erzählt, und schon habe ich ihm die Erlaubnis gegeben, munter draufloszuschnippeln«, sagte ich und verzog bei der Erinnerung an das Ergebnis immer noch unwillkürlich das Gesicht.

»Ach du...«, prustete Svenja. »Rokoko?!«

»Ja, der Maître hat am Schluss fein säuberlich kleine Löckchen ›à la Marie Antoinette‹ auf meinem Kopf drapiert und sich angeschickt, das Ganze ›mit einem neckischen Federbouquet in karribischen Farrben‹ für den Abend ›aufsupeppen‹«, imitierte ich Fernandés.

»Schande... ich zerr mir gleich einen Bauchmuskel«, hörte ich es aus dem Hörer.

»Schön, dass du Spaß hast«, sagte ich leicht eingeschnappt. »Hast du zugehört, was der mit mir gemacht hat?«

Abschließend hatte Fernandés sein Gesicht auf meine Höhe gebracht, und Wange an Wange betrachteten wir die Kreation. Um es kurz zu machen: Ich sah aus wie ein frisch ondulierter Pudel, mit dem gerade ein mittelgroßer Papagei kollidiert war.

»Das hört sich noch nicht mal nach dem vorletzten Schrei an«, kicherte Svenja.

»Ich hätte mir zu dem verunglückten Papagei in meinen Haaren einfach noch eine Federboa um den Hals hängen sollen, dann wär's wenigstens ein rundes Bild gewesen«, meckerte ich. »Aber weißt du, was Ma zu mir gesagt hat, als ich ihr vom Ergebnis bei ihrem Horrorfigaro erzählt habe?« Ich ahmte meine Mutter nach: »Guter Gott! Der Mann schnappt so langsam wirklich über! Ach, Kialein, ich hatte schon so eine Ahnung, als Frau Riemann von gegenüber letzten Dienstag mit zwei orangeroten Zöpfchen links und rechts an ihrem Kopf von Fernandés zurückkam. Ich möchte nicht wissen, was die anderen Teilnehmer an der Seniorenkreuzfahrt dazu gesagt haben.«

Svenja kringelte sich am anderen Ende.

»Den Ton hast du gut getroffen.«

»Ich habe sie natürlich gefragt, warum sie mich zu so einem Irren gehen lässt, da meinte sie ganz locker, ach, sie dachte, es sei nur so eine Phase von ihm. Sie sei immer sehr zufrieden mit Fernandés. Dabei hat sie bestimmt ihren perfekt fallenden schwarzen Bob geschüttelt – und danke, Marie, Ende der Unterhaltung.«

»So ist sie eben, aber ich hoffe, du hast wenigstens die bunten Federn rausgenommen, bevor du los bist.«

Svenja lachte immer noch. »Wenn ich mir vorstelle, wie du als weibliches Double von Atze Schröder – plus halber Papagei, aber leider minus die Sonnenbrille – unterwegs bist... Hätte ich echt gerne gesehen!«

»Lach du nur. Und wofür habe ich das alles über mich ergehen lassen?«, wollte ich wissen. »Für einen Abend, der in meiner persönlichen Top Ten der furchtbarsten Veranstaltungen aber mal ganz weit oben dabei ist!«

»War jetzt der Abend blöd oder der Mann? Oder beides?«, fragte sie.

»Der Abend auf alle Fälle, aber Simon... Ach, Sven, er ist doch genau das, was ich immer wollte!«, jammerte ich.

»Vielleicht wolltest du dann das Falsche«, sagte sie.

»Quatsch. Er ist erwachsen, gebildet, kultiviert, intelligent, souverän, küsst gut... Wir haben doch mal diese Liste geschrieben, auf der alles steht, was er haben sollte, kannst du dich daran erinnern? Und es ist schon fast unheimlich! Er hat alles, was ich mir gewünscht habe, sogar die Kleinigkeiten wie Haarfarbe und Größe. Das ist doch ein Omen!«, keuchte ich.

»Also in eurer Familie ist das Esoterik-Gen aber echt stark ausgeprägt. Hör auf mit Omen, Kia«, sagte Svenja nüchtern. »Und mit dem Wünschen hast du es ja eh nicht so, wenn ich mich richtig erinnere. Du wolltest doch auch mal unbedingt einen dunkelhaarigen Briten, oder?«

Ich konnte sie unterdrückt lachen hören. Aber es stimmte, ich hatte es auch mal mit dem Wünschen versucht und mir einen dunklen Briten gewünscht, der bei mir vor der Tür stehen sollte... und ich habe mir einen manifestiert! Allerdings war es mit ihm wie mit dem berühmten dreibeinigen Stuhl, von dem ja gerne mal die Rede ist bei der Wünscherei: Ich bekam einen dunklen Briten. Frei Haus, wie gewünscht. Es war ein schwarzer Flatscreen, den meine Eltern mir zu Weihnachten geschenkt hatten und der eines Morgens mit der Post vor der Tür stand. Er kam aus England – und hatte logischerweise einen britischen Anschluss. Leider nur den. Er blieb damit auch noch eine ganze Weile lang dunkel, bis der Adapter geliefert wurde.

»Aber Sven, es wäre doch purer Leichtsinn, einen Mann wie Simon ziehen zu lassen!«, kam ich wieder aufs Wesentliche zurück.

»Er kann noch so toll sein, wenn er nicht zu dir passt, bringt das alles nichts. Davon abgesehen, hat er ja wohl einige Fehler. Der absolute Mr. Perfect ist er beileibe nicht nach dem, was du bisher erzählt hast«, wandte Svenja ein.

»Den perfekten Mann gibt es nicht«, sagte ich altklug.

»Nein, aber den passenden. Kia, es ist doch ganz einfach: Bist du glücklich, wenn du mit ihm zusammen bist?«

»Ja, schon... ich weiß nicht... Du stellst wirklich schwierige Fragen.«

»Was ist daran denn schwierig? Bist du glücklich? Ja oder nein?«, insistierte Svenja. »Kia? Bist du noch dran?«

»Ja.«

»Und?«

»Nein.«

Gut, den Mann fürs Leben hatte ich also immer noch nicht gefunden – meine Güte, ich hätte mir auch nicht träumen lassen, dass ich mal bei den Letzten sein würde, die auf der Pirsch sind. Trotzdem gab es ja auch Positives in meinem Leben, und ich freute mich richtig, als ich auf den Hof vor Raffaels Büro einbog. Seit gestern Abend hatte ich das Gefühl, es könnte wieder so werden wie früher und er wieder mein bester Freund sein. Allein bei dem Gedanken daran lächelte ich still vor mich hin und malte mir schon mal aus, was wir alles zusammen unternehmen könnten, als ich das Auto abschloss und über den Hof lief. Im Eingangsbereich kam mir auch direkt Raffael entgegen.

»Hallo!«, strahlte ich ihn an. »Na, hast du dich wieder von Tante Lina erholt?«

»Von ihr schon. Von der Wand in meinem Büro noch nicht.«

»Wie meinst du das?«

»Wie kommst du dazu, hinter meinem Rücken einfach deinen Pastellschwachsinn an die Wände zu pinseln?«

Raffael stand drohend vor mir, blitzte mich wütend an, und seine Stimme war jetzt etwa doppelt so laut wie anfangs. »Ich dachte, ich hätte mich klar ausgedrückt, dass ich diese Kitschfarben nicht will!«

Mist. Ich wusste sofort, was passiert war. Ich hätte auf mein Gefühl hören sollen, statt Jana zu glauben, dass gerade Raffael seine zarte Seite entdeckt hatte und plötzlich auf Eiscremefarben stand.

»Raffael, hör zu, es war nicht meine Idee...«

»Nicht deine Idee? Meine etwa?! Oder kommen nachts die Heinzelmännchen und malen die Wände an?«

»Jana hat angerufen und mir weisgemacht, dass...«

»Askia, bitte, mach es nicht noch schlimmer«, sagte er gefährlich ruhig.

»Ich versuche dir doch nur zu erklären, dass...«

»Hör auf! Jetzt steh wenigstens dazu, dass du Mist gebaut hast!«

»Aber ich wollte doch nicht...«

»Ach, ihr seid doch alle gleich! Hauptsache, ihr könnt euren Kopf erst durchsetzen und dann retten. Und du wolltest ja von Anfang an diese komischen Farben an den Wänden. Toll. Glückwunsch, Askia, hast du bekommen.« Er kam noch einen Schritt näher und sah mir direkt in die Augen. »Aber nicht mit mir, hörst du? Du wirst diese Wand sofort wieder in den Zustand versetzen, in dem ich sie haben wollte – und wenn du selbst bis morgen früh durchpinselst.«

»Sicher, sie wird wieder...«

Aber er hörte mir gar nicht zu.

»Askia... von dir hätte ich allerdings nicht gedacht, dass du einfach dein Ding durchdrückst«, unterbrach er mich. »Egal, was ich davon halte.«

Komischerweise war das Erste, das mir auffiel, dass er nicht mehr seinen Kosenamen für mich benutzte. Und das tat fast am meisten weh. Ihm noch mal zu erklären, dass es nur ein dummes, dummes Missverständnis war, hätte wohl keinen Sinn gehabt, und er hatte sich ohnehin schon umgedreht und stelzte mit großen Schritten zur Tür. Ich ließ mich auf den nächstbesten Folienstapel fallen, als die schwere Eingangstür hinter ihm ins Schloss fiel.

»Welches Weiß sollen wir nehmen?«

Piet, der wohl schon Bescheid wusste, kam aus dem Nebenraum und hielt mir eine Farbkarte hin.

»Das weißeste, das wir haben«, sagte ich.

Sehen konnte ich sowieso nichts zwischen den Tränen.

Als ich später vor dem Haus meiner Eltern ankam, um Whisky wieder abzuholen, dröhnte mir Verdis Requiem entgegen. Das passte zwar wunderbar zu meiner Stimmung, aber wenn meine Mutter die Nachbarschaft mit »Dies irae« beschallte, war für einen von uns wirklich der »Tag des Zorns« angebrochen. Genau das hatte mir heute noch gefehlt.

»Der Red Snapper hat wieder zugeschlagen«, teilte mir meine Mutter mit und sah mich aus zusammengekniffenen Augen an, kaum hatte ich einen Fuß über die Schwelle gesetzt.

In der Hand hielt sie ein weißes, unförmiges Teil. Ich starrte erschrocken darauf, und in meinem Kopf gaben sich eher unschöne Bilder die Klinke in die Hand. Vielleicht hatte Whisky einem hilflosen Rentner den Gips vom Bein genagt. Vielleicht hatte er auch einem Notarzt auf dem Weg zu einem Herzanfall an der Wade gehangen, und das waren die kümmerlichen Überreste der Hose. Mir war plötzlich gar nicht gut. Was wenn …

»Der Hund hat meine neue Handtasche angefallen«, informierte mich Ma in diesem Moment.

»Ach, Gott sei Dank.«

Erleichtert ließ ich mich auf einen Stuhl fallen. Was offenkundig die falsche Reaktion gewesen war.

»›Gott sei Dank‹?!«

Das Gesicht meiner Mutter war jetzt sehr nah vor meinem, und der Gesichtsausdruck war nicht ihr lieblichster.

»Das Ding ist Schrott! Ich habe diese Tasche nicht einmal benutzt, und schon kann ich sie als Sieb benutzen – da, guck dir das an: Schön perforiert hat er sie!«

Ich betrachtete mir das löchrige Teil von allen Seiten. Eindeutig angefressen. Meine Mutter auch. Sie lief kopfschüttelnd um Whisky herum und fragte sich dabei immer wieder laut, wie ein Hund mit fünf Mahlzeiten täglich – »die Zwischenimbisse nicht mitgerechnet!« – noch Appetit auf Handtaschen haben konnte. Ungehalten schaute sie in meine Richtung, wie ich dasaß und versuchte, das Taschenpuzzle wieder zusammenzusetzen.

»Da ist nichts mehr zu machen, du musst dir nicht die Mühe machen und die Fetzen noch mal sortieren. Das habe ich schon versucht, die ist hin!«

Das war mir schon aufgefallen, als ich den Henkel ohne Tasche daran in der Hand gehalten hatte. Was mir Sorgen bereitete, war, dass auf der Vorderseite ein großes Stück fehlte. Noch mehr Gedanken machte ich mir, als ich in Whiskys Barthaaren weiße Fadenreste entdeckte und ihn schlucken sah.

»Ist das sehr schlimm, wenn Hunde was so ganz anderes als ihr Futter fressen?«

Ich deutete auf Wiki, der sich gerade die letzten Lederkrümel von den Lefzen leckte.

»Wie?... O nein.« Ma warf Whisky einen abfälligen Blick zu und drehte sich dann wieder zu mir um.

»Aber warum weinst du denn jetzt, Kialein?« Meine Mutter kniete sich vor mich. »So schlimm ist es auch nicht. Gut, es war *Prada*... und die letzte Tasche im Laden, aber trotzdem kein…«, sie überlegte kurz, »nein, kein Grund, hier heulend zusammenzubrechen. Und dem Hund macht das nichts – Gott, er hat doch schon den Torfdünger gefressen und als Nachspeise drei Socken!«

»Es ist nur…«, schniefte ich, »Raff…« Ich holte tief Luft. »Ra… Ra…«

Es war nichts zu machen.

»›Ra, Ra‹? Kia-Kind, so kann ich dir nicht helfen, sprich deutlicher!«

Ich entschied mich aber lieber dafür, einfach still vor mich hinzuschluchzen. Dass das von meiner Mutter nicht geduldet wurde, hätte mir eigentlich klar sein müssen. Nach einer längeren Weile, in der sie die Nachbarin und Tante Lina vor mich und sich mit dem Telefon und Tante Ermengarda aus Turin am anderen Ende neben mich gestellt hatte, bekamen sie gemeinschaftlich aus mir heraus, was passiert war.

»Tante Ermengarda möchte wissen, warum er glaubt, dass du das einfach so ohne sein Wissen tun würdest«, teilte mir meine Mutter mit und sah mich erwartungsvoll an.

»Ich habe ehrlich keine Ahnung.«

»Sie hat ehrlich keine Ahnung. Hm… Si… Ermengarda fragt, wieso nicht?«

»Weil ich es nicht weiß, verdammt!«

»Weil sie es nicht…«

»Mama!«

»Ermengarda, ich rufe dich später wieder an. Askia wirkt mir leicht überreizt, sie braucht jetzt meine Unterstützung.«

Genau. Das und meine Ohrenschmerzen.

»Warum ist diese Jana denn eifersüchtig?«, wollte Frau Rechlin von nebenan wissen.

»Wieso eifersüchtig?« Und wieso musste ich das mit Wildfremden besprechen? »Wie kommen Sie denn darauf?«

»Na, das liegt doch auf der Hand! Sie sieht dich als Bedrohung und versucht nun, dich bei diesem Raffael schlecht zu machen.«

Vielleicht war es doch nicht so schlecht, mit anderen zu reden. Fremd oder nicht, wen kümmerte das. Und so hatte ich das noch gar nicht gesehen... Hatte Jana einen Grund?

»Nimmt er dir jetzt den Auftrag weg? Also verlangt er von deiner Chefin, dass sie ihm jemand anderen schickt?«

Oliver. Wieso lungerte der denn schon wieder hier rum, musste der denn nie arbeiten?

»Lieb von dir, dass du mich auf den Gedanken bringst, den hatte ich noch gar nicht.«

Ich warf ihm einen vernichtenden Blick aus blutunterlaufenen Augen zu. Jeder andere hätte verstanden und die Klappe gehalten. Nicht mein Bruder.

»Dann wird's aber Zeit, dass du dir darüber mal Gedanken machst.«

»O Gott«, jammerte ich. »Vera wird toben, wenn sie erfährt, dass ich das vermasselt hab! Und ich krieg nie wieder ein gutes Projekt... Ich krieg wahrscheinlich nie wieder irgendwas, weil sie mich sofort rauswirft!«

Vor allem kriegte ich jetzt so richtig schön Panik. Ich versuchte es kurz mit den Atemübungen, die Tascha mir mal gezeigt hatte, aber das half nichts. In meinem Kopf sah ich Veras Helm beben und ihre pink umwickelten Massen in Wallung geraten, wie sie mir meine Siebensachen hinterherwarf. Es war selbst in meiner Vorstellung ein bedrohliches Bild.

Aber bei Weitem nicht so schlimm wie das kalte, wieder distanzierte Verhalten von Raffael.

»Rede mit ihm«, sagte Tante Lina ruhig.

Sie hatte sich bisher untypischerweise überhaupt nicht in die Diskussion eingemischt, sondern nur still dagestanden in ihrem Kimono-Morgenrock und den rosa Plüschhäschenschuhen. Warum sie dazu eine alte Fliegermütze trug, wusste der Himmel.

»Er hört mir nicht zu. Und er wird mir bestimmt nicht glauben, dass seine ach so korrekte Jana plötzlich ihr intrigantes Talent entdeckt hat.«

»Sei nicht so eine weinerliche Memme! Dann versuchst du es eben so lange, bis er dir zuhört!« Das hörte sich doch schon wieder viel mehr nach Lina an. »Du hast deine Mutter erst letzte Woche davon überzeugt, dass Armani Insolvenz angemeldet hat und man bald nirgendwo mehr etwas von ihm kaufen kann, also wirst du es ja wohl hinbekommen, dass dieser Raffael dir glaubt, nicht irgendetwas hinter seinem Rücken zu tun. Dieses Mal würde es ja sogar mal stimmen.«

Ich wich geflissentlich dem bohrenden Blick meiner Mutter aus und sah mich unschuldig nach meiner Tasche um. Aber Tante Lina hatte recht. Wer war ich denn, dass ich mich wegen so einer linken Nummer wimmernd vom Feld zurückzog? Viel interessanter aber war, warum Jana zu solchen Mitteln griff. Und warum interessierte mich das so?

Wie Whisky so auf dem Rücken in der Schaumstoffkuhle lag, konnte man seine Fettpölsterchen noch deutlicher erkennen als sonst. Die Tierärztin ließ das Ultraschallgerät warmlaufen und war gerade dabei, ihm den Bauch zu rasieren und Wiki mit dem Knie daran zu hindern, die Liege anzuknabbern.

»So, dann wollen wir mal sehen ... die Blase, relativ klein momentan ... das ist ein Zipfel der Milz ... das Große, Gedehnte hier ist der Magen.«

Mich traf ein scharfer Blick.

»Ah ja, und hier haben wir in den Darmfalten Fremdkörper. Einige davon.«

»Müssen wir ihn jetzt aufschneiden?«, fragte ich ängstlich.

»Was?«

Die Ärztin hing immer noch gebannt vor dem Monitor und schien die Taschenstücke zu zählen.

»Nein, nein, es ist nichts Scharfkantiges und ohnehin schon wieder auf dem Weg zum Ausgang. Er bekommt jetzt ein paar Tage lang Sauerkraut, und Sie sehen nach, ob Sie Teile von der Tasche wiedererkennen, wenn der Hund sich löst.«

Mein Gesicht muss ein einziges Fragezeichen gewesen sein.

»Die Fäden im Sauerkraut ummanteln die Teile und ziehen sie Richtung Licht«, erklärte sie mir geduldig, während wir Whisky gemeinsam wieder auf den Boden hievten. »Das Ganze regt daneben auch die Verdauung an, und er könnte so vielleicht sogar etwas abnehmen. Der Hund ist ja eher rund um die Mitte rum, und das ist kaum nur aufgebürstetes Fell.«

Ich schaute wortlos auf Whiskys Bauch.

»Also mal als Richtlinie: Eine Taille sollte man erkennen können.«

Damit gab sie mir zum Abschied die Hand, verschwand grinsend ins benachbarte Behandlungszimmer, und ich probte hinter ihrem Rücken den bösen Blick.

Zu Hause hörte ich schon im Hausflur mein Telefon läuten. Ich hechtete die letzten Treppenstufen hoch und schaffte es abzuheben, bevor der Anrufer wieder aufgelegt hatte. Whisky spazierte gemütlich nach mir durch die Tür und sah sich nach seinen Kauknochen um.

»Askia Fuchs?«, meldete ich mich etwas atemlos.

»Hallo, Askia. Hier ist Simon.«

Das wurde aber auch mal Zeit, mein Freund.

»Es wird wohl zur Gewohnheit, dass ich mich bei dir entschuldige«, fing er an.

Ich sagte nichts. Sollte sich ruhig mal anstrengen, der Herr.

»Es war eine seltsame Situation für mich. Einerseits dachte ich, dass du das alles gut wegsteckst und richtig einordnen kannst...«, begann er, aber ich unterbrach ihn wütend mitten im Satz.

»Und andererseits? Andererseits hat Melissa gar nicht ihre Vipernzähne ausgefahren, sondern nur höflich Konversation gemacht oder wie?«

»Nein, natürlich nicht. Aber es ist schwierig für mich, weil wir doch mal zusammen waren und...«

»Was? Du? Mit der?!«

Ich verkniff mir im letzten Moment, ihn zu fragen, welche Drogen er denn genommen hatte, um mit der Hauptdarstellerin aus dem Paradiesgärtlein anzubandeln.

»Hör zu, ich würde mich wirklich gerne noch mal mit dir treffen«, sagte er. »Auf neutralem Boden, ohne Exfreundinnen und bei einem guten Essen. Wäre das in Ordnung?«

Wäre es das? Ich überlegte kurz. Eigentlich ja. Er hatte schließlich eingesehen, dass der Abend alles andere als optimal verlaufen war. Simon war immer nur er selbst gewesen, von Anfang an. Die Einzige, die sich verbogen und verstellt hatte, war ich gewesen, da konnte man ihm keinen Vorwurf machen. Eigentlich war es auch ziemlich naiv von mir gewesen zu glauben, wir würden uns kennenlernen und sofort blendend verstehen. Jedes Paar hat Anlaufschwierigkeiten und muss sich erst mal aufeinander einspielen.

Ich war zwar noch nicht wirklich glücklich, aber das echte Glück kommt ohnehin erst später, weil es sich entwickelt – und das rosarote Glücksgefühl vom Anfang verflüchtigt sich sowieso schneller, als man »Händchenhalten« sagen kann. Da konnte man gleich darauf verzichten und auf das echte gute Gefühl warten. Und Simon war ein toller Mann. Der sogar Fehler eingestehen konnte.

Auf einmal kam mir alles gar nicht mehr so schlimm vor, vielleicht hatte ich auch überreagiert. Und im Nachhinein erscheinen einem viele Dinge ja auch schlimmer, als sie eigentlich waren. Oder erschienen sie einem besser? Wie rum war das? Hatte ich grade vergessen. Ich weiß nicht, ob es an dem Traum der vorangegangenen Nacht lag, in dem ich auf einem orientalischen Basar gestanden und zugesehen hatte, wie ich als Letzte zurückblieb, während alle anderen mit Kinderwägen abgeholt wurden. Aber ich dachte: Vielleicht ist Simon meine letzte Chance.

»Wie wäre es morgen Abend?«, fragte ich ihn.

»Gerne. Im *Saint Pierre* um acht?«

»Ich komme dahin.«

»Ich freue mich.«

»Was würde ich jetzt für einen Fotoapparat geben! Ich denke ja nicht, dass du kurz so bleiben könntest, bis ich die Kamera geholt habe, oder?«

Selbst durch die Taucherbrille muss mein Blick unmissverständlich gewesen sein. Trotzdem lehnte Raffael völlig entspannt am Türrahmen, die Hände locker in den Hosentaschen, und musterte mich breit grinsend, wie ich inmitten von Dutzenden Sprühflaschen und Reinigern kniete.

»Ich habe sehr empfindliche Augen. Immer schon gehabt. Aber was machst du hier? Ich denke, du bist maßlos enttäuscht von mir und willst mich nicht mehr sehen? Du bist einfach weggegangen! Und du warst so wütend. Aber deine Wand ist wieder weiß! Weißer als weiß!«, plapperte ich aufgeregt, bis mir wieder einfiel, wo ich mich befand.

Kniend vor der Toilettenschüssel und mit einer Taucherbrille auf der Nase war mit die letzte Position, in der ich irgendetwas mit ihm besprechen wollte. So gut es eben mit glitschigen Gummihandschuhen ging, riss ich mir die Brille vom Gesicht und rappelte mich hoch.

»Hab ich gesehen. Danke.«

»Gern. Aber du musst mir glauben, dass ich ...«

»Schon gut, Pinselchen. Ich habe mit deiner Chefin telefoniert, und die wollte von mir wissen, ob das mit der farbigen Wand noch geklappt hätte. Sie hat mir dann auch erzählt, dass Jana deswegen bei euch angerufen hat.«

Gott, ich hätte nie gedacht, dass ich Vera und ihrer Geschwätzigkeit mal richtig dankbar sein würde.

»Mit Jana habe ich danach natürlich auch geredet. Es tut mir wirklich leid.«

Ich lächelte schwach. Und war so unendlich erleichtert.

»Aber das hier veranstaltest du nicht als selbstverhängte Strafe, oder?«, fragte er und deutete auf mich, umringt von meiner Reinigersammlung. »Wozu um Gottes willen brauchst du beim Kloputzen eine Taucherbrille?«

»Das Zeug hier ist gefährlich!«

Zum Beweis hielt ich eine giftig grüne Flasche hoch und tippte mehrmals auf das Totenkopf-Symbol darauf. Er schnüffelte vorsichtig in meine Richtung.

»Immerhin geht das kleidsame Teil, das du da hast, auch über die Nase. Bei dem giftigen Chemiecocktail, den du in der Schüssel gemixt hast, tanzen wohl nur noch die hartgesottensten Bakterien Mambo da unten.«

»Da sind noch welche übrig?!«

Panisch drehte ich mich um und spähte kritisch in die blinkende Schüssel.

Alle sagen, ich würde meinem Opa nachschlagen. Der musste in der Apothekenumschau nur von zwei Symptomen einer Nierenkolik lesen, und drei Tage später hatte er seine eigene. Aber dass ich nach Opa Alois komme, stimmt nicht. Ich muss nämlich noch nicht mal darüber lesen. Ich habe schon geglaubt, unheilbar an Herzinsuffizienz, Hernien und Nagelpilz erkrankt zu sein – und das ganz ohne Hilfsmittel, ohne eine einzige Zeile darüber gelesen zu haben. Bestimmt eine Gabe.

»Krieg dich ein, Ghostbuster.« Mit einem tiefen Seufzer stieß sich Raffael vom Türrahmen ab und kam zu mir rüber. »Warum nimmst du nicht einfach etwas Milderes?«

Da hatte er solche Angst vor Blutvergiftungen, Splittern und wahrscheinlich auch noch vor Gallensteinen, aber die Gefahr von Bakterien entging dem Mann völlig.

»Was machst du hier? Und wie bist du überhaupt reingekommen?«, fragte ich ihn trotzdem nur.

»Essen bringen und Tascha«, antwortete er knapp.

Ich sah hoch, und Raffael wedelte mit einer Tüte vom Vietnamesen.

»Du hast doch immer Hunger, und als ich an dem Laden vorbeigelaufen bin, musste ich an dich denken. Es gibt

Sommerrollen, die magst du noch, oder? Also räum deinen Chemiebaukasten weg und komm.«

Wir saßen die nächste Stunde zwanglos am Küchentisch, redeten über alte Bekannte, aktuelle Trends bei Häusern und zukünftige Träume. Ich war satt, unglaublich erleichtert, dass sich alles aufgeklärt hatte, und – sehr ungewohnt für mich – einfach nur zufrieden und glücklich.

»Ich muss noch mal kurz mit Whisky vor die Tür«, sagte ich, als ich aufstand.

Selbst wenn der Hund mit dem Sauerkraut abnehmen konnte, es hatte auch negative Begleiterscheinungen, und zum Beispiel musste er jetzt sehr oft raus. Aber bei unseren Runden konnte ich nicht wie ein normaler Mensch den Weg entlanggehen, sondern jedes Mal, wenn der Hund Anstalten machte, sich irgendwo hinzukauern, bezog ich sofort hinter ihm Stellung und verfolgte konzentriert, ob irgendwelche Lederfetzen zum Vorschein kamen.

»Ich komme mit«, sagte Raffael. »Ein bisschen Bewegung und frische Luft schaden mir auch nicht.«

Eigentlich freute ich mich, dass er uns begleiten wollte, aber bei der Leder-Suchaktion brauchte ich wirklich kein Publikum.

»Oh, das dauert nicht lange«, versuchte ich ihn abzuwimmeln. »Wir gehen nur schnell um den Block und sind sofort wieder da. Du kannst dir doch in der Zwischenzeit schon mal die Auswahl für die Drucke an euren Wänden ansehen.«

Ich vermied es, ihm dabei in die Augen zu sehen, konnte aber trotzdem fühlen, dass er mich intensiv betrachtete.

»Du konntest noch nie besonders gut lügen«, grinste er. Bevor ich noch etwas sagen konnte, hob er abwehrend die Hand und meinte: »Und ich meine das durchaus als Kompliment. Nur interessiert es mich, warum ich nicht mit soll. Heimliches Treffen mit dem Liebhaber an der Ecke? Drogendeal an einer anderen Ecke?«

Ich lachte, sah zu ihm hoch ... und konnte gar nicht mehr verstehen, warum ich ihm die ganze Sache nicht schon früher erzählt hatte.

»Also warst du mit dem Hund beim Ultraschall, weil er die Handtasche deiner Mutter geschreddert hat?« Raffael wischte sich die Tränen aus den Augenwinkeln, als ich ihm von Whiskys neuestem Coup erzählt hatte. »Und jetzt stehst du abends allen Ernstes mit einer Taschenlampe hinter ihm und...«

Weiter kam er nicht.

»Hauptsache, du hast Spaß«, sagte ich. Die Aktion hatte aber nicht nur die Nachbarn, sondern auch den Hund so sehr irritiert, dass er sich ab einem gewissen Punkt einfach auf die Wiese gesetzt und rein gar nichts mehr gemacht hatte. »Hast du eine Ahnung, wie lange ich bei der Kälte draußen gestanden habe?«

»Wie lange?«

»Sadist. Hingesetzt hat sich Whisky übrigens auf meinen Fuß. Immerhin glaube ich jetzt auch, dass er tatsächlich schwerer geworden ist.«

»Aber er ist doch so ein lieber Hund«, sagte Raffael und kraulte Whiskys Ohren, der sich daraufhin sofort in die stabile Rückenlage fallen ließ und den Bauch in Streichelposition brachte.

»Sehr lieb, ja, aber mit Aussetzern. Erst vor Kurzem hat er mich lässig im Wald stehen lassen, um, einen Zwei-Meter-Ast im Maul, den schmalen Weg entlangzugaloppieren und den Prügel der Frau vor uns von hinten in die Kniekehlen zu semmeln.«

»Hatte er Erfolg und hat sie zu Fall gebracht?«, wollte Raffael lachend wissen, während er weiter neben Whisky kniete und ihn zum Quietschen brachte.

»Nein, sie ist Gott sei Dank stehen geblieben, aber ich habe dem HB-Männchen Konkurrenz gemacht und mir überlegt, ab wann die Haftpflicht greift.«

Er lachte.

»Komm, alter Junge, beweg dich ein bisschen.«

Raffael scheuchte Whisky auf, und wir liefen Richtung Innenstadt. Als wir an meinem Lieblingsreisebüro vorbeikamen, sah ich bei einem Seitenblick auf ihn, dass er richtig bedrückt aussah, wie er sich die Auslagen über Reisen nach Fernost ansah.

»Was hast du denn? Du bist so untypisch... schwermütig?«

Ich lächelte ihm zu, und er verzog höflich leicht die Mundwinkel.

»Ach«, er holte tief Luft, »Jana hat mir heute erzählt, dass sie demnächst für ein Jahr nach China versetzt wird.«

»Oh...«

Ich wollte schon etwas Sinnvolles sagen. Oder wenigstens etwas Tröstendes. Aber mir fiel partout nichts ein. Außerdem versetzte es mir einen richtigen Stich, als er Jana erwähnte, die ich so schön verdrängt hatte. Jetzt war sie aber wieder in meinem Kopf, und obwohl ich Raffael Jahre nicht gesehen hatte und Jana ihm mittlerweile sicherlich näherstand, war es komisch für mich, ihn mit ihr zu sehen. Sie störte im Bild.

»Sie hat ein tolles Jobangebot bekommen, das sie nutzen will«, fuhr Raffael fort.

»Dann werdet ihr ein Jahr lang eine Fernbeziehung führen?«, fragte ich.

Bitte, bitte nicht mitgehen! Nicht mitgehen!

»Nein, keine Fernbeziehung. Sie will, dass ich mitkomme«, sagte er tonlos. »Ihr Vater hat gute Kontakte und mir eine Stelle bei einem renommierten Architekturbüro in Shanghai beschafft. Die bauen diese formschönen Glastürme.«

Er verzog wieder das Gesicht. Und ich überlegte fieberhaft, wie ich ihm China madig machen könnte. Keine meiner Glanzstunden in Selbstlosigkeit, und ich würde sicherlich auch keinen goldenen Stern in meinem Lebensbuch dafür bekommen, aber er durfte nicht weggehen. Ich hatte ihn gerade erst wiedergefunden, es könnte alles wieder so werden wie früher – und genau dann kommt diese damische Trine auf die Idee, nach Shanghai ziehen zu müssen! Ich wusste, warum mir Jana von Anfang an unsympathisch gewesen war.

Unsympathisch werden müsste Raffael aber auch China. Ich dachte nach und nach, aber mein Hirn kam mit nichts Brauchbarem ums Eck, also plapperte ich das Erste aus, das mir einfiel.

»In Shanghai grassiert die Gelbsucht!«

Super, Askia. Was war das denn?

»Was war das?«, fragte auch Raffael mit gerunzelter Stirn.

»Kam in den Nachrichten.«

Sehr gut, nicht abbringen lassen.

»In welchen? ›RTL Horrornews: Investigativer Journalismus mal anders‹?«

»Nein, natürlich nicht.« Ich schüttelte nachsichtig den Kopf. »Außerdem haben die eine enorme Selbstmordrate in China! Und du hast doch hier... Shanghai ist so hässlich... Die Lufthansa fliegt...« Ich schüttelte wieder den Kopf. Das wurde so langsam zur Gewohnheit, dass ich in

Raffaels Nähe nur konfuses Zeug von mir gab. Er lächelte auf mich runter: »Ist schon gut, ich hab's verstanden. Ja, die Stadt ist potthässlich, und ich will dort nicht leben. Auch nicht für ein Jahr. Ich habe längere Zeit in solchen Millionenstädten gelebt und weiß, dass das nichts für mich ist. Außerdem haben Christopher und ich hier gerade Fuß gefasst, und ich habe Jana hundert Mal gesagt, dass ich mein eigenes Büro haben will, weil ich endlich in meinem Stil bauen möchte – ich weiß wirklich nicht, wie sie sich das vorstellt!«

Raffael starrte mit geballten Fäusten auf einen Punkt vor uns, er wirkte sehr angespannt. Seine Kiefermuskeln konnte man deutlich erkennen, und ich an Janas Stelle hätte ihm den Vorschlag mit China eher nicht gemacht.

Ich konnte mir allerdings auch nicht verkneifen zu fragen, was mit den ganz ähnlichen Projekten in Dubai war, die er gebaut hatte.

»Hat dir das keinen Spaß gemacht?«

»Die Betonklötze? Nein. Das war schlicht, um Erfahrungen zu sammeln und genug Geld zusammenzuhaben für unser Büro, aber gerne habe ich das wirklich nicht gemacht. Ich bin jeden Morgen mit einem unguten Gefühl auf die Baustelle gefahren, so was baue ich sicher nicht mehr.«

»Also bleibst du hier, und sie geht allein?«, fragte ich und wunderte mich selbst ein bisschen, wie gespannt ich auf seine Antwort wartete. Hoffnungsvoll? Ich musste wirklich mal wieder in mich gehen, da lag so einiges im Argen, wenn ich das richtig sah.

Besonders tief in mich gehen musste ich aber nicht, um herauszufinden, dass sich mein Bild von Raffael in der letzten Zeit ziemlich verändert hatte. Ich fühlte mich bei ihm wieder so wohl wie damals, als wir befreundet gewesen waren. Damals, bevor wir in die Pubertät kamen, bevor mein Selbstwert sein Bündel packte und sich endgültig grußlos vom Acker machte, als Raffael mich immer mehr übersah. Es war nie wieder so gewesen wie vorher, als er einer meiner besten Freunde gewesen war, der sogar richtig gute Tipps für meine anstrengende Familie auf Lager gehabt hatte, sich vor mich gestellt hatte, als ich mich ein bisschen im Ton vergriffen hatte bei den Jungs aus der Oberstufe, und mir Essen mitgebracht hatte, als meine Mutter ihre Grünkernphase hatte. Aber jetzt war er wieder da. Und es war so wie früher. Die Sache mit der Wandfarbe hatte ich abgehakt.

»Ja, sie geht allein«, antwortete er.

Wir liefen eine Weile schweigend weiter, und ich wollte ihn nicht stören in seinen Gedanken. Die hoffentlich wenigstens etwas meinen ähnelten und Jana nicht nur nach China, sondern aus Zorn oder Enttäuschung noch ganz woanders hinwünschten.

»Lederstücke habe ich nicht gesehen, aber du solltest mit dem Hund trotzdem noch mal zum Tierarzt«, meinte Raffael auf einmal unvermittelt.

»Was, wieso?«

Ich musterte Whisky ängstlich.

»Na, wir sind jetzt keine zwanzig Minuten unterwegs gewesen, und er hat mindestens dreißig Mal das Bein gehoben. Der Hund hat es doch an der Blase... oder es ist die Prostata?«

Ich versuchte, nicht zu lachen, und erklärte ihm, dass das schon in Ordnung gehe. Whisky hob unter den kritischen Blicken von Raffael sogar noch ein paar Mal das Bein, und nach einem Schlenker durch den Park standen wir vor meinem Haus. Raffael sah mich versonnen an.

»Kia, ich überlege schon die ganze Zeit, wie ich dir etwas sagen soll... es ist nicht ganz leicht für mich... und eigentlich wollte ich dir gar nichts davon sagen...«

»Ja?«

Ich sah ihn erwartungsvoll an. Ich liebe Geheimnisse, die man mir dann doch anvertraut!

»Also...«

Raffael blickte unbehaglich zuerst auf seine Füße, dann in die dunklen Baumkronen und schließlich auf den Kirchturm hinter mir. Nur mich sah er nicht an. War er sauer auf mich? Hatte ich was falsch gemacht? In meinem Hirn ratterte es. Konnte der endlich mal anfangen zu reden?

»Was wolltest du mir sagen?«

Ich sah ihn eindringlich an. Vielleicht sollte ich auch mal Melissas Kaa-Hypnose-Blick ausprobieren und ihn mit aufgerissenen, runden Augen anstarren.

»Du guckst gerade ein bisschen irre... Geht's dir nicht gut?«

Raffael musterte mich skeptisch. Ich hatte wohl noch nicht genug Übung darin – und hatte ihn auch noch abgelenkt. Super.

»Um was ging es denn jetzt?«

Ich klang schon leicht quengelig, aber er meinte mit einem Schulterzucken: »Ach weißt du, ich denke, es ist nicht der richtige Moment. Vergiss es bitte, wir sprechen ein andermal darüber.«

Vergiss es?!

»Ich habe gar nicht gewusst, dass es schon so spät ist«, sagte er, als er auf die Uhr sah und sich von mir verabschiedete. »Schlaf gut, damit du morgen fit bist. Ich will ein perfekt eingerichtetes Büro!«

Ich sah ihm nach und dachte bei mir, dass ich nicht gewusst hatte, wie wohl man sich auf einem simplen Spaziergang durch die Stadt fühlen konnte. Und trotzdem – was hatte er sagen wollen? Wenn ich mit etwas wirklich nicht besonders gut umgehen kann, dann mit Leuten, die anfangen, von einer unglaublich wichtigen Sache zu reden, die ihnen unter den Nägeln brennt, einen dann mit abwesendem Blick ansehen – es sich anders überlegen und den Mund wieder zuklappen. In solchen Momenten spüre ich schon öfter mal das übermächtige Gefühl, denjenigen an den Schultern zu packen und kräftig durchzuschütteln. Gut, bei Raffael käme ich mit viel gutem Willen gerade mal an die Ellbogen ran, aber das würde reichen.

Da war ich so entspannt gewesen, dann musste er anfangen mit seiner Geheimnisandeuterei und mich um den Schlaf bringen. Denn ich kannte mich, ich würde nicht einfach friedlich einschlafen. Nein. Ich würde noch ewig darüber nachdenken, was er gemeint haben könnte. Worüber wollte er mit mir reden? Was war so wichtig? Und warum fiel ihm das so schwer? Er war doch sonst weiß Gott nicht auf den Mund gefallen oder besonders schüchtern veranlagt. Warum druckste er dann so rum? Glückwunsch, Askia. Das würde eine super Nacht werden.

11

»Warum kann es denn nicht einfach und leicht sein? Und klar?«, klagte ich am nächsten Morgen völlig übermüdet bei Tascha. »Warum musste ich Simon kennenlernen? Passt der vielleicht doch zu mir? Und warum soll Raffael jetzt, wo wir uns gerade wiedergetroffen haben und gut verstehen, weggehen? Denn diese Jana kriegt das noch hin, glaub mir! Und wieso bequemt sich ewig kein einziger Mann in meine Nähe, und dann kommen gleich zwei, aber beide muss ich wieder ziehen lassen? Oder sollte ich Simon doch nicht gehen lassen? Aber ich habe mich schon mal gewaltig in einem Mann geirrt! Was habe ich für Lobeshymnen auf Mark gesungen, während der damit beschäftigt war, in den Heuschobern der Alpen Probe zu liegen... Was wenn ich mich in Simon wieder so irre? Warum ist das denn alles so kompliziert?«, wollte ich wissen.

»Nur wenn man es mit dem Kopf angeht«, sagte Tascha und fragte: »Was sagt dir denn dein Gefühl?«

»Nix.«

»Ach Kialein, das konntest du noch nie.«

»Was?«

»Auf deine Gefühle vertrauen.«

»Erzähl mir was Neues.«

»Was fühlst du denn, wenn du an Raffael denkst?«

»Ich weiß nicht... ich fühle mich wohl bei ihm, aber ich

kann ihn auch so schlecht einschätzen. Irgendwie hab ich auch ... Angst?«

»Angst?«

»Das ist vielleicht das falsche Wort«, setzte ich an.

»Oder auch nicht«, meinte Tascha. »Du hast ja vor ziemlich vielen Dingen Angst.«

Ich zählte im Kopf kurz durch: Schlangen, Bakterien, Viren und Autofahren. Gut, doch relativ viel.

»Ach was«, sagte ich.

»Wenn du meinst. Aber wer dachte, er wird seinen 30. Geburtstag nicht erleben, weil er Husten- und Niesattacken von Kollegen ausgesetzt war, und sofort danach Prophylaxepillen in einer Überdosis geschluckt hat?«

Mir war einen Tag lang richtig schlecht gewesen.

»Du bist sogar vom Gehweg auf die Straße gelaufen, nur um mit genügend Abstand an den Leuten vorbeilaufen zu können«, erinnerte mich Tascha.

Ich hatte regelrecht Atemnot gehabt. Und das nicht nur wegen des Fünftonners, der auf mich zugekommen war. Gut, ich hatte einen enormen Schatten in der Beziehung, aber ich musste trotzdem kurz laut auflachen, als mir durch den Kopf ging, wie Raffaels und meine hypochondrischen Züge zusammen ausfallen würden, wenn wir vielleicht in benachbarten Büros arbeiten würden.

»Schön, dass wenigstens du darüber lachen kannst, aber dir ist schon klar, dass du einen ziemlichen Hau hast, oder?«, fragte meine Schwester.

»Hm? Nein, ich habe an etwas anderes gedacht.« Ich erzählte ihr von dem Bild von Raffael und mir mit dem Psychrembel unterm Arm. »*Hypochonder Inc.* als Türschild wäre schön.« Ich lachte. Tascha betrachtete mich mit gerunzelter Stirn.

»Du denkst ja doch ziemlich oft an ihn«, stellte sie fest und sah mich intensiv an.

»Was meintest du vorhin damit, dass du Angst hast bei Raffael?«

»Keine Ahnung...«

»Kia! Konzentrier dich, das ist wichtig!«, brauste Tascha auf.

»Meine Herren, so habe ich dich aber auch selten erlebt.« Ich rückte vorsichtshalber ein Stückchen von ihr ab für den Fall, dass sie ihre Worte auch noch mit Gesten unterstreichen wollte.

»Weißt du, was ich glaube?«, fragte Tascha und wartete gar nicht erst ab, bis ich antwortete. »Du hast bei Raffael Angst, weil du bei ihm wirklich mit dem Herzen dabei bist, auf ihn müsstest du dich ganz einlassen. Das ist natürlich gefährlicher als eine Kopfbeziehung wie zu Simon, den du dir schönredest, da kann dir nicht viel passieren.«

»Wie?«

Ich war ehrlich verwirrt.

»Du brauchst eine Orientierungshilfe in deiner emotionalen Verwirrtheit«, sagte Tascha ernst. »Und ich habe da genau das Richtige für dich!«

Sie hielt mir einen Zettel in spirituellem Violett hin.

»Eine Rückführungssitzung?«, las ich verständnislos.

»Ja. Denn ich bin mir sicher, dass dich mit mindestens einem der beiden Männer karmische Bande verbinden, die, wenn sie gekappt sind, eure Kommunikation auf eine ganz neue Ebene heben könnten.«

»Soso. Dann sehe ich mich mit Raffael in einem Burghof, wie ein schreckliches Missverständnis uns entzweit und er dann aus politischen Gründen die Herzogstochter

Janina ehelichen muss? Oder Simon als Schlangenbändiger?«

»Ja, genau! Dann gibt es keine Missverständnisse mehr. Aber vor allem könntest du sehen, mit wem du schon eine Vorgeschichte hast und was es noch aufzuarbeiten gilt, das hilft enorm!«, rief Tascha begeistert.

Sie hielt mir wieder den leicht zerknickten Werbezettel unter die Nase. Ich schob ihn erst mal auf Armeslänge von mir weg, um lesen zu können, was darauf stand: »Erforschen Sie Ihre vergangenen Leben – und verbessern Sie dadurch Ihr jetziges!«

Das war sogar durchaus im Rahmen des Möglichen, denn wenn man mal ehrlich war: Es konnte nur noch besser werden.

»Also ganz praktisch gedacht: Solange es mit dem Wohlstand noch nicht klappt und ich mir die Reise auf ein tropisches Eiland nicht leisten kann, da soll wenigstens meine Seele mal rauskommen und einen Trip in ein vergangenes Leben antreten oder wie?«

»Du hast Angst, etwas Düsteres in deiner Vergangenheit aufzudecken!«, beschuldigte mich Tascha. »Du wirst immer flapsig, wenn du dich fürchtest, jaha.«

»Quatsch.« Wie hatte sie das denn rausgekriegt? »Und allzu traumatisch würde diese Seelenreise bei mir sowieso nicht ablaufen«, hielt ich fest.

Sicher, jeder hält sich nicht gerade für den letzten Husten, was das Menschliche angeht, und ich war mir ziemlich sicher, dass ich bei dieser Rückführungsnummer nicht grade mir als oberstem Chef des Ku-Klux-Klans gegenüberstehen würde. Möglicherweise würde herauskommen, dass ich in einer früheren Existenz ein lebenslustiger Schotte mit einer eher legeren Einstellung zu Gesetzen war. Ich habe damals vielleicht fässerweise Whisky geschmuggelt, weswegen ich als karmischen Ausgleich heute schon nach fünf *Mon Chéri* einen im Tee und ständig Strafzettel an meiner Windschutzscheibe stecken habe. Aber schlimmer würde es schon nicht werden.

»Richtig mieses Karma habe ich sicher nicht«, sagte ich bestimmt. »Ich brauche aber überhaupt keine Rückführungstherapie. Ich versuche lieber, mein Bauchgefühl aufzuspüren, muss ja irgendwo sein.«

»Das habe ich heute auch gemacht! Ich habe auf meine Intuition gehört, bin durchs Bahnhofsviertel gelaufen und habe Hanno getroffen.«

Tascha strahlte.

»Hanno?«

»Hanno«, sagte Tascha und deutete auf das Canapé. Erst jetzt sah ich, dass dort brettelbreit ein Kerl lag und seinen Kopf über den Rand hängen ließ.

»Wo hast du denn den her?«

»In einer Bar gerettet.«

Sie sah ihn verliebt an.

»Gerettet?«, fragte ich misstrauisch.

»Ja. Bevor er vom Hocker gefallen wäre«, erwiderte Tascha ernsthaft.

Himmel hilf.

»Aha. Und warum um alles in der Welt gerade den? So wie der aussieht, hatte er nicht zum ersten Mal Probleme, auf seinem Stuhl sitzen zu bleiben.«

»Hanno leidet an der Welt.«

Meine Augenbrauen hoben sich fragend, aber sie sah gar nicht mich, sondern nur den Leidenden an.

»Er hat diesen entrückten, andersweltlichen Blick. Das kannst du jetzt leider nicht sehen, weil er schläft«, sagte sie.

Tascha streichelte ihm an der Bierflasche, an die er seinen Kopf gelehnt hatte, vorbei die Wange.

»Entrückt? Wie wär's mit glasig?«, half ich ihr aus.

»Vielleicht im Moment, aber ich habe sein Potenzial gesehen.«

Meine Brauen waren jetzt mit Sicherheit unter meinem Haaransatz verschwunden.

»Wohl eher die Prozente...«, sagte ich.

»Kia, sei nicht immer so!«

»Manchmal glaubt man bei dir schon, dass du nicht nur solare und lunare, sondern auch eingebildete Schwingungen empfängst«, gab ich zu bedenken und ließ sie mit dem schlummernden Potenzial allein. Aber noch auf dem Weg in meine Wohnung wählte ich die Nummer von Oliver. Wenn er auch seine Macken hatte, er war die beste Adresse, wenn es darum ging, Tascha zur Vernunft zu bringen und ihr den Kerl möglichst schnell wieder vom Hals zu schaffen.

Im *Saint Pierre* erzählte ich Simon von der völlig chaotischen, aber auch lustigen Hochzeitsfeier einer Bekannten: »Zehn Minuten vor der Trauung hatten sie immer noch nichts Blaues, und die Braut stand kurz vor einem Nervenzusammenbruch. Da hat der Brautvater einfach die schon völlig benebelte Cousine ins Zimmer geschoben und gemeint, die nähmen sie doch mit, und sie sei das Blaue.«

Ich schaute auf einen nachsichtig lächelnden Simon, der eher gelangweilt in seinem Kaffee rumrührte. Da er wohl auch zu müde zum Reden war, erzählte ich ihm noch von Leonhards letztem Hirschgeweih-Quasten-Coup, der selbst Vera ein paar Lachtränen abgerungen und leider auch die Klienten zum Weinen gebracht hatte. Simon aber sah aus, als wäre er lieber ohne Wasser in der Wüste Gobi als hier mit mir. Oder als würde er gleich einschlafen.

»Aber hat Leonhard seine Schwachsinnsidee aufgegeben? Nein!«

Zur Bekräftigung schlug ich mit der flachen Hand auf den Tisch. Es tat höllisch weh, aber immerhin war Monsieur jetzt wieder wach. Und sah mal wieder richtig, richtig gut aus. Noch vor einer Stunde hätte ich jeden in den Genuss eines ganz besonderen Vokabulars kommen lassen, wenn er behauptet hätte, ich sei oberflächlich veranlagt. Aber ich ertappte mich immer wieder dabei, wie ich Simon gebannt anstarrte... allein der Mund war zum Niederknien. Wenn er ihn allerdings auch mal aufgemacht hätte, um etwas zu sagen, wäre das nicht verkehrt gewesen.

Ich war kurz davor aufzugeben, denn so langsam gingen mir die Themen aus. Seit der Vorspeise versuchte ich, das Gespräch in Gang zu halten. Ich hatte sogar schon das für mich Unsagbare getan, was ich hasse wie die Pest, und traditionelle Konversation betrieben. Dabei hatte ich alles abgegrast vom Wetter über meine bescheidenen Politikkenntnisse bis zu den Vor- und Nachteilen der orange-grün gestreiften Fassade des neuen Einkaufscenters. Nur viel gebracht hatte das nicht, und es war doch eher anstrengend mit ihm, wenn ich ehrlich war. Super Aussehen hin oder her, aber nur Angucken wurde auf Dauer auch langweilig. Die Zeit mit ihm sollte eigentlich wie im Flug vergehen, anregend sein. Ich vermisste gerade sehr die kleinen privaten Witze, die Raffael und ich teilten, die mühelosen Gespräche mit ihm oder wenn wir einfach nur schweigend nebeneinander herliefen, wobei selbst das nie unangenehm war.

»Was hast du denn heute gemacht?«, fragte ich Simon.

»Ah, ich habe mich heute für einen Kongress angemeldet, auf dem es um die Behebung systemischer Unfallfolgen wie posttraumatisches Organversagen oder Sepsis gehen wird. Hochinteressant!«

Der war gar nicht müde. Simon erzählte jetzt mit strahlenden Augen von den neuesten Forschungsergebnissen und fuchtelte begeistert in der Luft herum, um mir entweder die Arbeit mit einer Pinzette oder dem Skalpell zu demonstrieren. Das konnte ich nicht so genau sagen, da war er etwas vage in seiner Gestik.

»Wir müssen uns mehr mit den Pathomechanismen und der Pathomechanik dieser Verletzungen beschäftigen, darauf muss unser Fokus liegen!«

Ich bin die Letzte, die gegen die Forschung in der Medizin ist, aber hatte ich ihn mit Details aus meinem Berufsleben gelangweilt und ihm die neuesten Tapetenmuster aufs Tischtuch gemalt? Ich hatte ihm nur die amüsanten Partien erzählt. Zumindest hatte ich mir Mühe gegeben.

»Ich erläutere dir mal kurz die neue Studie, die auf dem Kongress vorgestellt werden wird.«

Meine Herren, wenn der Mann mal nicht die gepflegte Unterhaltung erfunden hatte, dachte ich bei mir. Simon legte derweil die Fingerkuppen seiner Hände aneinander, starrte in Denkerpose in die Ferne und kehrte von dort mit einer richtig tollen Idee zurück: »Oder noch besser! Du begleitest mich auf die Tagung in Dresden, dann kannst du dir die Vorträge selbst anhören«, strahlte er.

Ein begnadeter Reiseplaner war er also auch noch. Nicht zu fassen, was für ein Glück ich hatte! Und nicht zu fassen, wie lange ich gebraucht hatte, um zu merken, dass das mit uns beiden wohl nicht die Erfüllung war und auch nie werden würde. Nur wie sage ich's meinem Kinde?

»Du hast *was* zu ihm gesagt?«, schrie Svenja. Es wäre mir lieber gewesen, wenn zwischen ihr und mir noch der Kanal gewesen wäre. Da sie nun aber wieder aus England zurück war, stand sie in ihrer kleinen Küche direkt vor mir und starrte mich fassungslos an.

»Wer hat denn fast von Anfang an gesagt, Simon und ich würden nicht zusammenpassen und ich solle ehrlich sein?«, wehrte ich mich schwach.

»Ehrlich, ja. Aber das, was du da gestern Abend abgeliefert hast, war schonungslos. Und zwischen ehrlich und schonungslos liegt kein schmaler Grad, Kia, sondern ein Riesengraben!«

Sie streckte zur Bekräftigung beide Hände weit auseinander und hätte fast die Tassen aus dem Regal geräumt. Im Grunde wusste ich, dass sie recht hatte. Mein schlechtes Gewissen reichte sogar von hier bis mindestens an den nächsten Pol.

»Ich habe mich im Eifer des Gefechts in der Wortwahl vertan«, sagte ich kleinlaut. »Aber ich habe immer noch leicht gekocht wegen der Geschichte auf der Party, weil er mich nicht ein bisschen in Schutz genommen hat, sondern nur diese Melissa. Und dann sagt er auch noch, dass meine Arbeit ein bisschen Dekorieren sei!«

»Sicher, trotzdem hättest du ihm nicht an den Kopf werfen dürfen, dass er wahrlich nicht der Mann deiner Träume ist.«

Svenja ließ sich auf einen der bunt gestrichenen Stühle fallen, schob mir eine Tasse hin und goss uns beiden Kaffee ein.

»So habe ich das auch gar nicht formuliert!«, wehrte ich mich. »Ich habe gesagt, er sei ein toller Mann, aber nicht für mich.«

»Ach so ... Na, das geht ja noch. Obwohl das schon ein bisschen nach Sonntagabendfilm klingt. Hast du das daher?«, fragte Sven misstrauisch und kniff die Augen zusammen, während sie mich musterte.

»Nein! Das ist mir in dem Moment spontan selbst eingefallen«, sagte ich würdevoll und reckte das Kinn.

»Da warst du ja richtig inspiriert«, grinste sie. »Du kannst die En-garde-Pose wieder sein lassen, Kia, alles gut. Immerhin weißt du jetzt, was du willst, und hast klare Verhältnisse geschaffen. Ich finde es toll, dass du lieber keinen Mann hast als einen, mit dem du dich nicht wohlfühlst.«

Ich nickte tapfer.

»Jetzt denk an was Schönes, und freu dich auf die Einweihungsfeier von Christopher und Raffaels Büro. Ich finde, es ist super geworden, da kriegen wir heute Abend bestimmt noch ein paar Folgeaufträge angeboten, wirst sehen! Was ist jetzt eigentlich mit Raffael und dir? Ah, Snuggle!«

Basil, Svenjas Freund, kam in die Küche geschlurft, lächelte mir zu und ließ sich dann neben Sven nieder. Während er ihr über den Rücken streichelte, hielt er mir die offene Keksdose hin.

»Es ist wieder ein bisschen wie früher«, sinnierte ich kauend. »Eigentlich sogar besser. Ich bin gerne bei ihm, ich kann mit ihm reden, ohne mir lange Gedanken machen zu müssen, worüber. Wir haben denselben Humor, er versteht, wie ich denke, viele Sachen muss ich auch gar nicht erst bis zum Ende ausformulieren, denn er weiß schon vorher, was ich meine. Bei Raffael habe ich das Gefühl, nach Hause zu kommen. Er ist mein bester Freund.«

»Nicht nur«, sagte Svenja ernst.

»Wie?«

Ich sah sie unschuldig an. Basil guckte interessiert zwischen uns hin und her.

»Kia, stell dich nicht dumm! Der Mann erträgt ein Essen mit deiner Familie – freiwillig, wie ich betonen möchte! –, er verteidigt dich auf der Party, er besorgt dir Aufträge, besucht dich...«

»Ja und? Freunde machen das so. Er ist einfach nur nett zu mir«, sagte ich bestimmt.

»Männer sind nicht einfach nur nett zu Frauen, Kia.« Svenja rollte mit den Augen.

»Hey, ich schon!«, warf Basil ein.

»Bas, es wäre überzeugender, wenn du nicht schon bis auf die Unterhose ausgezogen wärst, wenn du mir beim Abwasch hilfst.«

Die beiden grinsten sich an, hörten aber sofort damit auf, als ihr Blick wieder auf mich fiel. Was ich bisher schon geahnt hatte, konnte ich jetzt nicht mehr verdrängen. Je mehr ich mir erlaubte, über Raffael und mich nachzudenken, desto mehr fragte ich mich, wie ich es überhaupt so lange nicht hatte sehen können. Aber auf einmal war alles ganz klar, und ich sah Svenja mit aufgerissenen Augen an.

»Aha, du siehst aus, als hätte dich die Erkenntnis gerade am Kopf getroffen. Hart. Und endlich«, meinte sie trocken.

»Ja, eben! Ich dachte immer, man sieht den Richtigen – und BÄMM!«

Ich schlug zur Bekräftigung mit der Faust auf den schweren Holztisch und bereute es sofort. Ich musste aufhören damit.

»Bämm?« Svenja schüttelte verständnislos den Kopf. Basil sah uns fragend an.

»Na, ich dachte immer, es ist wie ein Blitzschlag.« Ich rieb meine Hand. »Adrenalin jagt durch den Körper, im

Bauch kribbelt es wie blöd, es haut einen aus den Socken!«
Ich kam in Fahrt und fuchtelte begeistert mit den Händen vor Svenjas Gesicht herum. »Bataillone von Schmetterlingen werden im Bauch freigelassen, man hält mit einer Hand fassungslos sein hämmerndes Herz, die andere Hand greift an die Kehle ...«

»Ihr fasst euch in Deutschland an die Kehle?«, fragte Basil Svenja.

»Ihr wisst, was ich meine«, sagte ich ungehalten. Wo war ich gewesen? Top. Jetzt hatte er mich rausgebracht.

»Ja, und wir sehen, dass du wirklich noch nicht viel Erfahrung hast mit dem Verliebtsein.«

»Ich dachte eben immer, wenn man sich verliebt, passiert das ganz plötzlich. Aber ich habe nicht gewusst, dass sich das Gefühl einfach so anschleicht, sich heimlich einnistet und man es erst bemerkt, wenn es schon das Türschild aufgehängt hat.«

Ich sah die beiden unglücklich an.

»In Deutschland freut ihr euch offensichtlich auch nicht, wenn ihr euch verliebt«, stellte Basil fest.

»Wenn sich der andere auch an die Kehle greift, dann schon«, sagte ich leise.

»Der Typ ist interessiert an dir, meine Güte!«, regte sich Svenja auf.

»Aber er heiratet eine andere?«, fragte Basil.

Vertraut auf den Mann, dass er die richtigen Worte findet.

»Bas!«, zischte Svenja.

»Er hat doch recht«, meinte ich niedergeschlagen und kratzte an dem Batman-Aufkleber auf meiner Tasse herum. »Raffael ist verlobt. Das beendet man nicht einfach mal so, weil eine Jugendfreundin wieder aufgetaucht ist. Und schon gar nicht, wenn man die damals schon nicht besonders aufregend fand, man ihr eine kahle Stelle auf dem Hinterkopf verdankt und schon eine Klassefrau wie Jana an seiner Seite hat.« Ich sah die beiden an. Sie guckten stumm zurück. »Das ist eigentlich die Stelle, an der mindestens einer von euch widerspricht – der Form halber.«

Basil zuckte entschuldigend mit den Schultern, aber Svenja starrte mich einfach nur an.

»Was?«, wollte ich wissen.

»Kia, es gibt keine Sicherheit in Gefühlsdingen. Das Leben ist ein Spiel – spiel es mit Risikofreude, oder lass es sein!«

»Hör auf, kryptische Sachen von dir zu geben, ich hab da jetzt echt keinen Nerv für, Sven! Was meinst du?«

»Ich meine, du weißt nicht, ob er deine Gefühle erwidert oder nicht, also musst du riskieren, dich bis auf die Knochen zu blamieren, wenn du um ihn kämpfst. Entweder du bist mutig und versuchst, den Mann zu bekommen, den du liebst, oder du lebst nur halb und gibst dich irgendwann mit einer Vernunftbeziehung zufrieden. Also: Was willst du?«

»Na, Raffael!«, rief ich hitzig.

Und das obwohl mir klar war, dass es nicht einfach werden würde. Bei Simon hätte ich mich vielleicht verbiegen, aber nichts riskieren müssen, weil er mir nie so nahegestanden hätte wie Raffael jetzt schon. Er könnte mir durchaus das Herz brechen. Trotzdem wollte ich ihn.

»Aber so easy ist das nicht. Ich kann nicht einfach sagen: Der isses, bitte einpacken – und nee, die Schleife können Sie weglassen«, meinte ich.

»Mein Gott, Kia! Hier rumsitzen und jammern hilft aber auch nix. Versuch es wenigstens, damit du dir später nicht vorwerfen musst, eine Chance verpasst zu haben – vielleicht ja sogar die Chance überhaupt. Versuch, dir zu nehmen, was du willst. Immerhin weißt du endlich mal, was das ist...«

Mir war jetzt zwar bewusst, dass mir viel an Raffael lag – ah, wem wollte ich was vormachen? Mir war klar, dass ich mich Hals über Kopf in ihn verliebt hatte. Aber ich konnte ihn nun mal nicht haben. Wegen Jana. Und, egal, was Svenja sich einredete, weil er kein Interesse an mir hatte. Was man jetzt entweder als grottenschlechte Planung des Schicksals verfluchen oder einfach akzeptieren konnte. Da verliebte ich mich zuerst halb, merkte rechtzeitig, dass es das nicht ist, verliebte mich dann richtig, merkte auch das noch – ich durfte nicht vergessen, ein Kreuz an den Kalender zu machen! –, und dann war er schon vergeben und in absehbarer Zeit auf dem Weg zum Altar.

»Tascha findet mein Liebesleben so verkorkst, dass man ihrer Meinung nach gut einen Roman darüber schreiben könnte. Immerhin hat sie jetzt ein Thema für ihr Buch.«

»Bei dir wirkt es wirklich ein bisschen schwierig«, meinte Svenja. Ich warf ihr einen bösen Blick zu. »Hey, stimmt doch! Jetzt hör auf, dir selbst leidzutun, und komm in die Gänge. Ablenkung ist jetzt genau das, was du brauchst – selbst wenn es die Party von Raffael ist. Aber zieh bloß die Sachen an, die ich dir ausgesucht habe. Nichts dazu, nichts weglassen!«, ermahnte mich Sven und sah mich eindringlich an. »Und dann sehen wir heute Abend weiter...«

Sie lächelte vielsagend.

»Genau, dann nehme ich ihn mir einfach. Weil das auch so einfach ist und weil ich genau der Typ bin, der auf eine Party stolziert, die Freundin mit links aussticht, dem Helden einen schmachtenden Blick zuwirft und ihn dann vor versammelter Mannschaft küsst.«

»Ich dachte auch mehr an etwas Traditionelles wie ihn zur Seite nehmen und mit ihm reden«, meinte Svenja und stand auf. »Kopf hoch, Kia, ich habe ein gutes Gefühl! Und wir sind ja auch noch da. Wenn du allzu sehr du selbst bist, kommen Basil oder ich und retten dich. Wann fährst du los?«

»Raffael …«, ich musste kurz schlucken, »ist so nett und sammelt mich auf, damit ich was trinken kann und nicht fahren muss. Ich habe ihm aber gesagt, er soll mich einfach bei meinen Eltern abholen – dann freut sich Tante Lina, und es liegt für ihn auf dem Weg.«

»Na bitte! Da hast du doch die perfekte Gelegenheit, allein mit ihm zu reden. Das ist sogar noch einfacher!«

Ich hatte schon öfter den Eindruck gehabt, dass sie die Welt manchmal gleich durch mehrere rosa Brillen sah. Einfach … von wegen.

Als ich bei meinen Eltern vorfuhr, stand die komplette Familie wie ein 1a-Empfangskomitee in Reih und Glied auf dem Bürgersteig, es hätte nur noch der Caterer gefehlt. Marco und ich blieben mit einem letzten keuchenden Röcheln des Motors in der Einfahrt stehen, und beim Aussteigen rief ich strahlend zu der versammelten Mannschaft rüber: »Hallo! Das war aber nicht nötig. Wo sind der Sekt und die Häppchen?«

Aber niemand beachtete mich, sondern alle starrten nur auf einen Punkt hinter mir. Dort hörte ich einen dermaßen ungeduldig aufheulenden Motor, dass man dachte, gleich fällt der Startschuss für die Rallye Paris–Dakar, und dann schoss aus einer Seitenstraße das silberne Audi-Cabrio meiner Mutter. Ohne meine Mutter am Steuer. Die stand auf dem Gehweg und hielt sich eine Hand auf die Brust gepresst, die andere vor die Augen.

»Was ist das denn?«, fragte ich Oliver, als ich bei den anderen ankam. »Hat es jemand gewagt und Mas geliebtes Auto gestohlen? Und ihr seht jetzt einfach zu, während es Runden um den Block dreht?«

»Halt du mal Tante Lina auf, wenn sie mit Vollgas losbrettert«, antwortete er.

»Lina?« Ich sah ihn verwirrt an. »Ich dachte, sie hat schon seit Jahren keinen Führerschein mehr.«

»Hat sie auch nicht«, sagte Ma mit brechender Stimme, als das Heck des Audi schlingernd ums Eck bog und Tante Lina mit wehendem Kopftuch Richtung Innenstadt raste.

Aus der Ferne heulte noch einmal der Motor auf, neben mir weinte meine Mutter. Ich konnte sie durchaus verstehen, denn Lina befolgte leider nicht viele Regeln beim Autofahren, aber eine, an der sie strikt festhielt, war, immer 90 zu fahren. Überall. Auf der Autobahn wie innerorts. Mit »Das Leben ist zu kurz, um es in einer fahrenden Blechbüchse auf dem Weg von A nach B zu verbringen« hatte sie den nagelneuen Wagen ihres letzten Mannes mal in einem Affenzahn über eine Verkehrsinsel gejagt, um die Ampel noch bei Gelb zu erwischen. Ich hatte auf dem Beifahrersitz gesessen und war mir meiner Sterblichkeit sehr bewusst gewesen.

»Hast du Lina erzählt, dass du Simon über ein Internetportal kennengelernt hast?«, wollte mein Vater wissen, der einen Arm schützend um meine zitternde Mutter gelegt hatte und versuchte, sie ins Haus zu ziehen. Sie aber starrte immer noch mit schreckgeweiteten Augen auf die

Ecke, hinter der ihr Auto mit Lina am Steuer verschwunden war, als könne sie es einfach nicht fassen.

»Äh ... ja«, antwortete ich leise, damit nur Pa mich hören konnte, weil mir Übles schwante.

»Dachte ich mir. Sie war auf alle Fälle gestern den ganzen Tag im Internet und hat dann beim Abendessen mit irgendwelchen seltsamen ›Mickynames‹ um sich geworfen.«

»Er meint Nicknames«, raunte mir Olli im Vorbeigehen zu.

»Ich habe mir nichts weiter dabei gedacht, obwohl ich jetzt denke, ich hätte zumindest bei *oldie_but_not_moldy* oder *Alte-lieben's-heiß* doch mal nachfragen sollen.«

Mein Vater kratzte sich am Kopf.

»Moment mal, sie hat sich mit irgendwelchen Typen verabredet und ist jetzt zu einem Treffen mit einem von denen unterwegs?«, fragte ich durcheinander.

»Ich fürchte schon«, sagte Pa.

»Aber ihr könnte dabei sonst was passieren! Wer weiß, auf welchen Seiten sie sich rumgetrieben hat und mit wem sie sich gerade trifft«, rief ich. »Ihr müsst doch irgendwas tun, um sie davon abzuhalten!«

Aber alle hatten sich bereits wieder in Bewegung gesetzt und gingen ins Haus zurück. Oliver beschwingt und vor sich hingrinsend, meine Mutter mit gemessenen Schritten und gesenktem Kopf wie bei einem Trauerzug. Sie rechnete offensichtlich nicht mehr damit, ihr Auto jemals am Stück wiederzusehen, das sie selbst nur liebevoll startete und schonend anfuhr, um dann mit Klassikuntermalung langsam in die nächste Waschanlage zu fahren.

»Noch mal, Kia: Wie sollten wir sie aufhalten, wenn Lina mit quietschenden Reifen aus der Garage rast?«, fragte Oliver über die Schulter.

»Und mit schleifender Kupplung!«, schluchzte meine Mutter.

Pa tätschelte ihr tröstend die Schulter.

»Sie hat ja noch ein paar Proberunden um den Block gedreht, aber ganz ehrlich, ich hätte mich nicht vor das Auto geworfen, um sie aufzuhalten. Ich bin mir nämlich nicht sicher, ob sie noch weiß, wo die Bremse ist«, meinte Olli.

»O Gott!«

Meine Mutter hatte schon wieder Tränen in den Augen.

»Aber wir haben die Polizei verständigt, mal sehen, wo sie sie aufgreifen«, schmunzelte mein Bruder. »Ich hoffe nur, sie fährt im Kreisel nicht wieder rückwärts wie damals in Hannover, als sie ihre Ausfahrt verpasst hatte.«

Die Schultern meiner Mutter bebten, und Pa warf Oliver einen vernichtenden Blick zu, während Ma sich sichtlich um Haltung bemühte. Jeder von uns weiß, dass sie ihr Auto liebt und Leute schon mal im regennassen Matsch vor dem Parkhaus stehen lässt, um innen in aller Ruhe nach dem idealen trockenen Plätzchen für den Wagen zu suchen. Die Leute draußen können dabei unter dem Gewicht von fünf Tüten in die Knie gehen, aber der Parkplatz für das Auto ist pedantisch gewähltes Gelände bei ihr. Meine Mutter dreht so lange Runden, bis sie jeden freien Platz im Parkhaus kennt und eine Pro-und-Kontra-Liste im Kopf hat, bevor sie sich für ein Plätzchen entscheidet. Dort steht der Wagen dann – bis der Kontrollblick aus dem Seitenfenster womöglich zeigt, dass nebendran entweder just der schusselige Nachbar geparkt hat, der beim Einbiegen in die Straße schon immer falsch blinkt, oder dort steht vielleicht einer, der leicht schief eingeparkt hat. Und sind wir ehrlich: Wer schon krumm einparkt, der fährt auch nicht gerade wieder raus.

Im Laufe der letzten Parkplatz-Odyssee brachte Ma die behutsame Fahrt im ersten Gang nach nur drei Kilometern auf fünf Parkebenen zum idealen Standplatz. Von zwei Säulen flankiert. Ein Einzelplatz. Beleuchtet. Einfach nur schön. Das Auto stand, meine Mutter lächelte. Bis sie versuchte, sich an der Säule vorbei aus dem Wagen zu quetschen, aber die Tür ließ sich nur knappe zehn Zentimeter weit öffnen. Auf jeder Seite. Nach mehreren gescheiterten Versuchen saß sie dann einfach nur still im Auto, blickte mit starrem Blick auf die Betonwand vor sich und wartete wohl auf Eingebung.

Was Lina sich dabei gedacht hatte, sich Mamas Cabrio auszuleihen, konnte man nur erahnen. Der Mann, den sie im Internet aufgegabelt hatte, musste in ihren Augen die Sahne auf der Creme sein, aber ich an ihrer Stelle würde so schnell nicht wieder nach Hause kommen.

»Ach Kia! Fast hätte ich es vergessen... wie viel Zeit hast du noch, bis du zur Eröffnung von Raffaels Büro gehst?«

»Ich weiß schon, was ich anziehe, Mama, mach dir bitte keine Mühe!«

Damit setzte ich mich schnellstmöglich ab, damit sie gar nicht erst auf dumme Ideen kam, und lief nach oben, um mich für die Eröffnung umzuziehen. Ich hatte Svenja bekniet, mir eines ihrer Outfits zu leihen, das meine Vorzüge – eher wenige – so betonen würde, dass meine weniger guten Stellen – klar in der Überzahl – gar keine Chance mehr hatten, ins Auge zu fallen. Wenn ich ehrlich war, hatte ich die Befürchtung gehabt, Sven würde mich in einen Mix aus Gouvernante und Hula-Mädchen stecken, aber sie hatte mit ihrer Wahl genau die richtige Mischung aus verspielt, cool und verführerisch getroffen. Das trägerlose Minikleid hatte einen hübschen Blumendruck in zarten Pudertönen und lag eng an. Der überlappende Rockteil zauberte eine ideale Figur, und da Svenja noch etwas schmaler war als ich, hielt das Korsagenoberteil sogar bei mir dankenswerterweise bombenfest. Dazu trug ich eine knappe hellgraue Bikerjacke und Wildleder-Peeptoes in derselben Farbe.

Ich war noch skeptisch gewesen, als sie die Teile vor mir ausgebreitet hatte, aber als ich jetzt damit vor dem Spiegel stand, konnte ich kaum glauben, dass das tatsächlich ich war, die mich da ansah. Ob ich wollte oder nicht, ich fragte mich die ganze Zeit einfach nur, ob ich Raffael so gefallen würde. Auf alle Fälle kam ich mir aber vor wie in einer dieser Vorher-Nachher-Shows: von der grauen Maus zur schillernden Gazelle. Oder in meinem Fall: vom Modemufti zur Fashionista. Zumindest äußerlich. Nachdem ich mich genug gedreht und gewendet hatte, lief ich »in voller Wichs«, wie Tante Lina gerne sagte, wieder nach unten, um zu sehen, wie es meiner Mutter ging.

»Ich habe gesehen, dass Lina schon wieder da ist«, sagte ich zu Ma, die mit starrem Blick am Fenster saß und auf ihr Auto in der Einfahrt sah.

»Ja, das ist sie«, presste sie zwischen zusammengebissenen Zähnen hervor.

»Und?«, fragte ich vorsichtig.

»Zwei Kratzer, eine Beule an der Stoßstange und noch keine Anzeige wegen Sachbeschädigung. Ich denke, wir müssen uns glücklich schätzen.«

Damit stand sie auf und ging mit ausdrucksloser Miene nach oben.

»Wie ist Linas Treffen gelaufen?«, wollte ich von Olli wissen, der in diesem Moment an Ma vorbei ins Wohnzimmer geschlendert kam.

»War ihr zu alt.«

»Wie alt kann er denn schon gewesen sein? Lina ist doch selbst schon 80!«

»Der Gute war stolze 64.« Oliver kriegte sich fast nicht mehr ein. »Sie meinte, sie erwarte etwas deutlich Knackigeres für ihr Geld.«

Ich ging kopfschüttelnd in die Diele, als es endlich klick machte.

»Ihr Geld?!«

»Jaha«, lachte Olli. »Tante Lina war die Anbahnerei auf den normalen Partnerbörsen zu langatmig, und da hat sie sich bei einem Begleitservice angemeldet.«

Ich starrte ihn kurz fassungslos an.

»Immerhin wissen wir jetzt, woher du die meisten deiner Gene hast«, sagte ich und ging noch einmal nach oben, um meine Schuhe zu holen.

Die Highheels, die Svenja mir geliehen hatte, sorgten bei mir zwar für einen eher unelegantan Gang, aber im Sitzen waren sie einfach top. Ganz großes Tennis, da schrien die Dinger regelrecht »Eleganz«. Beim Aufstehen merkte ich allerdings, dass auch meine Füße schnell Laut gaben, aber ich drehte mich trotzdem noch ein paar Mal vor dem Spiegel, um die Schuhe zu bewundern, als unten Whisky die Sirene einschaltete, weil es an der Tür geklingelt hatte. Ich stöckelte die Treppe zur Diele runter und war ein bisschen stolz auf mich. Von wegen, es sei furchtbar schwierig für Ungeübte, auf Stilettos zu laufen. Wahren Könnern war das in die Wiege gelegt, sah man ja. Ich trippelte weiter die Stufen nach unten und fühlte mich unglaublich gut in meinem weiblichen Outfit.

Mein gutes Gefühl wurde allerdings schnell von einem schlechten abgelöst. Den Fall in den Wäschekorb am Ende der Treppe konnte ich noch abwenden, indem ich kurzfristig auf den Zehenspitzen pirouettierte und mich in eine andere Richtung drehte – um mich dann mit einem erleichterten, aber leider kurzlebigen Lächeln kopfüber in die Garderobe zu versenken. Hätten Kleider drangehangen, wäre der Aufprall schöner gewesen. Man musste Raffael zugutehalten, dass er nicht viel Aufhebens machte, als er mich aus den paar Schals wickelte und den Regenschirmständer von meiner Hüfte hob. Er hatte sogar seine Mundwinkel unter Kontrolle.

Wenig später saß ich dann mit einem übel verstauchten Knöchel auf einer harten Plastikliege, vor der zu meiner Linken Raffael stand, zu meiner Rechten Schwester Elfie mit dem Mull. Und weil es so schön war, trat von vorne auch noch Simon durch die Tür.

Super. Genau, was ich heute noch gebraucht hatte: ein Showdown in der Notaufnahme. Ich hörte in meinem Kopf wie bei Telenovelas eine Stimme aus dem Off, die die Zuschauer auf den neuesten Stand bringt: *Verpassen Sie nicht das Ende von »Labyrinth der Liebe«, und erfahren Sie, ob Askia Fuchs nun wirklich endlich weiß, für wen ihr Herz schlägt. Wird sie den Mut haben, über ihre ohnmächtig zu Boden gesunkene Mutter zu steigen, wenn sie sich gegen den schmucken Arzt entscheidet? Wird Raffael Schumann dann trotz ständiger Unfallgefahr und erhöhter Haftpflichtbeiträge an Askias Seite bleiben? Und werden die beiden Jana auf natürliche Weise los, oder müssen sie auf das Weihrauchfass von Natascha zurückgreifen, um den Dämon zu bannen? Bleiben Sie dran, wenn es gleich wieder heißt: »Labyrinth der Liebe!«*

Vielleicht sollte ich mir direkt noch einen Termin auf der Psychiatrie geben lassen, wenn ich schon mal hier war. Ein paar bunte Pillen, die einen alles vergessen lassen, ein bisschen Ruhe, meinetwegen auch mit diesem nervigen Panflötengesums, eine schöne bequeme Couch an einem ungestörten Plätzchen... Hätte ich gerade nichts gegen. Aber in einem hatte meine Kopfstimme recht: Lovely Jana gab es ja auch noch, sie war das Einzige, was mir im Moment zu meinem Glück noch fehlte. Aber wenn nicht jetzt, spätestens in einem Jahr würde sie wieder auf der Matte stehen. Noch erfolgreicher, noch weltfrauischer. In einem Anflug von Masochismus lehnte ich mich etwas zur Seite, um an Simon vorbeizusehen, ob sie nicht doch schon hinter ihm lauerte, gespannt wartend auf den perfekten Moment für ihren Auftritt. Überraschenderweise war niemand zu sehen, aber auch ohne Jana dürfte das hier kompliziert werden.

»Ich wusste doch, dass ich dich gesehen habe.«

Simon hatte beide Hände in den Kitteltaschen vergraben und sah mich mit einem unergründlichen Blick an.

»Ich bin gefallen... Knöchel...« Ich lächelte unsicher und deutete hilflos auf meinen Fuß. »Verstaucht«, brachte ich noch hervor.

Herrgott, reichte es nicht, dass ich höllische Schmerzen hatte? Musste ich jetzt auch noch Eloquenz an den Tag legen und Simon, ohne ihm wehzutun, noch mal erklären, dass er ein toller Mann war – aber nun mal leider nicht für mich? Wohlgemerkt, während Raffael neben mir stand, den ich abgöttisch liebte, aber nie würde haben können. Warum war das Leben so desorganisiert? Wer plante das denn? Gehört gefeuert. Fristlos.

»Das sehe ich... mit deinem Knöchel«, sagte Simon fest.

»Ich sehe auch, dass du wohl den Mann gefunden hast, der zu dir passt.«

Er sah zu Raffael hinüber, und Schwester Elfie atmete hörbar auf. Doktor Wagner war also noch nicht verloren!

Ich müsste jetzt ein Verlustgefühl spüren, Angst, einen Mann wie Simon zu verlieren, mit dem ich vielleicht nicht irre glücklich geworden wäre, aber doch sicher ein schönes Leben hätte haben können. Ich wartete auf die Panik, die gleich in mir aufsteigen würde, wenn mir klar würde, in meinem biblischen Alter von 31 die vielleicht letzte gute Chance ziehen zu lassen und dann womöglich überhaupt keinen mehr abzubekommen.

Aber es passierte nichts.

Doch.

Ich fühlte mich erleichtert. Richtig erleichtert. Und gut.

»Es war ehrlich schön, dich kennengelernt zu haben, und ich wünsche dir alles Gute«, sagte Simon.

Der Mann war wirklich nett. Und anständig, selbst in so einer Situation. Schwester Elfie, die Simon hingebungsvoll anschmachtete, sah das wohl genauso.

»Ich wünsche dir auch eine, die zu dir passt, die weiß, was ein Birdie ist – und sogar einen spielen kann.«

Ich lächelte ihm zu. Er drückte mir kurz die Hand, nickte Raffael zu und ging langsam aus dem Raum. Einerseits war ich Simon dankbar, weil er die Situation für mich geklärt und das Ganze souverän gemanagt hat. Andererseits hatte ich beweisen wollen, dass ich endlich erwachsen geworden war und durchaus in der Lage, mit solchen Dingen allein fertigzuwerden. Stattdessen hatte ich mal wieder wie ein kleines Mädchen dagesessen und die anderen alles erledigen lassen. Aber das war das Einzige, was mich im Moment störte. Wenn man über das Pochen in meinem

Knöchel mal großzügig hinwegsah. Ich fühlte mich immer noch befreit. Immer noch gut.

Bis ich mich an Raffael erinnerte, der die ganze Zeit still neben mir gestanden und alles kommentarlos beobachtet hatte. Aber was hätte er auch sagen sollen? Was er hätte sagen können, das wusste ich.

»Pinselchen, ich habe lange gebraucht, aber eben stand mir in einer klaren Vision vor Augen, wie es sein muss: Ich werde Jana, diese karrierebesessene Frau mit dem Händchen für die falschen Freunde und langweiligen Kleiderfarben, die nur an sich denkt, sofort verlassen, weil ich eingesehen habe, dass ich nur mit dir glücklich werden kann.«

Ich würde auch geringfügige Änderungen oder weniger schmalzige Formulierungen akzeptieren, da war ich flexibel. Ich könnte natürlich auch mit meiner neu gewonnenen Authentizität weitermachen und Raffael einfach gestehen, dass ich mich bis über beide Ohren und die Haarspitzen in ihn verliebt hatte, aber akzeptierte, dass er nun mal Jana liebte und mich nur als Freundin mochte.

»Kia, ich mag dich sehr…«, hörte ich ihn in diesem Moment sagen.

Raffael sah mich kurz an, blickte dann nach unten und atmete tief ein. Doch bevor er weitersprechen konnte, kam ich ihm zuvor: »Du magst auch deinen Sitzsack und Chicken Tikka Masala. Das reicht aber nicht, damit ich mich vor dich hinstelle und dir meine unsterbliche Liebe gestehe. Dann muss ich gleich zwei Männern in einer Stadt aus dem Weg gehen und mich ins nächste Gebüsch schlagen, wenn du mir mit Jana begegnest, weil ich das nicht sehen kann. Oder ich muss hinter einen Müllcontainer flüchten, wenn mir Mark mit Miriam über den Weg läuft, weil ich das nicht sehen will.«

Ups. Man merkte, dass ich noch ungeübt war mit dieser ganzen Ehrlichkeit und dem nur denken, aber nicht aussprechen, und dem aussprechen, was man denkt, und ach... O Gott. O GOTT! Was hatte ich denn jetzt gemacht? Mist. Und weglaufen konnte ich mit meinem verstauchten Knöchel auch nicht.

»Du liebst mich?«

Raffael stand mit großen Augen vor mir.

War ja klar gewesen, dass er den Punkt rauspicken würde. Aber jetzt war es ohnehin egal, da konnte ich auch gleich weitermachen.

»Ja. Aber ich ertrage es nicht, ständig in deiner Nähe zu sein, wenn du mit Jana zusammen bist. Ich werde Svenja auch sagen, dass sie das Büro neben eurem alleine nehmen muss, ich bleibe bei Vera oder suche mir etwas ganz anderes.« In einer anderen Stadt. Vielleicht könnte ich auch auswandern.

»Mir war ja schon lange klar, dass bei dir manches anders tickt, aber spinnst du jetzt komplett?!«, fuhr er mich an, packte mich an den Schultern, schüttelte mich und sah mich mit entnervtem Blick an.

»Welchen Punkt genau meinst du jetzt?«

Ich war mir wirklich nicht sicher.

»Kia...« Raffael seufzte tief und ließ die Arme wieder sinken. »Du hast nicht nur enorme Probleme, deine Gefühle richtig zu deuten, sondern die anderer zu erkennen, fällt dir auch eher schwer, oder?«

In meinem Kopf spielten die Gedanken Boxbahn. Wollte er sagen...? Er hatte Gefühle. Ja. Sicher. Aber für wen? Für mich? Und was für Gefühle waren das? Mochte er mich nur, oder war da mehr? Und was war dann mit Jana? Scheinbar hatte ich die letzte Frage wieder laut vor mich hingebrabbelt, denn Raffael sagte: »Von Jana habe ich mich doch innerlich schon lange getrennt, ich dachte, das ist dir klar. Jetzt haben wir auch offiziell einen Schlussstrich gezogen, das war ohnehin längst überfällig. Sie geht jetzt in ihre Richtung und ich in meine.«

»Spielt sie Golf?«

»Kia, konzentrier dich!«, sagte er ungehalten. »Es geht jetzt um uns.«

»Uns?«, papageite ich.

»Ja, um uns.«

Er lächelte warm und kam einen Schritt näher.

»Uns?«

Er könnte auf den Gedanken kommen, ich sei ein dementer Papagei.

»Ich habe mich in dich verliebt«, flüsterte er schlicht, zog mich an sich und küsste mich.

»Du willst mit mir zusammen sein?«, fragte ich nach einem unglaublichen Kuss und strahlte ihn an.

»Es ist sicherlich purer Leichtsinn«, lächelte er, »und wir sollten uns schnellstmöglich nach einer günstigen Krankenversicherung umsehen. Aber wenn wir unseren Enkeln mal die Geschichte erzählen, wie wir zusammengekommen sind, ist das Ganze wenigstens rund – es fing an mit einem Aufenthalt in der Notaufnahme und endete mit einem Besuch dort. Trotzdem wäre ich dir dankbar, wenn wir diesen heiligen Hallen für eine Weile den Rücken kehren könnten. Wir können ja in ein, zwei Jahren wiederkommen – wobei ich glaube, die Geburtsstation ist in einem anderen Gebäude...«

Danksagung

Danke an meine Eltern, die nicht nur unermüdlich jede neue Fassung gelesen und kommentiert haben, sondern auch viel Humor bewiesen und über die Beschreibungen der Elternfiguren lachen konnten. (Da man diese Passage falsch verstehen könnte und auf besonderen Wunsch meiner Mutter: Meine Eltern heißen weder Francesca noch Alexander, meine Mutter würde mich sofort enterben, wenn ich jemals mit einem Mediziner ankäme, mein Vater ist ein begnadeter Handwerker, ich liebe beide sehr, und sie haben nichts mit den Figuren in diesem Buch gemeinsam. Nur das mit dem Tesafilm stimmt.)

Danke an Andreas, der sogar auf stressigen Reisen jede neue Fassung gelesen, kommentiert und korrigiert hat. Vor allem aber danke an dich, weil du mir so lange gut zugeredet hast, bis ich mich von einzelnen Glossen zum Schreiben eines ganzen Buches aufgerafft habe. Danke auch, dass du ab und an neben mir am Schreibtisch gesessen und mich einfühlsam daran erinnert hast, nicht den roten Faden zu verlieren (»Stringenz! Verdammt noch mal, Isa, denk doch an die Stringenz!«).

Danke an Andrea, die sich ebenfalls nicht vorm Korrekturlesen drücken konnte, dabei aber erfreulicherweise noch einige Unstimmigkeiten gefunden hat, die mir sicher nie aufgefallen wären – danke dir!

Danke an Ami für aufmunternde Nasenstupser, Geschenke aus erst halb angenagten Kauknochen auf meinen Knien und geduldiges Warten, wenn ich, die Leine in der Hand und erst einen Schuh an den Füßen, wieder an den Computer gehüpft bin, um noch schnell einen Satz zu tippen.

Vier Rentnerinnen, ein VW-Bus und ein Papagei

Ria will nur noch weg! Gerade noch erreicht sie den roten VW-Bus, mit dem ihre Oma Charlotte und deren Freundinnen Frau Lensker, Margot und Hildie zu einer Reise quer durch Europa aufbrechen. Eine will etwas zurückholen, das unrechtmäßig den Besitzer wechselte. Die zweite will zu ihrer großen Liebe. Die dritte belastet eine schwere Schuld, während die vierte … einfach nicht den Grund ihrer Reise verraten will. Das erste Hindernis lässt nicht lange auf sich warten: der Altersstarrsinn gewisser Mitfahrerinnen. Die Fahrt wird oft unterbrochen: Pinkelpausen. Man ist halt nicht mehr die Jüngste! Es folgen Stolpersteine, Umwege und Überraschungen. Und Signore Verdi.

Ein Roman über das Leben, das Alter, unerfüllte Träume und Freundschaft durch dick und dünn.

Jenny Bünnig
Es muss dunkel sein, damit man die Sterne sieht
320 Seiten, ISBN 978-3-7844-3344-8

Langen*Müller*   www.langen-mueller-verlag.de

blanvalet
DAS IST MEIN VERLAG

... auch im Internet!

 twitter.com/BlanvaletVerlag

 facebook.com/blanvalet